Alpe d'Huez

Ricardo
Silva Romero

Alpe d'Huez

ALFAGUARA

Título original: *Alpe d'Huez*
Primera edición en Alfaguara: junio de 2024

© 2024, Ricardo Silva Romero
© 2024, de la presente edición en castellano para todo el mundo:
Penguin Random House Grupo Editorial, S. A. S.
Carrera 7 # 75-51, piso 7, Bogotá, D. C., Colombia
PBX (57-601) 7430700

© Diseño: Penguin Random House Grupo Editorial, inspirado en un diseño original de Enric Satué
Ilustración y diseño de cubierta: Patricia Martínez Linares
Imágenes interiores: Lorena Calderón Suárez
Ilustración de bicicletas de las imágenes interiores: © donimon, Donnay / Freepik

Impreso en Colombia-*Printed in Colombia*

ISBN: 978-628-7659-56-8

Compuesto en caracteres Adobe Garamond Pro

Impreso por Editorial Nomos, S.A.

LA ETAPA DE HOY
(Grenoble - L'Alpe d'Huez, 151 kilómetros)

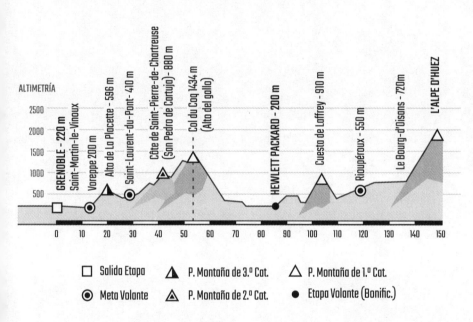

ALTIMETRÍA

☐	Salida Etapa
◉	Meta Volante
▲	P. Montaña de 3.ª Cat.
◮	P. Montaña de 2.ª Cat.
△	P. Montaña de 1.ª Cat.
●	Etapa Volante (Bonific.)

11:33 a.m. a 11:46 a.m

—Señoras, señores: hoy puede ser un día histórico para Colombia —dice entonces, al aire, el comentarista radial Pepe Calderón Tovar—. Durante las dos semanas pasadas el equipo nacional a duras penas sobrevivió a los rigores de este Tour de Francia pensado para nazarenos, y soportamos los vientos y los embalajes y las contrarrelojes que siguen siendo nuestros peores calvarios, pero lo que ha venido haciendo en estos días «el Jardinerito de Fusagasugá» Luis Alberto Herrera Herrera, aquí en lo que suele llamarse en perfecto francés «la grande boucle», es sin duda una gesta: dos segundos lugares que debieron ser primeros, el lunes en la cuesta infame de Guzet y ayer mismo en la pendiente endiablada de La Ruchère, han empujado a los colegas franceses a bautizar al querido escarabajo colombiano como «el divino hijo de la montaña». La palabra del diccionario es «épico».

—Muchísimas gracias, mi querido profesor Calderón, por una más de esas magníficas disquisiciones que lo honran —responde «el Aristócrata» Ismael Enrique Monroy, la voz penetrante del deporte colombiano, rapándole el teléfono del percudido Hôtel Alizé de Grenoble a su compañero de tantas batallas.

Es fundamental tener claro que estos dos están cumpliendo ocho, nueve, diez años de ser una reconocida y monógama pareja de la radio criolla: comentarista y narrador, yin y yang. Es clave saber que empezaron a pelear a medianoche. Desde la primera etapa de este tour satánico —qué digo: desde el prólogo— ambos han estado coqueteándole a la cosmopolita e impecable corresponsal de la revista *Prisma*: una muchacha bogotana con modos de francesa, Marisol Toledo, que ha resultado ser la gran cronista de la travesía de los ciclistas colombianos. Pero en la habitación de anoche, luego de desplegarle sus encantos a la pobre mujer, en vano, en aquella comida de colegas en un restaurante chino a la vuelta del hotel, el uno amenazó al otro —y viceversa— con contárselo todo a su mujer: «A ver qué».

Y hacia las tres de la mañana, desesperados por turnos con los ronquidos de cada cual, se enfrascaron en una riña porque Calderón le sacó en cara a Monroy el dinero que le debe: ni más ni menos que las dos terceras partes de su sueldo de este mes.

Por eso Monroy le berreó a Calderón lo que le berreó: que ni por el chiras le soportaba más las dietas de cuarentón que andaba haciendo en vano, ni las afonías berriondas que le entraban de golpe cuando no se atrevía a pegar el grito de independencia que quería pegar, ni los lloriqueos porque su mujer sonaba a punto de dejarlo a larga distancia, ni las listas de futbolistas checoslovacos que balbuceaba en vez de contar ovejas en la cama de al lado, ni los halagos de chupamedias que les soltaba a los hermanos de Cali cuando visitaban la emisora, ni las peculiaridades de esposa cositera, ni la neurastenia, ni los agüeros con los que se metía a las estrechas cabinas en las que un día no iban a caber si seguía engordándose como una bolsa de basura: hay que ser muy imbécil —le berreó con su acento golpeado de Ocaña, Norte de Santander— para creer que el equipo de uno va a ganar si uno se mordisquea las uñas, se pone un lápiz número dos en la oreja, carga en la billetera una fotografía de los padres y se peina el pelo que le queda hacia la meta.

Calderón le respondió a Monroy, exasperado y trémulo, que no se le aguantaba más sus mañas de chivato, ni que hubiera apostado la plata que él le había prestado para cubrir la última apuesta, ni que anduviera en semejante calor con un saco de lana cuello de tortuga, ni que cargara esa maldita botellita de Menticol dizque para refrescarse, ni que se la pasara ofreciéndoles a todos una pastillita de Halls Mentho-Lyptus para la carraspera, ni que aprovechara el momento menos pensado para saquear las neveritas de los cuartos de hotel que les tocaba compartir como un par de hermanastros, ni que lo redujera a marido ausente, ni que terminara sus monólogos verborreicos con el mismo «se los digo yo y yo sé lo que les digo», ni que tuviera el coraje de reírse, él, de su acento del Huila, y luego pateara las puertas cuando le entraban esos arrebatos iracundos: hay que ser muy idiota y muy cobarde para desquitarse con objetos indefensos.

Dios santo: estos dos hombres enloquecidos por los viajes, que durante años se han querido y se han cuidado tanto el uno al otro, ya ni siquiera son capaces de mirarse a la cara sin apretar las mandíbulas y sin sentir ganas de matarse.

Pero por bien que les vaya, están condenados a estar juntos en ese Renault 5 renegrido en el que persiguen al pelotón etapa tras etapa, apretados y asfixiados y a punto de estrangularse, desde hoy hasta el domingo.

—Y queridos oyentes de Pasatiempo Estéreo, esta briosa cadena deportiva del Grupo Radial Colombiano, permítanme decirles a ustedes, mientras se desperezan y empiezan su día, que este caluroso e inflamado lunes 16 de julio de 1984 se respira es gloria aquí en Grenoble —clama de inmediato la voz redonda, rotunda, perentoria del Aristócrata Monroy—: váyanmele guardando un espacio en sus álbumes familiares a la fotografía de la victoria de Luchito Herrera, ilustres compatriotas a lo largo y ancho del territorio nacional, porque en esta etapa reina que está a punto de comenzar va a suceder la hazaña, la epopeya, la hombrada más importante que ha sucedido desde que el bravo de Neil Armstrong conquistó la Luna: se los digo yo y yo sé lo que les digo.

—Claro que sí, apreciado Ismael Enrique, se nos viene encima una durísima etapa de 151 kilómetros con cuatro demoledores puertos de montaña de aquí hasta el mítico Alpe d'Huez —matiza «el Almirante» Calderón, que así también le dicen porque se marea entre los carros, cansado de la grandilocuencia de perdonavidas de su compañero—, que puede significar, sí, la consagración de nuestros escaladores colombianos, pero también puede convertirse en el esperadísimo duelo de titanes entre «el Extraterrestre» Laurent Fignon y «el Monstruo» Bernard Hinault: entre ese jovencísimo ganador del año pasado con cara de amable profesor de Geografía y el hosco campeón a punto de entrar al club de los dos semidioses, de los dos colosos que han ganado cinco veces el Tour de Francia: el francés Jacques Anquetil y el belga Eddy Merckx.

—Profesor Calderón —dice la voz del Aristócrata, aterciopelándose, como si por fin hubiera llegado la hora de la verdad—: ¿puede Luchito Herrera hoy, en la etapa reina de la competencia, en la etapa que desde tiempos inmemoriales ha coronado a los vencedores de la vuelta, entrar a disputarles a este par de franchutes la camiseta amarilla del campeón de «le Tour»?

—He ahí la cuestión —responde exasperado, pero fingiendo lo contrario, el cansino Pepe Calderón—: nuestro patriotismo de muchachos no nos deja ver que esta es apenas la segunda vez que asistimos con un equipo de amateurs a la carrera de profesionales más dura del mundo, y creo que así, perdiendo las proporciones e ignorando los pormenores del deporte más duro del mundo, es como terminan crucificados nuestros redentores, pero de ningún modo es exagerado, compañero, asegurar que la etapa del lunes pasado y la cronoescalada de antes de ayer han confirmado que el Jardinerito de Fusagasugá es el mejor escalador del mundo: el indiscutible rey de la montaña.

—Tal cual: este lote multicolor de ciento cuarenta pedalistas de todas las razas y las religiones, en el que aún puede encontrarse a once escarabajos criollos repletos de coraje, tendrá hoy que sobrevivir a un puerto de tercera categoría, el Col de la Placette, en el kilómetro 18; a un puerto de segunda, el Côte de Saint-Pierre-de-Chartreuse, en el kilómetro 39; a un puerto de primera pulverizador, el Col du Coq, en el kilómetro 53, y a un puerto de primera quiebrapiernas, el Côte de Laffrey, en el kilómetro 104, antes de enfrentarse a las veintiuna rampas de aquella bellísima estación alpina llamada L'Alpe d'Huez —aclara el Aristócrata Ismael Enrique Monroy caricaturizando el acento francés: *Oh là là, oui, oui*, anda diciendo al aire, cada vez que puede, como si fuera el mejor chiste del mundo.

El comentarista Pepe Calderón Tovar no le hace el relevo en el relato a su compañero, que antes de la pelea era su compadre y su cómplice, porque ha visto en su reloj que ya son «las 11:33 a.m. hora francesa», «las 5:33 a.m. hora colombiana, hora local».

Y se ha alejado por el aromoso lobby del hotel porque sólo quedan doce minutos, ¡doce putos minutos nomás!, para que comience la etapa 17 del 71.º Tour de Francia.

Dios mío: tienen que unirse pronto a la caravana para no perderse los hechos de la primera mitad de la carrera e ir luego a tiempo a las tribunas naranjas para los periodistas en el Alpe d'Huez. Suelen compartir el pequeño Renault 5 con un par de periodistas más: el viejo cronista sureño Red Rice, que lleva una pipa larga de madera y un sombrero gris de fieltro y trabaja para *The Atlanta Journal* y la cadena TBG —y cubre para el *New Yorker* la presencia en el tour del actor Dustin Hoffman—, y aquella reportera de veintipico años que sabe más que todos de todos los temas del mundo y los tiene convertidos en un par de prematuros y babosos viejos verdes. Y tendrán que irse solos, el gringo viejo y la muchacha, si ellos siguen varados en esa transmisión por teléfono: «El que se quedó, se quedó», gritaba su papá cuando salían de la casa.

13

Desde la puerta del hotel agrietado, bajo la mirada impasible del conserje de la mañana, Calderón le ruega a Monroy que termine de una buena vez su monólogo como suele pedírselo: imitando un par de tijeras con los dedos.

—Faltan seis etapas para que caiga el telón de le Tour de France, pero hoy es el día del juicio final —empieza a cerrar el Aristócrata como si no hubiera visto el gesto de su socio de siempre y como si dar por terminado ese breve informe fuera idea suya—: se los digo yo y yo sé lo que les digo.

Pepe Calderón, que nació entre el calor infame de Neiva en el 44, es hipocondriaco e hipertenso. Su vida ha sido siempre una carrera contra el tiempo. Su vida es una contrarreloj: «Tenemos quince minutos para llegar», «nos van a dejar». Es el primero en aparecer en el banco y el primero en levantarse en los almuerzos y el primero en llegar a los partidos de fútbol que analiza desde hace varios años. Y es claro que el cielo, que es el lugar donde ya no hay afán, le ha puesto en el camino al Aristócrata —que así lo llaman porque es todo lo contrario— para probarle los nervios. Su esposa de siempre es su duelo. Su hija de diecisiete es su talón de Aquiles. Su hijo de quince es su gran peso. Pero Monroy es su karma: su manía de apostar, sus estallidos, sus desórdenes fueron chistosos alguna vez, pero eso fue hace siete años.

—Y ahora vamos a los estudios del Grupo Radial Co- lombiano en Bogotá con Henry Molina Molina —dice con su golpeado acento ocañero, sin levantar la mirada de las baldosas grises del piso del lobby del Hôtel Alizé, rego- deándose en la impaciencia de su compañero—: Remoli- na, ¡haga el cambio…!

—¡Con Rimula, que mantiene la viscosidad y el mo- tor le dura más! —contesta Molina Molina, resignado al apodo «Remolina», con esa voz ronca y amable que tiene sus fanáticos, pero quién no.

Ay, el satisfecho Remolina. Sin ningún rastro de frustración, de malogro, se ha pasado toda una vida transmitiendo las grandes gestas colombianas desde una pequeña cabina en la ciudad en la que lo crio su tío. Siempre quiere hablar un poco más. Siempre se le escapa una risita entre dientes que es la mueca de un hombre que se la pasa demasiado tiempo solo. Dice «gracias mil, Pepe e Ismael Enrique, por poner a sus fieles oyentes al día a estas horas de la madrugada, jejejé» comiéndose el micrófono como un cono de helado, por poner la comparación menos fea. Y cuando empiezan a despedirse para que a Calderón no le dé el infarto que algún día le dará, «gracias, Henry», tartamudea la frasecita «sólo les tengo una pregunta más, pero eso será después de este breve resumen informativo, jejejé».

Ya están listos. Tienen las dos maletas, la ordenada y la vergonzosa, recostadas en el marco de la puerta de salida. No están lejos del punto de partida de la etapa: del Hôtel Alizé a la Place Hubert-Dubedout son quince minutos a pie, cinco minutos en carro. Y sin embargo el Almirante Calderón se tapa la cara con las manos porque no podría estarle pasando algo peor: «Hágame el puto favor», dice en voz baja porque nadie va a secundarlo, «¡habrase visto semejante imbécil». Y mientras abanica la mano derecha, «vaya, vaya», les da la orden de ir avanzando a los dos compañeros del móvil número dos: Vaca y Santacruz. Y luego agita los brazos, con cara de síncope, para que detrás de ellos se vaya el obsesivo reportero de la moto: Calvo.

Se escuchan las noticias del día en la bocina vieja de ese lobby viejo: «Desde su casa de retiro en Castel Gandolfo, en el sur de Roma, el papa Juan Pablo II llamó a los fieles a pasar unas felices vacaciones»; «El profesor francés Roger Guillemin, premio nobel de medicina, ha declarado en el VII Congreso Internacional de Endocrinología que dentro de poco será posible hacer crecer a los enanos»; «El futbolista Edson Arantes do Nascimento, Pelé, encabezó ayer domingo en Bogotá una populosa versión de la gran caminata de la Solidaridad por Colombia»; «El registrador Humberto de la Calle Lombana ha dado a conocer la cancelación de 914.754 cédulas de ciudadanía por muerte de sus titulares»; «Siguen agravándose las críticas a la Casa Blanca del presidente norteamericano Ronald Reagan»; «El Departamento de Estado de los Estados Unidos negociará con el gobierno de Belisario Betancur, en Cartagena, el tratado de extradición pendiente desde 1979»; «El traficante Carlos Lehder propone liberar a los extraditables a cambio de no financiar la subversión»; «El canciller del M-19 Everth Bustamante ha declarado al diario español *El País* que en los próximos días el grupo guerrillero seguirá el ejemplo de las Farc en la búsqueda de un acuerdo de paz».

Y Calderón Tovar no para de hacer las tijeras con los dedos. Y Monroy no para de soltarle su mirada de «se me sale de las manos, viejo» y echa y echa monedas en el teléfono de la recepción. Y son las 11:37 a.m. cuando por fin vuelve al aire el boquisuelto de Remolina a hacerles la pregunta más estúpida en la historia de las preguntas:

—Pepe e Ismael Enrique —retoma la ronquera cándida de aquel locutor condenado a la cabina por siempre y para siempre—: cuéntennos cómo está el ambiente en la colonia colombiana, cómo se han estado comportando los nuestros en el pelotón de carrera, cómo ven ustedes, en pocas palabras, a nuestros muchachos.

El Aristócrata Monroy improvisa al aire una respuesta, que además suena improvisada y se le alarga más de lo posible, porque el tonto de Remolina no para de interrumpirlo. Monroy trata de colgar —y Calderón corta el aire con las tijeras de sus dedos, una y otra vez— pero se oye a sí mismo contando que esta mañana ha estado hablando con todo el mundo sobre qué puede pasar. Y según Martín Emilio «Cochise» Rodríguez, el viejo campeón colombiano, «esto hoy termina en aguardiente, hermano». Y según «el Viejo Macanudo» Julio Arrastía Bricca, el gran

16

analista argentino que ahora trabaja en Caracol Radio, quien salga victorioso en la etapa de hoy puede ganarse el tour: «Que Herrera puede descontar el tiempo que le lleva Fignon es innegable —dijo esta mañana—: yo todavía pienso que es posible el liderato».

Son las 11:43 a.m., hora de Francia, cuando Monroy consigue colgar: «Nos vemos ya, a las seis y media —dice—, para otra extraordinaria transmisión colombiana de este Tour de Francia».

Y en la siguiente escena van los dos mudos por la acera estrecha de la Rue Amiral Courbet, como los dos miembros de una pareja destruida y con ganas de seguirse destruyendo, cada cual con su maleta atiborrada colgándole de la mano. Doblan la esquina a la izquierda. Avanzan por la apretada Rue Crépu junto a la fila de carritos parqueados por los oficinistas del barrio. Apuran el paso sin intercambiar una sola palabra. Ven el reloj para sufrir más. Pasan bajo la carpa de la entrada del restaurante chino en donde anoche se pasaron de tragos: 在丽丽. Cada tanto, alguno de los dos estira la mano a ver si algún taxi les para. Pero sólo cuando cruzan la vía del tranvía, que está desierta, sí, pero mejor mirar a cada lado, se encuentran con un taxista que huele muy mal en un hotel de dos estrellas que se llama Hôtel des Alpes.

Guardan las dos maletas en el baúl bajo la mirada hastiada, desinteresada, del conductor. Suben al pequeño Citröen con la respiración atragantada, pero ni eso les recuerda que están en esto juntos.

Tardan una eternidad para explicarle al hombre a dónde van: «Vamos a la Plaza Humberto…», «a la Plas Uber Dubedó…», «a la Place Hubert Dubedout…», «el Tour», «le Tour».

El chofer los mira fijamente por el espejo retrovisor, con los ojos entrecerrados, como si ya no le sorprendiera ni un solo loco de este mundo. Y se van por el centro de Grenoble detrás de un bus articulado blanco y rojo que no les deja ver que están a un par de cuadras del lugar: la glorieta frente al ceniciento río Isère.

Ni siquiera los une sentirse un par de imbéciles a las 11:46 a.m. de este lunes 16 de julio de 1984. Pagan con una manotada de billetes roñosos porque no se les ocurre una venganza mejor. Se bajan. Agarran sus maletas. Y apuran el paso con sus espaldas y sus rodillas y sus barrigas crecientes y blandengues de cuarentones. Y aunque muy pronto notan que la caravana de la etapa 17 no ha partido todavía, que allí siguen parqueados los carros acompañantes y las motos y allá siguen acomodándose los ciclistas que han sobrevivido a las torturas de las dos semanas pasadas, se resisten a decirse nada que no sea «ahí están», «uf». Se suben al asiento trasero del Renault 5. Saludan a sus dos compañeros de viaje de estas dos semanas: al gringo le dicen «good morning» y «hello» y a la muchacha le dicen «buenos días» y «qué tal». Y ya.

Quizás deberían fingirles a sus compañeros en «el móvil número uno», que se miran entre ellos porque no les queda más, que nada malo está pasando. Deberían hacer un esfuerzo con ese gringo de sombrero y pipa que nunca deja de sonreír y con aquella mujer que no ha hecho sino lidiarles las ganas de quedarse con ella primero que el otro. Podrían reconocer que están sudando antes de enfrentar el calor del mediodía. Tendrían que concentrarse en la carrera que está a punto de empezar, en las trampas de epopeya de las montañas alpinas, en Fignon, Hinault, Herrera. Pero lo único que quieren hacer ahora es ignorarse. Y la palabra del diccionario es «patético».

11:46 a.m. a 11:52 a.m.

Ya tiene que comenzar la etapa hacia el Alpe d'Huez. Y este, que está esperando el pistoletazo de salida con la mente abrumada, es el gregario modesto Manfred Zondervan. En el Coop-Hoonved, el viejísimo equipo francés para el que ha estado corriendo en los últimos años, a nadie le viene en gana decirle por su nombre. Todo el mundo lo llama por su apellido, de lejos o de cerca, porque para romper el hielo —que tanto le cuesta— él suele revelar qué significa «zondervan» en neerlandés: «Sin nombre, je». Nació en la azulada villa de Rijpwetering, en los Países Bajos, en una casa a un par de cuadras del lugar donde creció su ídolo: «el Holandés del Tour de Francia» Joop Zoetemelk. Pero desde los dieciséis años ha corrido en equipos franceses, españoles e italianos. Y se ha sentido mudo, y común y corriente, y fuera de lugar.

Desde que cumplió los treinta y tres, el lánguido 25 de diciembre del año pasado, su extrañeza ha sido aún peor. En la sala de su pequeño apartamento, en la calle de Charenton del distrito XII de París, instaló el Betamax que le regaló su segunda mujer —su nombre es Cloé y en cambio no le gustan los rodeos— para dedicarse en cuerpo y alma a la labor de ver en orden todas las películas protagonizadas por el agente 007: desde el *Doctor No* hasta *Nunca digas nunca jamás*. Detrás de todo lo que dice y todo lo que hace está la sospecha de que le está llegando la hora del retiro, pero desde hace un par de años, desde la Flecha Valona embrujada que ganó Bernard Hinault, ha estado aplazando la verdad como mejor ha podido.

Qué va a ponerse a hacer. Leo el pedalista, su amigo de la infancia Leo Manders, quiere que monten juntos un restaurante de schnitzels y bitterballen a cien metros del Lijkermolen de Rijpwetering, pero él sólo sabe de ciclismo: él sólo odia y ama el ciclismo y lo demás del mundo le da exactamente igual.

Es por culpa de Cloé, su segunda mujer Cloé Vidal, que el final tan temido es un precipicio que se acerca. Si no hubiera sido por ella, que es demasiado joven y demasiado nueva para tolerarle a él los miedos, y que suele dar la espalda cuando se atreven a decirle «el mundo no es en blanco y negro, Cloé», el disciplinado Zondervan seguiría resignado a su trabajo como cualquier mercenario y como cualquier mercenario estaría aplazando la pregunta por el fin. En la madrugada del jueves 28 de junio, mientras él trataba de hacer su maleta en la negrura de la habitación, ella le susurró «qué clase de vida de hámster es la que estás llevando: un día vas a ver que no tiene nada de normal» y «qué tal que yo esté embarazada» con voz tenue de no despertar a los hijos que no han querido tener. Y desde ese momento preciso todo le ha parecido tétrico e insensato.

Sospecha que ha estado viviendo a oscuras. Siente que se ha pasado borracho la vida, y ya no.

Es como si todo el tiempo se fuera a la guerra pero ya no supiera ni importara a cuál de todas porque un oficio es un oficio nada más. Es como si hiciera parte de una banda que se va de gira para traerse de vuelta los gritos de los aficionados que corren por las cunetas: «¡Vamos!», «¡vamos!».

¿Cómo es posible que se le hayan ido treinta y tres años pensando que semejante delirio —tener cuerpo de cadáver, afeitarse las piernas a ras, tirar en invierno y poco más, ganar una miseria, vivir cagado de miedo, envidiar a diestra y siniestra al que aún tiene aire, sentir este dolor lacerante que nadie más va a sentir ni a imaginar siquiera— es «lo normal»?

Se ha estado despertando en la noche, amedrentado, porque sueña con esos gritos como si de verdad los estuviera escuchando: «¡Vamos!», «¡vamos!». Se ha estado despertando jadeante, quién sabe en qué cama de qué puto hotel de qué pueblito francés, convencido de que está punto de bajarse de la bicicleta en el monte Ventoux: «No más». Y mientras bajan los créditos de sus sueños, mientras sus sueños empiezan a terminarse en la luz de esas habitaciones de paso, ha estado escuchando la sentencia que se dice en neerlandés sobre los ciclistas que de golpe no dan más: «Se fue a pie». Desde que empezó el tortuoso Tour de Francia entre los suburbios de piedra amarilla de Montreuil, en fin, ha tenido la cabeza repleta de ruidos, de voces.

Y escucha las frases con puntos suspensivos de su Cloé como si aún no hubiera acabado de escucharlas, de digerirlas: «Esa masajista nueva no me gusta nada…», «no vuelvas si vas a volver magullado, amor mío…», «un día te vas a quedar tieso…».

Y si algo ha aprendido Zondervan en estos diecisiete largos años es que el infierno del ciclista es esta mente plagada de palabras: ¡silencio!

Zondervan empezó a correr en 1966, a los quince años, en un equipo aficionado lleno de niños problemáticos que a duras penas duró una temporada: el WSJ Automaten. Su padre, un exciclista convertido en carpintero bonachón y desgarbado que decía llamarse Vincent pero se llamaba Gerrit, siempre le dijo «Manfred: tú sabes bien que todavía puedes más». Su madre cocinera, Mirjam o Miriam, no sólo le vaticinó una docena de veces «Manfred: yo sé que tú vas a ganar un día el Tour de Francia», sino que en 1967 le consiguió el patrocinio de un primo que trabajaba en KLM para que se convirtiera en ciclista profesional: de 1967 a 1973 corrió en el Flandria-Mars, de 1973 a 1979 en el Gan-Mercier, de 1980 a 1982 en el TI-Raleigh.

Y, como si su cuerpo por fin se hubiera agotado para siempre, todas las madrugadas —todas— se despierta pensando en lo raro que va a ser terminar en el Coop-Hoonved, o sea, en el viejo Mercier, la única carrera que ha tenido y que tendrá.

Se le va a terminar ya la vida entera: de aquí en adelante va a ser un fatigoso fantasma en bicicleta con las piernas peludas, «bu...», porque su manera de vivir ha sido correr y nada más.

De aquí en adelante se le van a ir las tardes contando y contando, bajo el puente tembloroso del Jardin de Reuilly, la carrera en la que confirmó que no había nada más aburrido en el mundo que el ciclismo de pista; la vez que se tomó «la bomba» que se tragaba el campeón italiano Fausto Coppi porque no le estaba llegando suficiente oxígeno a los músculos; la París-Niza de la que fue expulsado injustamente por tener demasiado alto el nivel de hematocritos; la caída sangrienta que le dejó la bicicleta partida en dos en pleno Giro de Italia de 1972; la Vuelta a los Países Bajos, en 1975, en la que se dio cuenta por fin —pues perdió la cabeza y bordeó la muerte para que ganara Joop Zoetemelk— de que no quería ser un líder, sino un gregario.

Siempre lo sospechó. Pero fue al final de esa vuelta cuando Zondervan se atrevió a decirle a su madre la verdad de fondo: que de ahí en adelante iba a ser un gregario porque detestaba con todo el cuerpo ser el centro de atención, llevar a cuestas la presión de los aficionados, tener encima los ojos de los demás corredores, y sobre todo verse a sí mismo, que necesitaba silencio, en la obligación de ser un ganador. Su mamá estaba empezando a impacientarse, «Manfred: ¿cuándo vas a ser el líder del Gan-Mercier?», le preguntaba siempre antes de despedirse, quizás porque la pobre había crecido bajo la mirada señorial de un padre que había sido el capitán de un carguero llamado *Anoniem*. Y Zondervan está seguro de que oírlo describir los pormenores de su trabajo terminó de romperle el corazón a la señora.

—Soy el que encaja —le explicó.

Soy el que trae los bidones de agua cuando los demás están orinando y cuando el patrón del equipo ya no puede seguir. Soporto y sufro el doble que los demás. Aguanto hasta el final para que mi jefe no se quede solo, pero estoy eximido de ganar: «Gelukkig!», sí, ¡qué suerte! Busco entre los regueros de las caídas, entre los marcos rotos y las llantas desgarradas y los dientes, si alguno de mis compañeros necesita que yo le dé una mano. Los espero mientras el pelotón se va y se va y buscamos el convoy donde sea. Si me dan la orden, ¡ya!, puedo convertir una etapa en una pesadilla. No soy el mejor tipo, ni soy el más abnegado ni tengo el corazón más grande de la caravana. Temo a Dios y a mi padre —a mi *vader* y a su fantasma— como los demás niños de mi calle.

—Pero soy implacable e inclemente cuando es necesario, madre —le dijo en vez de jurarle en vano, por Dios, que no era un segundón, sino una fuerza.

Joop Zoetemelk se dio cuenta muy pronto de que lo necesitaba a su lado. Y así Zondervan pasó de trabajar para un jefe de filas que abusaba de su caballerosidad —«necesito que me laves la ropa», le decía— a servirle a un señor que hacía lo que estuviera a su alcance para estar mejor. Zoetemelk se volvió su dueño con el paso de las clásicas: «¿Amaneciste mejor?», «¿cómo está tu mujer?», «¿te sientes bien pago?», le preguntaba siempre que compartían una tregua. Zoetemelk acompañó a Zondervan en el divorcio que estuvo a punto de enfermarle la cabeza, en la inesperada historia de amor con Cloé y en el entierro de su padre, pero Zondervan lo dio todo a cambio —desde la juventud hasta la sangre— para que Zoetemelk ganara la Vuelta a España en el 79 y el Tour de Francia en el 80.

Y para que quedara de segundo en el tour seis veces, ¡seis!, desde la era de «el Caníbal» belga Eddy Merckx hasta la era de «el Monstruo» francés Bernard Hinault: «¡Hup, Holland, hup!».

Manfred Zondervan siguió a Joop Zoetemelk de equipo en equipo desde que tuvo uso de razón: estuvieron juntos en el Flandria, en el Gan-Mercier, en el TI-Raleigh.

Y con el paso de las etapas y de las carreras y de los años fue claro para los demás personajes que el esforzado, fantasioso y arriesgado Zondervan era la plenitud del calculador, mundano e ingenioso Zoetemelk.

Pero el año pasado Zondervan se descubrió a sí mismo negándose rotundamente —y una y otra vez— a seguir a Zoetemelk al Kwantum, su nuevo equipo: «No puedo hacerlo, Joop, no todos somos jóvenes para siempre», «no dudes de mí, jefe, no todos podemos darnos el lujo de dejarlo todo», le balbuceó sin mirarlo a la cara. La suspensiva Cloé, que estaba cansada de compartir a su marido con un ciclista calvo, le preguntó «Manfred: por qué vas a dejar un lugar donde te trataron mejor…» y «Manfred: hasta cuándo piensas vivir detrás de aquel…». Y Zondervan hizo lo que la voz tensa de ella quería, quedarse en el Coop-Hoonved, porque se había jurado a sí mismo que jamás volvería a cometer los errores que cometió en su primer matrimonio: esta vez las insinuaciones de su mujer sí serían órdenes.

Se quedó en el Coop. Y la verdad, con el corazón en la mano, es que no ha estado mal trabajar para «el Gran Danés» Kim Andersen.

Andersen es encantador y franco y temerario. En abril ganó la Flecha Valona, que es una inmisericorde clásica de un día que termina en una rampa como una pared, sin mirar atrás ni una maldita vez. En Louvroil, luego de doscientos cincuenta kilómetros de partirse el espinazo, estuvo a punto de ganarse la segunda etapa de este Tour de Francia que ha sido un suplicio. Y a fuerza de terquedad quedó cerca de los diez primeros de la clasificación general, hace doce días ya, luego de una extraordinaria contrarreloj en Le Mans. Y sin embargo —y no es nada personal— correr por él y para él no ha sido un trabajo de vida o muerte porque Andersen no es Zoetemelk y porque Zondervan ha dejado de ser Zondervan. Ya tiene una vida y una casa que perder. Ya no es un mercenario. Dios ya no lo cuida desde el cielo sino que lo vigila.

El Gran Danés es un buen escalador, pero se ha venido desdibujando, ha ido de «podemos estar entre los diez» a «podemos terminar el tour», desde la llegada de los Pirineos: «¡Mala suerte!», «jammer!». Y Zondervan ha estado haciendo su trabajo encorvado, sí, porque así corría y así se portaba su severo padre, pero también ha estado permitiéndose tener demasiadas cosas en la cabeza.

Y más desde ayer porque Ferrec, el mecánico del equipo, le dijo «mi amigo el periodista americano me contó que Dustin Hoffman quiere conocer a un gregario abnegado para su próximo papel y yo pensé en ti».

Esta mañana, como en las dieciocho mañanas de este tour desmadrado, se despertó unos minutos antes de que sonara el reloj despertador y no encontró suficientes razones para pararse de la cama: lo único que pudo hacer fue quitarse, por unos segundos, la máscara de los ojos. Las persianas estaban bordeadas por la luz fría de las ocho de la mañana. Nada se oía. Todo el ruido estaba en su cabeza: «No es normal», «no más», «detrás de él». Su compañero de habitación, Signoret, que es un francesito que lanza frases de superación personal sin mirar a los ojos, estaba cerrando su maleta con los dientes apretados. Y el desahuciado de Zondervan sólo atinaba a pensar que nadie en su equipo, ni en el lote ni en la caravana del tour, podía darse cuenta de que se había convertido en el peor de los venenos: el ciclista deprimido.

Un ciclista desmoralizado es una cosa sin nombre, un lastre, una rémora, que no deja pasar ni deja ver.

Y lo mejor que puede hacer el resto es huirle igual que a la gripe y a la peste bubónica.

Pasar al lado en puntillas como pasando al lado del cadáver de un animal arrollado por quién sabe qué.

Se paró de la cama y se quitó definitivamente la máscara de los ojos porque la chiflada de su madre lo llamó desde una cabina de Rijpwetering, por cobrar, a repetirle aquel monólogo existencialista que solía empezar en «desde que murió tu padre no tengo razones para seguir adelante» y tendía a terminar en «tú eres como la tortuga de la fábula pero al final no ganas». Se levantó, mejor dicho, con ganas de no parecerse a ella, de no ser una madre capaz de decirle a su hijo que no tiene ganas de vivir. Se pegó un duchazo con agua fría. Se bañó luego con agua caliente. Se dejó animar por Signoret: «No habremos conseguido nada, pero vamos a volver a casa ilesos»; «no habremos conquistado los Pirineos, pero no hemos comprado la victoria».

Se engominó el pelo al estilo del 007. Echó en la maleta la almohada plana que era la única almohada que le servía para dormir en paz y así consiguió empezar el día. Se puso la sudadera amplia que solía ponerse. Recorrió el largo pasillo del hotel con la certeza de que había vivido mil veces esa misma escena, ay. De las puertas entreabiertas venían golpecitos de masajistas, ruiditos de regaderas y televisores y secadores de pelo, y frases sueltas en todos los idiomas que entendía y que hablaba. Y él siguió de largo, como la tortuga, despacio pero sin detenerse, porque el dicho popular advierte que la curiosidad mató al ciclista. Y ni siquiera cedió a la tentación de espiar el cuarto de los locutores colombianos que se habían enfrascado en una gritería llena de palabras en español que él conocía: «Ladrón», «hijo», «puta».

Desayunó un potaje y un huevo duro y un schnitzel, igual que cada día, muerto de hambre y de tedio. Levantó algunas pesas con las piernas. Hizo una pequeña excursión matinal, de nosecuántos kilómetros, para irse haciendo a su suerte. Llegó a tiempo al camión del equipo a ponerse el uniforme blanco, azul y rojo con el número 110 en la cintura. Se puso las zapatillas emboladas en un banquito derrotado que encontró por ahí. Revisó los puntos claves del recorrido con Danguillaume, el director, y los anotó en una hoja cuadriculada que pegó con cinta americana en el manillar de su bicicleta: la idea es que Andersen llegue bien al final. El asistente del Coop-Hoonved, el tonto de Benoît, le preguntó cuántos bidones llenos de qué iba a llevar hoy: «Deux». Y lo condujo después a los rodillos para que comenzara a calentar para esta etapa imposible del Alpe d'Huez.

Se entra a una burbuja —a otra dimensión, a otro plano— cuando por fin se llega a la línea de salida. Se revisa que las medias sean del color correcto porque los comisarios deportivos van por el mundo con el reglamento en la mano. Se da el nombre con la seguridad de un agente secreto, Zondervan, Manfred Zondervan, a la espera de una palabra que es la mejor en todos los idiomas que uno aprende en el ciclismo: «Adelante…». Se busca un lugar lejos del lugar de las caídas. Se siente en el estómago un miedo que es una piedra adentro: una piedra que crece y decrece igual que un corazón. Se busca una manera de salvar al cuerpo de la mente. Y lo mejor es vararse en el presente, libre de recuerdos y de cuentas pendientes, si la idea es llegar hasta el final.

Zondervan se acomodó en el lote justo a tiempo. Pasó al lado de Zoetemelk sin decirle «hola» ni «Joop» ni «jefe» pues ya da por hecho que el Holandés del Tour de Francia no va a responderle el saludo: «A la mierda». Dio unas palmaditas en la espalda al irritable Hinault. Miró de reojo al gafufo Fignon. Saludó con una inclinación de la cabeza a «el Viejo» Patrocinio Jiménez, el escarabajo suramericano del Teka, con quien se cayó y se pinchó y se torció el brazo derecho en la Vuelta a España: «Hola». Se vio rodeado, de hecho, de esos colombianos benditos que miran al piso y se agrandan y suben las montañas como si fueran bajando los muy cabrones, pero que no tienen ni puta idea de acomodarse en un lote.

«No deberían permitir aficionados en la competencia más dura de la Tierra —va a decirle a su mujer cuando vuelvan a verse—: tarde o temprano se los encuentra uno en el suelo».

Sin embargo, se hizo al lado de «el gran escalador de Macondo», de ese milagroso e impronunciable Luis Herrera que se ha ganado todo lo que puede ganarse en su país y los ha estado dejando a todos en las curvas empinadas, para demostrar que él no era de aquellos que andaban burlándose de los indios. Se cruzó una serie de palabras sueltas con el jovencísimo Herrera: «Buenos días», «etapa más dura», «suerte, Lucho». Y como nada que arrancaba la jornada de ese lunes 16 de julio de 1984, 11:46, 11:47, 11:48 a.m., se descubrió preguntándose qué tan cierto sería que él era la tortuga de la fábula. Y como empezó a sentir que todo el mundo estaba pasándole de largo, pero que él iba a llegar primero el Día del Juicio Final, como empezó a escuchar las sentencias de las dos mujeres de su vida igual que un ruido en la mitad de su cabeza —«¡retírate!», «¡triunfa!», «¡sé normal!», «¡sé único!»—, no encontró otra manera de ponerse en blanco que cantarse a sí mismo la hipnótica cancioncita electrónica que la gente de Kraftwerk le compuso al Tour de Francia.

Venía de los parlantes amarrados a los postes de la Place Hubert Dubedout con sus susurros graves y sus teclados agudos y sus jadeos y sus chirridos y sus piñones de verdad.

Su estribillo enloquecedor, «Tour de France, Tour de France», que era en lo único que uno podía pensar después de escucharlo un par de veces, era al menos un mantra imprevisto:

L'enfer du Nord Paris-Roubaix (Tour de France, Tour de France)

La Cote d'Azur et Saint-Tropez (Tour de France, Tour de France)
Les Alpes et les Pyrénées (Tour de France, Tour de France)
Dernière étape: Champs-Élysées (Tour de France, Tour de France)

Quedan cincuenta, quedan cuarenta, quedan treinta segundos para partir. Estos son los 136, 137, 138, 139, 140 pedalistas que han sobrevivido hasta ahora al 71.º Tour de Francia: siempre llegan algunos en el último minuto. Desde afuera se ven limpios, enteros. Tienen las cachuchas blancas y los marcos relucientes y los sillines rectos. Pero acá adentro se ven heridos de muerte, y nauseabundos del miedo, y a punto de rendirse, y seguros de que el arranque —que es una montonera— les va a salir mal. El engominado Zondervan, Manfred Zondervan, que quisiera tomarse la vida como Roger Moore pero tiende a tomársela como Sean Connery, estudia una vez más la etapa de aquí al Alpe d'Huez en el papel que pegó en el manillar: Col de la Placette, 3ª categoría, kilómetro 18 / Côte de Saint-Pierre-de-Chartreuse, 2ª, 39 / Col du Coq, 1ª, 53 / Côte de Laffrey, 1ª, 104 / Alpe d'Huez, 1ª, 135. Se ajusta el calapié. Siente que Herrera, el campesino del otro lado del mundo, lo mira aterrado e incrédulo porque no deja de canturrear, pero sigue canturreando.

Reza luego un padrenuestro en neerlandés, como lo ha hecho en las setecientas setenta y dos competiciones en las que ha participado en estos doce años, para que la caída en la partida y el horror en el recorrido y el fracaso de la estrategia no vayan a ser por falta de fe: «Onze vader die in de hemel zijt…».

Ve partir los carros oficiales de la competencia. Ve partir las motos. Ve las caras agoreras de esa caravana de hombres con el cerebro lavado por los padecimientos.

Y a las 11:52 a.m. escucha por fin «cinq!, quatre!, trois!, deux!, un…!, top!». Y luego el pistoletazo: ¡pum!

29

Y pedalea delante y al lado y detrás de los mejores ciclistas del planeta para seguir siendo él, para seguir aplazando la vida hasta que haya silencio, con la ilusión de que este pedaleo sea lo único que exista.

11:52 a.m. a 12:23 p.m.

Todavía queda aire. Los ciento cuarenta pedalistas ruedan a 200 metros sobre el nivel del mar. Pasan junto a las casas de piedra de las estrechas Rue de Vassieux y Rue du 16 Août 1944 —y los árboles enormes los salvan del sol y los abuelos y los nietos grenoblenses agitan las fervorosas banderas francesas desde las ventanas— hasta que toman la amplia Rue de la Résistance y el pelotón es una serpiente que no puede deshacerse de su cola. Este es «le petit colombien» Lucho Herrera: no consigue acomodarse en un buen lugar del lote, que rueda a 50 kilómetros por hora, pero no niega ni quiere negar que «el suero que me pusieron el día de descanso me tiene engranado». Se está sintiendo muy mal. Se teme la peor de las jornadas si las piernas siguen yendo así. Lleva en la cintura el número 141. Corre por el equipo colombiano amateur que tiene el patrocinio de las pilas Varta. Ya se voltea cuando lo llaman «Heguega».

El holandés que canturrea «Tour de France, Tour de France», que es un viejo zorro con las piernas curtidas como zapatos viejos, le dice «¡vamos, Lucho, vamos!» porque lo ve haciendo muecas de desesperación. Hay de todo en este lote: corredores que se quedan mirándoles las caramañolas de agua de panela a ver si ahí está la fuerza agazapada que se les despierta en la montaña, gregarios que los saludan como a los niños que aún no aprenden a hablar, campeones legendarios que les dan palmaditas en la espalda, matones que les preguntan a cuánto el kilo de coca, je. Bernard Hinault, que es el gran campeón de estos tiempos así esté perdiendo esta partida con Laurent Fignon, no ha

31

hecho sino rezongar cada vez que le preguntan por los colombianos, pero, para dar pruebas de su buena fe, en la etapa del otro día trató de hablarle a Herrera como si fueran viejos conocidos: Herrera le cae bien.

El tímido Lucho Herrera nunca se imaginó que un Tour de Francia fuera esto tan doloroso: «Me habían dicho que era duro y difícil —repite sin mirar a los ojos—, pero prácticamente es más duro de lo que creí».

Ya ha bajado tres kilos, de cincuenta y siete a cincuenta y cuatro en la balanza del equipo, desde que la carrera comenzó, y seguro que hoy va a perder un poco más porque estos no paran ni quieren parar. Tiene vergüenza con la gente que ha creído en él desde el principio, y que apuesta por él siempre que la carrera empieza a empinarse, y que tiene fe en lo que él suele hacer cuando llega la montaña —desde los directivos hasta sus papás, desde sus directores técnicos hasta sus compatriotas, desde sus compañeros hasta sus rivales—, pero esto de verdad que está muy duro. «En Colombia las cuestas son más largas», «vine a aprender», «yo no voy a ganar: yo sólo los inquieto un poco», advierte. Pero, cuando ve que está robándoles a todos la ilusión, dice algo semejante a «pero ya viene la montaña».

Lucho Herrera es un muchacho serio, amable, complaciente, pero también es un jugador tenaz: un hombre bueno —más parecido a un jardín que a un jardinero— que no se deja de nadie ni se echa para atrás cuando ha tomado alguna decisión.

Y si algo ha sido extraño para él, en estos dieciocho o diecinueve largos días de tour, ha sido esta sensación de no tener ni idea de qué va a pasar con él mañana.

Cumplió veintitrés años, hace apenas un par de meses, en la casa de la familia en Fusagasugá. Querría estar allí en este momento entre los verdes y los soles y las flores. Querría levantarse temprano, tomarse el café cargado que le prepara su mamá todos los días, pasarse unas horas trabajando en el jardín bajo ese sol que no es un adversario, sino acaso una manta. Preferiría estar haciendo unos cuantos kilómetros con los amigos por ahí por el Alto de San Miguel. Cómo le gustaría estar caminando con su novia Gina, que de puro sincero que es ya se ganó a la mamá de ella, en las calles solitarias de su pueblo. Y no estar aquí tan lejos, en Grenoble, con la sensación pegajosa de que él hoy no es él mismo y no va a sentirse en su casa hasta que no tenga a sus papás al lado.

—Yo me estoy sintiendo prácticamente engranado —le repite pasito a Rafael Acevedo, su compañero, que no le alcanza a escuchar.

—¡Vamos, Luchito, vamos! —le responde él con la mirada puesta en ese pelotón tempestuoso que se los está llevando a 55 kilómetros por hora.

Pero Lucho hoy no se siente Lucho Herrera: hoy no se parece al niño que empezó a subir con la boca abierta a San Miguel en una bicicleta de un solo piñón que le regaló su mamá para que no llegara tarde al colegio; no se comporta como el hermano menor que luchó durante siete años, siete, sin dineros ni patrocinios ni resultados, para cumplir la fantasía de un hermano mayor que se sacrificó por él —y se dedicó al negocio de las flores para que él pudiera ser ciclista— «pues porque Luis es mejor que yo...»; no siente la seguridad de aquella etapa reina del Clásico RCN de 1981, la etapa del Alto de La Línea, en la que dejó atrás a los campeones colombianos: «Hubiera podido atacarlos más abajo pero por respeto no lo hice», dijo.

Y ellos se dieron cuenta de su humildad y le dieron un apretón de manos en la llegada.

Desde entonces no le ha faltado el patrocinio para correr, ni lo ha dejado en paz el apodo bonito que el Viejo Macanudo Arrastía Bricca le puso en aquella meta: el Jardinerito. Ya ha ganado una Vuelta a Colombia. Ya ha ganado tres Clásicos RCN. Ha probado en todas las cuestas, de todos los modos, que es el mejor escalador del país de los mejores escaladores del mundo. Y para corregir el gran error que cometió el equipo colombiano del año pasado, que fue la primera vez, 1983, que se logró llevar a un grupo de ciclistas amateurs a la carrera profesional más importante de este planeta, ha sido elegido como el líder. Y todos los demás, que lo quieren por ser así, tranquilo y firme, están dispuestos a ser sus gregarios: a correr por él y para él.

En Colombia se han dado silvestres los ciclistas. Desde que la heroica y salvaje Vuelta a Colombia comenzó, en tiempos del presidente conservador Laureano Gómez Castro, a crear la ilusión de que en verdad era posible recorrer el país más violento del mundo —tierra querida de unos cuantos nomás que ha vivido en guerra perpetua y ha inventado los cortes de corbata y los cortes de franela—, un puñado de pedalistas templados y embarrados y sin cascos como Efraín «el Zipa» Forero, Ramón «el Escarabajo» Hoyos, Martín Emilio «Cochise» Rodríguez y Rafael «el Niño de Cucaita» Niño han sido los superhéroes de la nación. Desde 1980, cuando Alfonso Flórez le ganó el Tour de l'Avenir al gran Serguéi Sujoruchenkov, las gestas y las hazañas de los ciclistas colombianos han empezado a suceder en Europa.

El señor presidente de la República Julio César Turbay Ayala llegó a instalar, a principios de 1981, una línea directa con los pedalistas nacionales: «¿Aló?», «¿de parte de quién?».

Y fue común escuchar a los especialistas franceses hablando de «aquellos pequeños indígenas de piel de cobre que trepan como los dioses».

El Tour de Francia del año pasado, que, repito, recibió corredores aficionados por primera vez, fue una educación de primera para los muchachos colombianos.

Se sacudieron la sensación de estar viviendo una aventura. Supieron lo que es ser tratado como una especie exóti-

34

ca camino a un zoológico humano. Vivieron en carne propia la inclemencia del calor, del frío, del viento, del pavé, del lote. Notaron que el aerodinámico Laurent Fignon, el campeón en ausencia del arrojado de Bernard Hinault, venía desde el futuro. Alcanzaron a darse cuenta de que eran superiores en las etapas de montaña. Aprendieron a alimentarse sin llenarse de gaseosas, a guardarse las felicidades, a tragarse las frustraciones, a hablar un poco menos con los locutores chauvinistas, a moderar las fuerzas, a cumplir órdenes, a trabajar en equipo en el nombre de un líder.

Y Gómez y Tenjo, los directores técnicos, el uno con sus gafotas y el otro con su bigote incipiente, ya no les piden consejos ni opiniones a los desabrochados directivos, sino que se encierran con la cabeza del equipo —«Lucho: venga le digo una cosa…»— a plantear a su gusto cada una de las etapas.

Y sin embargo no puede haber sucedido un Tour de Francia más duro que este que está sucediendo.

En los 5.4 kilómetros del prólogo de Montreuil a Noisy-le-Sec, el viernes 29 de junio, el Jardinerito Herrera terminó en el puesto 85 a cuarenta y cuatro segundos de Bernard Hinault: «Yo sé que tienen mucha fe en nosotros, pero enfrentar estos vientos es más difícil de lo que ustedes piensan», dijo. En aquella primera semana larga desde el sábado 30 de junio hasta el domingo 8 de julio, esa primera parte del tour desde la 1.ª etapa de Bondy a Saint-Denis hasta la 10.ª etapa de Langon a Pau, Herrera no hizo más que contar los días para que la llegada de los Pirineos trajera el fin del miedo, del ritmo endemoniado del grupo, de los pisos lisos mojados por las lluviecitas, de las miradas prejuiciosas, de los hostigamientos a los chimpancés colombianos, de los agarrones de las camisetas, de los retiros de los compañeros, de las contrarrelojes demoledoras, de los vaivenes y las licuadoras y las caídas.

Fueron 1.995 devastadores kilómetros para el pobre Lucho Herrera: «Prácticamente nos salvamos de un par de curvas peligrosas», «lo importante en estas etapas sin montañas es no perder la rueda», «yo creo que ya superamos el nerviosismo propio del comienzo», «fue una etapa bastante dura en la que me sentí un poco regular y esperemos que no desfallezca», «no vamos a ganar el tour, pero en los Pirineos no vamos a decepcionar a los colombianos ni a los franceses», les fue respondiendo, hecho un esqueleto de tanto cruzar los dedos y tanto perder, a los periodistas de todo el mundo que se negaban a sacarlo de la lista de favoritos para ganar la competencia.

Pero lo cierto es que para la etapa 10.ª no iba perdiendo con los favoritos —«en el plano»— los cuatro minutos que habían calculado los directores del equipo, sino que estaba ya a diez minutos de Fignon y a nueve de Hinault en el puesto 111 de la clasificación general: una pequeña debacle.

Habría que decir que todo empezó a enrarecerse, a nublarse, desde que el Jardinerito perdió la caja de dientes que había tenido que mandarse a hacer. Acababa de empezar el tour. Era la primera etapa plana, de 149 kilómetros, de Bondy a Saint-Denis. Y hacia la mitad de la carrera, cuando el pelotón cruzaba la zona de alimentación, la prótesis se desencajó y se deslizó y saltó de su boca como si fuera cualquier cosa: ¡zas!, ¡tac!, ¡crac! Y Herrera, desmoralizado e incapaz de confesar su pena, no sólo padeció esa jornada como todas las jornadas planas, sino que no pudo comer nada hasta que el equipo se acomodó en el hotel. Llegó de antepenúltimo esa vez: puesto 168 en un lote de 170 ciclistas. Pero no era por eso, sino por su boca, que sentía vergüenza.

—A Herrera se le perdió la caja, pero le prohíbo terminantemente contarlo —susurró un dirigente del equipo, que ha pedido seguir en el anonimato, al comentarista Pepe Calderón Tovar.

—¿Pero luego no trajeron repuestos? —preguntó Calderón con su verdadera voz de niño opita.

—La caja de dientes —le explicó el encorbatado poniendo el dedo índice sobre los labios.

No ha sido nada fácil desde entonces y no fue nada fácil esa noche. Nadie se atrevía a comentar el tema ni en serio ni en chiste: «Buenas noches...». Herrera, desolado, no podía mirar a ninguno de sus compañeros a la cara. A duras penas comía la «dieta blanda» que le habían ordenado en un rincón de su habitación. Y entonces, de la nada, el directivo que digo consiguió los servicios de un odontólogo francés, Morin, que le recomendaron entre dientes. Y el dentista, que seguía a los colombianos desde aquel Tour de l'Avenir de 1980, les dijo «apportez-moi le cycliste» como un enfermero libre de desdén en el campo de batalla. Y febril y obsesionado, semejante al doctor Frankenstein, trabajó toda la noche en la dentadura nueva.

Dio una cama a Lucho Herrera, a quien llamó, en repetidas ocasiones, «le colosse des montagnes», para que tratara de dormir un poco, pero fue en vano, claro, porque tuvo que despertarlo todo el tiempo para hacer una prueba de la caja nueva.

Ni Pepe Calderón de la emisora PST Estéreo, ni José Clopatofsky del periódico *El Tiempo*, que tuvieron claros los pormenores del secreto, contaron nada de nada de lo que sabemos. Y sin embargo, por culpa de un texto de Joan Manuel Serrat, el músico convertido en corresponsal de *El periódico de Catalunya*, la noticia de la caja de dientes perdida fue la curiosidad del día siguiente. Y el pobre Herrera empezó a pagar cara esa trasnochada, y sufrió más de lo que imaginaba, con la cabeza gacha, en esas primeras diez etapas desbocadas, pero al menos lo hizo con una sonrisa leve de las suyas y con un equipo hecho para él: «Sólo falta que lo metamos en una caja de cristal libre de gérmenes —declaró "el Pollo" López—: no lo dejamos ni que gaste plata».

Fue el punto más bajo: parte del equipo se indigestó; los embalajes finales fueron puñaladas traperas; Hinault, que, cansado de que le preguntaran por ellos, había llamado a los colombianos «enanos», «risibles», «cocaineros», empezó a sentir compasión por los días malos de Herrera —que llegó a ser multado, luego de la novena etapa, por pedalear un rato detrás de un carro— y lo rescató un par de veces de la cola del lote.

Pero entonces llegaron, con brillo de herencia anhelada o de premio, los tales Pirineos. En la cuesta final de la 11.ª etapa, los 226 kilómetros matadores de Pau a Guzet-Neige, el Jardinerito Herrera Herrera se atrevió a atacar al grupo de los favoritos y ninguno fue capaz de seguirle el paso: ni Kelly ni Delgado ni Roche ni LeMond ni Fignon ni Hinault. Se fue una primera vez pero esa primera vez perdió unos segundos mirando hacia atrás a ver por qué no lo seguían. Mil metros después arrancó de nuevo, en busca de «el Rey de los Pirineos» Robert Millar, como si fuera el único ciclista del mundo que se sintiera mejor subiendo que bajando, como si el calvario fuera el hábitat del mártir. El escocés Millar se había fugado en la subida anterior. Y Lucho Herrera quiso irse detrás de él entonces, y sin embargo el cejijunto y bigotudo Flórez, que era el hombre de la experiencia y capitaneaba la estrategia, «me controló para que no perdiera fuerzas tan temprano». Herrera despegó cinco kilómetros antes de la meta y —según relató el Aristócrata Monroy en PST— «los hércules del pelotón quedaron hechos cíclopes» y «en apenas unas curvas le descontó cuatro minutos del alma a ese fugitivo escocés en las rocas» y «en el día 8.462 de su vida llegó en el segundo lugar, ¡segundo!, a sólo cuarenta segunditos de nada del ganador de esta grandiosa justa pirenaica».

«El Comandante» Castro, que era el narrador principal de Caracol Radio, le dijo «¡Luchito!: ¡felicitaciones por esa lección de ciclismo!» desde las cabinas de la meta.

Y el monosilábico Luchito le respondió sin alevosía, con el mismo tono pacífico de siempre, «pero usted por qué me felicita si yo todavía no he hecho nada: yo no quería llegar segundo, sino ganarme la etapa».

El país, que estaba preocupado por la operación de afán que tuvieron que hacerle al expresidente Lleras Restrepo, que estaba orgulloso del cuarto puesto de la reina de belleza Susana Caldas en Miss Universo y que estaba cansado de oírle al señor Pablo Escobar que él no era un narcotraficante, no pensó lo mismo: no había ningún colombiano entre los doce retiros de la fecha; el equipo, Colombia-Pilas Varta, había ganado la etapa por equipos a pesar de su torpeza en los descensos; Herrera había logrado el mejor puesto que había alcanzado un latinoamericano en cualquier Tour de Francia, había descontado un montón de tiempo en la clasificación general y había recuperado noventa puestos, ¡del 113 al 23!, en apenas cinco kilómetros.

L'Équipe lo llamó «el Divino Hijo de la Montaña», «el Escarabajo Alado», «el Monstruo Macondiano». El director del tour Félix Lévitan le dijo, en directo en un programa de televisión, «si Fausto Coppi pudo descontar diecinueve minutos una vez, usted también puede hacerlo». Y salió a la luz la noticia de que le están lloviendo ofertas para que se vaya a correr fuera del país.

Pero él no sólo no se va porque no quiere irse de su Colombia, ni de su Fusagasugá ni de su casa del jardín, sino que de ninguna manera va a comerse el cuento de que va a ganarse el Tour de Francia: «No voy a ganar», «no voy bien en el plano, no voy bien en la contrarreloj, no voy bien en las carreras de más de doce etapas con tan poca montaña», repite.

Y el tour le ha dado la razón: la semana pasada, luego de ese colombianísimo segundo lugar en Guzet-Neige, vinieron cuatro tormentosas etapas planas.

Cierto es que mejoró un poco. Pero sufrió cuatro días enteros, protegido por sus compañeros, para no perder el contacto con los líderes de la competencia: «Otra etapa como esta de hoy y nos matan», se dijo cada noche antes de soñar con los segundos que había perdido en las tardes. Los cuartos de los hoteles eran salas de cuidados intensivos: ampollas, bronquitis, fracturas, raspones, forúnculos, depresiones. «El Jumbo» Cárdenas, su gran gregario, que andaba encargado de traer las cantimploras y tiene la peor suerte del mundo, terminó una noche llorando en el baño de su habitación por haber sido eliminado de la carrera luego de llegar fuera de tiempo: «Yo no sé qué me pasó… yo les juro que traté…», jadeaba el Jumbo y nadie sabía qué decirle.

Cuando llegó el día de descanso que se veía tan lejos, el sábado 14 de julio de la pomposa celebración de la patria francesa, era claro que meterse en el ciclismo es tener coraje y que el dolor no va a parar.

El domingo 15, o sea ayer, el delirio viajó una vez más desde Francia hasta Colombia porque Lucho Herrera perdió con Laurent Fignon por sólo veinticinco segundos una contrarreloj que terminaba en la gran cuesta lloviznosa del Alto de la Ruchère. Fue triste, claro, pues tuvo el mejor tiempo entre los ciento cuarenta corredores de la carrera durante buena parte de la tarde. En las calles y en las casas colombianas, donde ya se celebraba la primera gran victoria de un compatriota en el Tour de Francia, la noticia de que Fignon había ganado la etapa —porque había ido mejor en la parte plana del principio— sonó a afrenta a la patria: «Ese gafufo hijo de puta que acabó con las ilusiones de todo un pueblo», se le llamó, en el mejor de los casos, al campeón del año anterior.

Y, no obstante se trataba de otro segundo lugar, se desató la locura: «¡Ya no somos un país de bandidos, de mafiosos con temor de Dios, sino un semillero de deportistas echados para delante!», exclamó al aire el Aristócrata Monroy.

Y el diario regional *Le Dauphiné Libéré*, que por lo menos sabe lo que dice, volvió a considerarlo el gran favorito para arrebatarles el primer lugar de la clasificación general a Fignon e Hinault.

Y lo obligaron a tomarse una fotografía con una boina francesa, «souriez par ici, monsieur Heguega, s'il vous plaît», dándole la espalda a un afiche patriotizado de tiempos de negociaciones con la guerrilla —ni se le ocurra usar la palabra «cartel»— en el que puede leerse «Lucho por la paz».

Y hace veintipico minutos, cuando esperaban el pistoletazo de salida para esta etapa reina del Alpe d'Huez, el pelotón en pleno lo miraba como si fuera seguro que en menos de cinco horas iba a estar en el primer lugar del podio.

Pero Lucho hoy no se siente Lucho Herrera, no, rueda a duras penas en esta carretera que se está empinando, echa de menos a sus padres y a sus hermanos, tiene nublados los ojos porque tiene el alma aplastada, repite que se siente «prácticamente amarrado» y «pedaleando para nada», le parece que el casco es una corona de espinas, no durmió nada bien porque ese par de locutores colombianos se levantaron a los gritos en la madrugada, no logra sacudirse el pavor que siente entre las vísceras y entre las vértebras cuando arranca la carrera, no soporta al viejo ciclista holandés «comosellame» canturreando «Tour de France, Tour de France» como el loquito que había en su pueblo en los setenta, y ya no quiere estar ahí.

No va a ganar la etapa. No está respirando bien y no tiene piernas. Váyanse haciendo a la idea, a las 12:23 p.m., de que esto no va a ser para nosotros.

12:23 p.m. a 12:38 p.m.

Y este que está encabezando el pelotón es, por supuesto, el Monstruo Bernard Hinault. Es increíble que alguien aún no lo reconozca: «¡Si es Hinault!». Si todo el mundo sabe quién es él desde aquella quinta etapa en la durísima carrera del diario *Le Dauphiné Libéré*, en 1977, cuando en un descenso «a tumba abierta» se fue por un barranco y se salvó por poco y escaló de vuelta a su bicicleta ensangrentada para quedarse con la victoria en la carrera. Está cumpliendo diez años de ganárselo todo, todo: dos vueltas españolas, dos giros italianos, cuatros tours franceses. Quién no escuchó que fue su amigo, el exciclista Cyrille Guimard, quien le propuso esta vida y lo acompañó siempre y lo dirigió en sus victorias desde el 75 hasta el 83 en el Renault-Gitane. Quién no se enteró de sus duelos míticos con el Holandés del Tour Joop Zoetemelk.

Quién no tiene claro que sólo el francés Jacques Anquetil o el belga Eddy Merckx, que son los primeros nombres que vienen a la cabeza cuando se habla de ciclismo, podrían disputarle al Monstruo el título de «el mejor ciclista de todos los tiempos».

Quién no se enteró de que un viejo problema de rodillas, conseguido a fuerza de perderle la paciencia a su cuerpo y de valerse de los cambios equivocados en las peores escaladas, le impidió correr y ganar el Tour de Francia del año pasado.

Y que fue entonces cuando su compañero de equipo, el tal Laurent Fignon, que tiene cara de profesor de Química, no sólo se convirtió en el nuevo campeón de la carrera, sino que, por orden del técnico Guimard, fue nombrado «el nuevo líder del Renault-Gitane».

Y que fue entonces cuando el Tejón, que así también le dicen a Hinault en el mundo del ciclismo, mandó al señor Guimard al círculo del infierno de los traidores a la amistad —por aprovechar su ausencia para destronarlo, por Dios, qué clase de amigo derroca a su amigo— e invitó a un puñado de estrellas deslucidas a montar este equipo patrocinado por la cadena de comidas saludables del ruidoso Bernard Tapie: La Vie Claire. Qué se creía Fignon, su gregario, para retirarlo antes de tiempo. Qué se creía Guimard. Qué se creía la gente de la Renault para responder «Guimard» a su «Guimard o yo». En qué momento decidieron todos estos conspiradores sacarlo del camino como un segundón, como un estorbo, como un viejo. Dónde está escrito que la vida de un ciclista acaba a los treinta. Qué arrogancia, qué petulancia, qué insolencia, qué envidia. Él jamás hizo sentir miserable a Zoetemelk, el gran Zoetemelk, por llevarle ocho años de edad. Él sí respetaba a sus mayores. Él sí era leal.

Y si hubiera estado en la situación del tal Cyrille Guimard, que lo vivió todo con él y que tiene claro su sistema nervioso y ha visto a su familia a los ojos tantas veces, jamás habría sido capaz de atravesársele en su propósito de alcanzar el récord de Anquetil y de Merckx: su propósito de ganarse un quinto tour.

Bernard Hinault, él, no es tan alto: mide 1 metro y 72 centímetros apenas. El Aristócrata Monroy lo llama al aire el Napoleón Hinault, je, porque además es un ciclista minucioso, febril, despiadado en el mejor sentido de las tres palabras. Es, en suma, el hombre que da las órdenes. Es el rey. Es el jefe que además gusta de probar que es el que manda. Y, si es preciso reducirlo a una definición, es sin duda un terco, un obstinado. Se deja llevar por la soberbia, por la hibris, porque en demasiadas ocasiones le ha dado frutos. Hace seis semanas fue derrotado en el Critérium du Dauphiné Libéré por Martín Ramírez, ¡un colombiano!, porque perdió la cabeza como un joven y se ganó todas las metas volantes para probar que sólo él es él y se fundió faltando cinco kilómetros para la meta.

Desde entonces detesta que le pregunten por los colombianos: «¿Por qué habría de temerles? —les responde—, ¿y por qué no temerles a otros?».

Un día se le escapa la frase «pero si los colombianos no están hechos para carreras de tres semanas...» y al otro se ve obligado a visitarlos en la zona de alimentación para que sea claro que no tiene nada en contra de ellos.

Es que por estos días vive de mal genio: «Los colombianos...», «Fignon...», «Guimard...». Se le ve empujando a los que se le atraviesan en el camino. Se le ve levantando el puño cuando algún espectador le grita alguna pesadez desde la orilla. Su insulto favorito es «¡manada de tarados!». Su maldición preferida es «¡que los parta un rayo!». Su nuevo técnico suizo, el científico, minucioso, computarizado Paul Koechli, ha estado haciendo lo mejor que puede para contenerlo, pero ningún programa de ningún aparato del futuro puede poner en cintura a un monarca del ciclismo que, luego de sobrevivir a un rastrero golpe de Estado, se ha metido entre las cejas y entre los dientes la idea de recobrar el trono: «en decadencia» estarán sus abuelas.

Quítense mejor de su camino. No le digan «Bernard...» como pidiéndole que entre en razón. No le repitan que el puto actor de Hollywood quiere cenar con él porque va a hacer una película de todo esto. No le hablen del humor ni de la franqueza de su examigo el buenavida de Guimard. No le pregunten nunca más si ha pensado retirarse. Juró ganar este tour desde la camilla de la clínica. Y va a ganar: «de la vieja guarda» serán sus madres.

Sólo necesita volver a ser el ciclista que fue en los cinco kilómetros del prólogo de este tour. Salió a matarse, a ganar o a morir, en nombre de la camiseta amarilla. Y le sacó tres segundos a Fignon, que es poco pero para él fue toda la gloria que necesitaba, sin las gafitas, ni la liviana Gitane aerodinámica de manubrio bajo que corta el viento, ni el casco para perfilar la silueta que está usando su exalumno como si se acabara de inventar el ciclismo. Y todos los periódicos y todos los periodistas titularon «¡Ha vuelto el patrón!». Y él alcanzó a pensar que el Tour de Francia de 1984 iba a ser su quinto tour, su entrada al Olimpo de los inmortales, hasta que la derrota en la contrarreloj por equipos le mostró un futuro con cara de pasado sombrío.

«En el plano puede ser fundamental el equipo pero en la montaña es cada uno por su lado», «no pienso en Fignon ni en ninguno: sólo en mí», «uno no debe preocuparse por lo que hagan los demás sino por sus propias fuerzas», ha estado diciéndoles a los reporteros dispuesto a mentirse a sí mismo.

Y, como ha sido claro para él que su mente ha empezado a contagiarse de las cortedades de su cuerpo, como ha sido evidente para él que sus piernas no le están haciendo caso a sus órdenes perentorias, se ha pasado estos últimos días tratando de sobreponerse a sí mismo: el martes pasado, en la etapa plana de 111 kilómetros desde Saint-Girons hasta Blagnac, aprovechó los fuertes vientos para atacarlos a todos con bríos de novato irresponsable e inescrupuloso en la zona de alimentación, pero el Renault, su antiguo equipo lleno de conspiradores al servicio de sus dos traidores, organizó la cacería en la última media hora de una etapa que tendría que haber sido de transición. Está fuera de quicio. Se ve. Se nota a mil leguas.

Ayer, en la cronoescalada, sólo perdió treinta y cuatro segundos con Fignon, pero para él fue toda la miseria que necesitaba.

Se lo repiten sin pausas: «Bernard...». Pero él cruzó hace tiempo la frontera de la razón, él ya no está para hacerle caso a nadie, sino para seguir y seguir y seguir matándose sobre la bicicleta como regodeándose en su fracaso y en su error, como encontrándose con la gloria en su locura.

Hoy va a volver a hacer consigo mismo lo que le venga en gana. Dijo sí al pobre suizo, a Koechli, mientras le explicaba la planimetría de la etapa más dura de esta edición de la carrera. Dijo sí a los periodistas que le preguntaron si se sentía con posibilidades de ganar de nuevo el tour aunque estuviera perdiendo más de tres minutos con Fignon en la clasificación general. Simuló una sonrisa en la tensa línea de salida, en una primera fila de ciclistas mirando al horizonte, para que nadie pudiera decirle «Bernard...». Pedaleó con cuidado, con el ceño fruncido pero la mandíbula relajada, mientras el pelotón iba dejando atrás las calles de Grenoble. Se cruzó un par de frases amistosas son Zoetemelk: «Estos niños no saben nada», le dijo. Fingió paz.

Pero ahora mismo, trece kilómetros después de la partida, está sintiéndose frustrado e incómodo porque sospecha que no tendría piernas para seguir al escocés Robert Millar si quisiera ir detrás de él ahora que se ha fugado para ganarse el primer premio de montaña de la etapa. Es tarde para él. No tiene con qué. Sigue la rueda de sus rivales como si hoy no estuviera interesado en emprender una escapada insensata de las suyas. Va detrás de Roche, de Simon, de Delgado, reservándose las ideas y las fuerzas —queden las que queden— para el final de la jornada definitiva de este Tour de Francia. Quedarán seis días más después de este día tan duro, pero lo más posible es que el campeón de este año sea aquel que se quede con la camiseta de líder allá en el Alpe d'Huez: hoy.

Su equipo hace lo mejor que puede porque no hay otra manera de correr. Se siente rodeado de la gente de la Renault, sin embargo, mientras se jura a sí mismo no pararse en los pedales ni desabotonarse el uniforme en la primera cuesta de la etapa. Aquí van a su lado como si no les doliera nada, niñatos hijosdeputa, como si ser joven fuera una virtud: Fignon, LeMond, Madiot, Barteau, los cuatro tarados que vio esta mañana, con sendos acordeones colgados en los hombros, en esa infantil y petulante y triunfal fotografía en *L'Équipe*, y él no los voltea a mirar porque «uno no debe preocuparse por lo que hagan los demás sino por sus propias fuerzas».

Respira. Guarda el aire que le cabe en los pulmones y lo bota para que no empiece a quejársele de pronto el corazón.

Hoy va a cambiar la clasificación general. Es inevitable. Es seguro. Barteau, que se ha puesto la camiseta amarilla en los últimos doce días, con el estoicismo de uno de esos gregarios que no son una amenaza para nadie, va a salir del primer lugar apenas empiece lo más duro de la montaña. Y la pregunta va a ser: «¿Es Fignon o es Hinault?».

Puede consultarse la clasificación general en todos los periódicos, en todos los escaparates, en todos los noticieros del mundo:

1. Vincent Barteau (Renault, Francia) 74 horas 38 minutos 14 segundos
2. Laurent Fignon (Renault, Francia) a 6 minutos 29 segundos
3. Bernard Hinault (La Vie Claire, Francia) a 9 minutos 15 segundos
4. Phil Anderson (Panasonic, Australia) a 11 minutos 3 segundos
5. Gérard Veldscholten (Panasonic, Holanda) a 11 minutos 16 segundos
6. Pedro Delgado (Reynolds, España) a 11 minutos 25 segundos
7. Sean Kelly (Skill, Irlanda) a 12 minutos 4 segundos
8. Greg LeMond (Renault, Estados Unidos) a 12 minutos 33 segundos

9. Robert Millar (Peugeot, Escocia) a 12 minutos 38 segundos
10. Ángel Arroyo (Reynolds, España) a 14 minutos 31 segundos
11. Peter Winnen (Panasonic, Holanda) a 15 minutos 16 segundos
12. Marc Madiot (Renault, Francia) a 16 minutos 20 segundos
13. Pascal Simon (Peugeot, Francia) a 16 minutos 53 segundos
14. Guy Nulens (Panasonic, Bélgica) a 17 minutos 4 segundos
15. Niki Rüttimann (La Vie Claire, Suiza) a 17 minutos 26 segundos
16. Éric Caritoux (Skill, Francia) a 17 minutos 32 segundos
17. Claude Criquielion (Splendor, Bélgica) a 18 minutos 14 segundos
18. Rafael Acevedo (Colombia-Pilas Varta, Colombia) a 18 minutos 23 segundos
19. Luis Herrera (Colombia-Pilas Varta, Colombia) a 18 minutos 30 segundos
20. Beat Breu (Cilo, Suiza) a 18 minutos 59 segundos

Pero cualquiera que sepa de ciclismo, o sea de padecer y de resistir y de prevalecer, debe tener claro que después del viacrucis de hoy todo esto va a cambiar.

Y después de hoy va a saberse qué tan cierto es el esplendor del defensor del título Laurent Fignon y qué tan cierta es la decadencia del legendario Bernard Hinault.

Que en el encaramado kilómetro 16, en el Col de la Placette, se limita a seguir la rueda de los fuertes. Que está repitiéndose a sí mismo «cualquiera sabe que usted hace la carrera durante la noche anterior» porque anoche soñó otra vez que pedaleaba pero no llegaba a ninguna parte, uf. Que tiene pedaleando a su lado a nosequién Zondervan, el hombre que hasta hace poco fue el gregario leal de Zoetemelk —por allá en los tiempos en los que las guerras aún tenían reglas—, hecho un fantasma de la Navidad pasada: «¿Así me veo yo?». Y resopla a modo de tic, a modo de latido, mientras toma las curvas con sus rodillas de treinta años. Y ahora que lo piensa no ve a los superhéroes colombianos por ninguna parte, no, y ahí tienen a sus unicornios.

Ve a Fignon. Con sus gafitas de John Lennon y su rictus hipócrita y su cara angulosa de joven de veintitrés años apenas, que quiere probar que no se ganó el tour del año pasado sólo porque el Monstruo no estaba corriendo. Bueno: la verdad verdadera es que su estado físico es esplendoroso, su pedaleo es un milagro de la naturaleza y su cara de placer mientras asciende esta pequeña cuesta es envidiable, pero cuando uno es su rival humillado, su maestro denigrado, sólo logra reconocerle el genio cuando se le pasan las ganas de matarlo. Ay, los días en los que Hinault llamaba a su discípulo «un cohete», «una motocicleta». Ay, los tiempos en los que Fignon era un principiante displicente —y perdón por la redundancia— que quería desbancar a su héroe.

Y ahora sale en el diario *L'Équipe* con el actor de *El graduado*, con el tal Hoffman, como si ya sólo pudiera rodearse de estrellas: «Mi gran sueño es convertirme en el primer francés que gane la etapa del Alpe d'Huez», puede leerse, en letra minúscula, en el pie de la foto.

Y mientras los cabecillas del pelotón suben y suben al Col de la Placette no lo voltea a mirar a él, al patrón que irrespetó desde el principio e irrespeta día por día, como si ya ni siquiera lo considerara un rival.

Zondervan está poniéndole el paso, de modo inesperado, devorado por la nostalgia que suele devorarse a cualquiera que baje la guardia: «La época más feliz de mi vida…». Zondervan se para en los pedales, un, dos, un, dos, un, dos, en vez de decir que los ciclistas viejos siguen siendo ciclistas. Hinault mira atrás, convertido en un Orfeo que duda de su propia gloria, a ver a quiénes tiene detrás. El Tejón Hinault aparenta control absoluto de la situación transformado en un jugador de póker. Lleva una combinación de 39 por 19. Pedalea a 90 revoluciones por minuto. Avanza a 20 kilómetros por hora. Repite un gesto con la mano, «sigan», «pasen», «sigan», para crearles a todos la ilusión de que no tiene ningún afán.

El escocés Robert Millar, que pesa menos que todos los pedalistas europeos, se ha ido y se ha seguido yendo río arriba en la cuesta —y lo escoltan tres belgas que ha visto pero poco recuerda— para cruzar de primero la cumbre de este premio de montaña de tercera categoría que es una advertencia de lo que vendrá. Ya no se ve. Nadie se lanza a cazarlo. Nadie va detrás de él, que va a ese paso ligero, 100 revoluciones por minuto, que se queda uno viéndolo igual que a un ave rara, pues es claro que no está buscando avanzar en la clasificación general, sino quedarse con la camiseta de las pepas rojas que se ganan los escaladores. Y entonces va tomándoles más y más tiempo al pelotón de los favoritos para ganarse el tour.

Pronto el verdísimo Col de la Placette, por más puerto de tercera categoría que sea, es un reguero de ciclistas jadeantes alentados por puñados de paisanos. Salen y corren desde los sembrados, desde los árboles y las cunetas y las ventanas de las casas enormes de dos pisos a unos cien pasos de la carretera: «Allez, Hinault!», «¡bravo, Fignon!», les gritan. A la izquierda y a la derecha hay pisos y faldas y enramados de todos los verdes. Atrás y adelante están los blancos sucios de los Alpes. El cielo es un velo sin pliegues, tenso, de un azul sereno que nadie puede y nadie podrá pintar. Se ve de reojo apenas una nube violeta como una sombra a la que uno podría acostumbrarse. Y en la distancia, a las 12:35 p.m., se ve una pancarta que dice «588 metros».

Ahí está la gente. Ahí está el pequeño pasacalle blanco y negro y rojo: Col de la Placette, Prix de la Montagne,

3ème catégorie. Ahí están los patrocinadores: *Le Parisien*, Chocolat Poulain, *L'Équipe*.

No se ve el sol, pero ya hace el calor a fuego lento del mediodía. El grupo de los cuatro punteros, encabezados por aquel Robert Millar agarrado de su manubrio y concentrado en el piso, cruzó hace cincuenta y siete segundos aquella cima: «courage!», «force!». Pasan ahora los personajes principales del tour, uno por uno, doblegados en fila india y escoltados por algunos colombianos y vigilados por el ceño fruncido y el paso de león viejo del Monstruo Bernard Hinault. Vienen después sus gregarios y sus víctimas. Y luego una caravana ensordecedora, 536 carros y 241 camiones y 87 motos, que es testigo de uno de los experimentos más bellos e inhumanos creados por el hombre. Y de pronto, a las 12:38 p.m., ya no hay nada, sino prójimos y prójimas desperdigándose entre las montañas.

Y este paisaje de pocos azules e incontables verdes, interrumpido por las barandas de las casas y los automóviles mal parqueados, es un paisaje capaz de volver a este silencio.

12:38 p.m. a 1:00 p.m.

Y este cincuentón afeitado a ras es Henry Molina Molina, también conocido como Remolina, enrojecido y pasmado por la ansiedad desde que el caradura de su jefe lo llamó a decirle «mijo: necesito que se me vaya desde aquí hasta Fusagasugá cubriéndome las reacciones de la gente», «mijo: un amigo de un amigo me consiguió una entrevista con la familia de Herrera». Se ha pasado la vida en esta cabina. Jamás ha sido un enviado especial de PST a los Juegos Olímpicos de 1980 o al Mundial de 1982, por ejemplo. Y hay quienes creen que vive frustrado y hay quienes le ven en la voz una veta de envidia y hay quienes escuchan con lástima risueña la frase «y ahora vamos a los estudios en Bogotá con el joven Molina Molina». Pero la verdad es que, tal vez porque les teme a los viajes y les teme con odio, ha sido él mismo quien ha hecho todo lo que se le ha ocurrido —casarse, endeudarse, tener gemelos— para verse obligado a quedarse: «Iría si pudiera…».

Tiene clarísimo además, pero no es capaz de confesárselo a nadie, que no puede moverse de Bogotá porque el día en que él no esté va a ser el día en el que se le muera su tío, la única persona vieja que le queda.

El cuerpo es el tiempo. Si el cuerpo se acaba, el tiempo se acaba. Y el cuerpo de su tío, que está cumpliendo ochenta y seis años con sus años bisiestos, sólo sobrevive porque él no se va de Bogotá.

Remolina poco sale de esta cabina en donde está esperando que «el Pelado», que es el mejor de los coordinadores del GRC y se rapa la cabeza, le cuente con los dedos el comienzo de la transmisión. Va a la emisora de lunes a domingo. Se pone su traje gris con sus corbatas tropicales y sus zapatos anchos. Apenas llega, llama a su tío porque no se puede ser sino leal con una persona que supo portarse como un papá: «Buenos días por la mañana», le dice. Suelta una risita entre dientes, que le infla las fosas nasales, cada vez que alguien se burla de él por no parar de trabajar ni un solo día: jejejé. «Pero dígame qué me voy yo a hacer a la casa si ni mi mujer ni mis hijos paran por allá», repite. Y además le tiene sin cuidado lo que piensen.

Su talón de Aquiles son los viajes. Detesta despedirse de su gente y de sus cosas porque se siente simulando el fin. Odia el desamparo en los buses, en los aviones, en los trenes. Desde que se vino a vivir a Bogotá, que lo mandó su mamá enferma porque no estaba para hijos, ha sentido una larva en el estómago cuando le llega la hora de hacer la maleta. Pues lo único seguro de un viaje es la partida. Y viajar, que es irse para un sitio sin rutina, o sea para un sitio sin tiempo, se parece demasiado para su gusto a la muerte. Y sin embargo no se lo ha dicho ni va a decírselo a nadie porque se enreda cuando trata de explicarlo. Que crean que es un neurótico. Que crean que es una gallina: popopó. Que el día de mañana, cuando muera, se rían de él por haber sido tan terco: «Ay, Remolina».

«Odiaba con odio jarocho los primeros días de enero porque los jefes lo obligaban a quedarse en la casa».

«No se quitaba ni el saco ni la corbata en la cabina así se estuviera muriendo del calor».

«Y, cuando uno ya le iba a colgar, le hacía una pregunta más con esa vocecita ronqueta pero amable».

Son las 6:38 a.m. del lunes 16 de julio de 1984. Toma forma la transmisión de la etapa 17 de la edición 71.ª de la noticia más importante del mundo: el heroico Tour de Francia. El señor Remolina debería estar carraspeando y contando hasta diez porque el Pelado está a punto de darle paso. En cambio mira fijamente el micrófono engarzado en la mesa redonda de madera e ignora que el letrero rojo

54

de «al aire» ya está palpitando. Y para conservar cierto control sobre sí mismo, «que algo es algo y peor es nada, tío», se traga el poco aire que hay en la cabina hasta llenarse los pulmones e inflarse el estómago. Y siente que los nervios se le toman la piel mientras se escucha la cancioncita esa: «Tour de France, Tour de France».

—¡Seis y treinta y nueve en la reverberante capital de la República! —se oye decir de pronto—. Aquí les habla su servidor Henry Molina Molina de la Asociación Colombiana de Locutores. Y damos vuelo a esta gigantesca transmisión de la etapa reina del Tour de Francia, desde los bellos estudios de PST Estéreo del Grupo Radial Colombiano, con un saludo fraternal a nuestros enviados especiales en territorio francés. Móvil número uno: el Aristócrata Ismael Enrique Monroy en la voz y el Almirante Pepe Calderón Tovar en los comentarios. Móvil número dos: el Corsario Ramiro Vaca en la voz y el Vademécum Mario Santacruz en los datos y las cifras y los biorritmos. Y en la moto, poniendo en riesgo su propia vida como uno más entre el pelotón, el Llanero Solitario Valeriano Calvo.

Se oye a sí mismo hablar de lo que les espera a los ciclistas en una etapa de 151 kilómetros interrumpidos por cinco premios de montaña. Se oye explicar el mítico Alpe d'Huez, el duelo a muerte entre Fignon e Hinault, la posibilidad de que Lucho Herrera gane por fin la primera etapa que ha ganado Colombia. Se da cuenta de que está tardando más de la cuenta en entregar la transmisión.

Y entonces, con la mirada puesta en el coordinador que va a quedarse a cargo de la cabina y que es seguro que no va a ser capaz de lidiar con semejante toro, lanza el saludo que se le ocurrió anoche cuando se puso a pensar en voz alta «mi amor: qué saludo será original…»:

—¡De los Andes a los Alpes! —grita a su manera—: señor Ismael Enrique Monroy: ¡haga el cambio…!

—¡Ya lo hice con Rimula, que mantiene la viscosidad y el motor le dura más! —le contesta el Aristócrata a todo pulmón por el auricular gastado del teléfono de monedas de una panadería de la Rue du Cotterg en Saint-Laurent-du-Pont.

Es una vieja casa de dos pisos, de fachada rocosa pintada de habano, con los postigos de madera salvaje abiertos de par en par. Sobre la ventana más grande de las tres, por encima de las palabras «Boulangerie» y «Pâtisserie», puede leerse el letrero curvo Monsieur Imbert porque ese es el nombre del dueño. Afuera, en el Renault 5 negro mal parqueado, el viejo gringo y la periodista joven sostienen una conversación que va de lo simple a lo grave. Adentro, en un rincón de la cafetería de mesas blancas, puede verse a Monroy vociferando como un poseso —y a su compañero Pepe Calderón Tovar dándole la espalda— mientras un par de ancianas laurentinas lo miran como a un gorila gracioso o un extraterrestre inofensivo o una prueba de que jamás puede decirse en voz alta que ya se ha visto todo.

—Y sí que necesitamos que el motor dure en esta etapa no apta para cardíacos ni para gastríticos que puede cambiar por siempre y para siempre la tragicómica Historia de Colombia —asegura el Aristócrata Monroy, pues quien mucho habla, mucho yerra.

Y su compañero Pepe Calderón, que ya no se soporta ni su voz, se ve obligado a voltearse porque hasta no ver no creer que el narrador está perdiéndose en un monólogo sobre cómo el verdadero rival —dicho además por el diario *L'Équipe*— es la imagen de la Colombia nido de ratas dedicadas en cuerpo y alma al secuestro, a la extorsión y al tráfico de drogas: «Nuestro problema ha sido que en verdad somos como estos escarabajos pundonorosos y valerosos y sanos —estos "petit colombiens"— que han estado conquistando las montañas europeas a lomo de caballo de acero, pero la gente de por aquí que abre los periódicos prefiere creer que somos como esa pareja de mulas que atraparon el otro día en El Havre».

56

Pepe Calderón le pide que pare, «corte, corte», con los dedos convertidos en tijeras. Y él, aturdido porque aún no entiende el tamaño de su delirio, sólo atina a pasarle el auricular: «Profesor Calderón…», concluye.

—Señoras, señores: sin lugar a dudas una etapa durísima que no obstante les conviene a las ilusiones de nuestros pedalistas, sin lugar a dudas una jornada colosal que puede partir en dos la Historia y dar por terminado el antiguo testamento de la biblia de la patria, pero antes de izar el pabellón nacional hay que contarles a nuestros oyentes, respetado compañero, que por lo pronto este pelotón variopinto de ciento cuarenta corredores avanza a regañadientes por la rampa del Côte du Moulin en el kilómetro 30: el menudo escocés Robert Millar, dueño de la camiseta de pepas rojas de la montaña, protagonizó junto a tres corredores más una pequeña fuga para coronar el premio de tercera categoría en el Col de la Placette, pero el lote se ha reunificado en el descenso un poquito antes del presente repecho.

Calderón señala el teléfono de la *pâtisserie*, sonriéndoles y guiñándoles el ojo a las dos ancianas, para que Monroy meta otra moneda de diez francos.

—La palabra del diccionario es «expectación» —remata.

—¡Buenos días, Colombia! ¡Buenos días, queridos oyentes!, ¡Buenos días, profesor! —grita el Aristócrata manoteando con ínfulas de líder en la Plaza de Bolívar—. ¡Y buenos días, ya en el fragor y en el jaleo de la etapa, a nuestros entrañables cómplices del móvil número dos!

Sigue un silencio costoso e incómodo. Quizás esté enrarecida la señal: cuándo no. Pero lo peor de todo es esto de estar peleando con el mejor amigo que uno ha hecho en este planeta habitado por enemigos. Quien ha vivido ya lo suficiente y más que suficiente, y se ha vuelto por fin un boxeador resignado a perder la pelea por puntos, tiene clarísimo que el tiempo de la vida sólo alcanza para hacer contacto humano —y hablar una misma lengua y tener un mismo humor— un par de veces. Y estos personajes, el Aristócrata que ahora lanza la frase «compañeros del móvil número dos…» y el Almirante que no lo mira para castigarlo por lo que pasó anoche, están corriendo el riesgo de disgustarse sin remedio.

—Gracias, profesor Pepe Calderón e Ismael Enrique Monroy, desde este móvil número dos que espera a los mejores pedalistas del mundo en un reventón intermedio a 770 metros sobre el nivel del mar —dice de golpe la voz sobreactuada del Corsario Vaca, que jamás dice nada original—: un abrebocas, don Mario, de lo que tendrán que soportar en esta etapa.

—En efecto, don Ramiro, así es, y quizás sea importante contarles a los oyentes que hasta hoy sólo cinco campeones han logrado conquistar los veintiún giros del demoledor Alpe d'Huez —dice Santacruz, el Vademécum, que sólo cree en las cifras—: Coppi en 1952, Zoetemelk en 1976 y 1979, Kuiper en 1977 y 1978, Winnen en 1981 y 1983 y Breu en 1982.

—Cómo no, don Mario, motivo por el cual por lo pronto estamos siendo testigos de un pelotón conservador de viejos zorros que saben de memoria que hay que guardarse las fuerzas para los últimos cincuenta kilómetros de la competencia: ¿me equivoco?

—Nunca, don Ramiro, lejos de usted: no sólo la insistencia en llevar relaciones del orden de 52 por 15, 52 por 14, revela la intención de mantener una buena posición vertebral de cara a lo que se nos viene, sino que, según ha revelado un doctor manizaleño en *L'Équipe*, las leyes del biorritmo obligan a los favoritos a ir con calma, pero quizá el Llanero pueda darnos luces desde la orilla del lote.

Suenan los primeros compases de la *Obertura de Guillermo Tell*, de Rossini, transformados en chiste para viejos. Y entonces, desde una moto entre las motos —una Morini 500 roja que les está costando un ojo de la cara y que está sonando raro—, que hace lo mejor que puede para espiar a los corredores de la carrera, el Llanero Solitario Calvo emprende una ansiosa, balbuceante descripción de lo que está sucediendo en la competencia unos diez minutos antes de que se convierta en una guerra de aquellas. En un principio poco se escucha, «gra», «gre», «lucho», «zon», «ten», porque no se han acabado de inventar esos portátiles blancos de Motorola que parecen libros gruesos. Luego, superado un abismo y un risco, es claro que —como habla siempre: a toda velocidad, atropellado— está describiendo un lote revuelto.

—Y créanme compañeros que no me gusta nada ser portador de malas noticias, porque para malas noticias están las demás emisoras, pero hoy, hasta el momento, no he visto a los escarabajos colombianos codeándose con un Hinault, con un Fignon, con un Millar.

Se ven nerviosos todos: muchachos, uno por uno por uno, en el frente de batalla. Se están acomodando —dice— como si hubieran pasado de «vamos de paseo por Grenoble» a «sálvese quien pueda». Y parece que fuera a llover allá adentro y fuera a ser un desastre y luego un trauma, pero no aún. Flórez, el colombiano bigotudo que hace cuatro años ganó el Tour de l'Avenir, titubea y amaga con caerse: Dios mío, Dios santo, casi. Kelly, el irlandés macizo que es puro coraje, se da la bendición en inglés porque le están apretando las zapatillas. Como en un déjà vu colectivo, como si los viejos tiempos tuvieran derecho a una segunda oportunidad, el legendario Holandés del Tour de Francia Joop Zoetemelk encabeza el lote.

Y no ve atrás porque tiene claro que lo están dejando puntear mientras tanto.

Y su antiguo gregario Manfred Zondervan lo sigue, aunque ya no se hablen, incapaz de perderse ese momento.

—Ya lo ha oído usted allá en el amanecer de la grisácea capital de la República, querido amigo Remolina, un lote en estado timorato, pacato, «yo te miro, tú me miras», reducido a racimo de bicicletas que ha aprendido a puro pulso que no es de corredores sabios poner toda la carne en el asador al principio de la parrillada —grita el Aristócrata Monroy desde el teléfono público de 𝔐𝔬𝔫𝔰𝔦𝔢𝔲𝔯 𝔍𝔪𝔟𝔢𝔯𝔱, de un momento para otro, porque se están quedando sin monedas de a diez—, pero al mismo tiempo un lote que empieza a dar señales de vida y es un mar que empieza a retorcerse: ¡haga el cambio…!

Y Remolina lo hace «¡con Rimula, que mantiene la viscosidad y el motor le dura más!». Dice todas las cosas que tiene que decir. Resume con pericia lo que va de la etapa. Entrevista a sus dos colegas del móvil número uno de la transmisión de PST del Grupo Radial Colombiano: «Profesor Calderón: ¿cómo ve usted las oportunidades de nuestros ciclistas después de oír el relato desilusionado pero veraz de nuestra moto?». Prolonga la conversación, tal como lo hizo en el avance informativo, preguntándoles «una cosita más: jejejé» cada vez que es hora de dejar a los narradores en paz. Y entonces suelta la frase «a partir de este momento —y hasta el final del recorrido— quedan en manos de los mejores».

Y explica que, por un capricho de su jefe, por primera vez en la vida no va a estar cubriendo la carrera desde el estudio, sino persiguiendo las reacciones de los aficionados fusagasugueños durante la etapa de hoy.

Y le da paso a un breve noticiero sobre lo que está pasando ahora mismo en el mundo.

«Cuarenta guerrilleros de las Fuerzas Armadas Revolucionarias de Colombia (FARC) habrían huido a Panamá por la selvática región del Darién». «El presidente de la República Belisario Betancur Cuartas llevó a cabo una visita a la isla de Malpelo, e izó allí el pabellón nacional, para "ganar presencia en la cuenca del Pacífico"». «El expresidente del Banco de Colombia Jaime Michelsen Uribe se fue lanza en ristre contra el presidente de la República en una entrevista concedida a la revista *Cromos*: "la paz pactada con las FARC sólo existe en la acalorada cabeza de Betancur». «Las autoridades colombianas habrían confirmado ya la participación de las mafias del narcotráfico en el crimen del ministro de Justicia Rodrigo Lara Bonilla». «Un avión bimotor cargado con cocaína se estrelló con un árbol cuando intentaba decolar en una finca del municipio de Ayapel». «Nueve extradiciones de traficantes serán repartidas hoy en la tarde en la Corte Suprema de Justicia en procura de un concepto sobre su legalidad». «Un debate en la cadena norteamericana CBS concluyó que la moda unisex encarnada por cantantes tipo Boy George o Michael Jackson, esa creciente mescolanza de apariencias y actitudes de los sexos, no debe ser motivo de preocupación». «Dora Nelson, la madre de 13 hijos que a los 107 es la mujer más vieja del mundo, celebró su cumpleaños con una botella del bourbon destilado en Kentucky».

Y entonces se queda allí mirando el piso, el pobre Remolina, abstraído en la pregunta de por qué no lo dejan en paz en su cabinita.

Igual que todos los días de la vida, llegó al edificio enladrillado del GRC, en la calle 45 con la carrera 18, a las 5:00 a.m. Fue galante con Alcira, la portera, que recién estaba colgando su cartera en el cuartito de los armarios: «Uy, cómo me gusta verla con su uniforme de mujer, jejejé». Tomó *El Tiempo* de hoy, 68 páginas, 5 secciones, 30 pesos, con la mirada en la foto de la izquierda: «Colombia vibró con el segundo puesto de Herrera». Revisó la programación de televisión, de pie, en busca de la transmisión de la etapa en el canal 7: 8:35 a 10:30 Tour de Francia. Etapa 17, Grenoble-Alpe d'Huez. Leyó en diagonal las «Cosas del día». Notó que había «semana blanca» en el Sears y pensó en llamar a su mujer a contarle para ganar puntos con ella.

Ha aprendido que uno no debe llevarles la contraria a las mujeres, que hay que repetir «claro, claro» hasta que se acabe la perorata, pero esta mañana le reviró a la suya, como un novato, cuando ella le dijo «usted no puede seguir tomando tanto café, Henry, se me va a enfermar»: «Ay, no moleste, Márgara», le respondió, y la señora no quiso despedirse de él, y ahora qué hace.

Colgó el saco en el perchero detrás de la puerta. Se sirvió una taza enorme de café. Se sentó en su pequeñísima oficina a mirar la foto de ella y de los niños que tenía debajo del vidrio del escritorio. Llamó un par de veces a la casa a pedirle perdón, a decirle «Márgara: yo no sé qué me pasó», a avisarle que ya dentro de poco iba a empezar el avance informativo de la etapa. Conversó al aire con aquellos dos, Pepe e Ismael Enrique, que no se oían tan alegres como siempre. Dio por terminado el reporte cuando notó que tenían algún problema por allá en el hotel en el que se estaban quedando. Volvió a la oficinita a ver si terminaba de leer el periódico. Y fue a las 5:40 a.m., un minuto más, un minuto menos, cuando sonó el viejo teléfono rojo que tenía en la esquina de la mesa. Contestó al primer ring porque pensó que era su esposa.

Era su jefe: «Mijo, necesito que se me vaya desde aquí hasta Fusagasugá cubriéndome las reacciones de la gente», le dijo.

Buscó todas las excusas entre su repertorio de excusas, desde el dolor de cintura hasta las churrias, pero no hubo poder humano que convenciera a don Rafa de que lo mejor era que él se quedara «cuidando el chuzo» por si «llegare a caerse la transmisión desde las carreteras francesas». Tuvo que decirle que sí. Tuvo que llamar al tío a contarle, «tío: si sumercé habla con mi señora…», porque su mujer no estaba contestando el teléfono. Se tomó otra taza enorme de café. Y esperó en vano, y escuchó las noticias como un mago que suspende la incredulidad ante los otros magos, y saludó a los que fueron apareciendo en los pasillos de la emisora entapetados de azul, hasta que llegó la hora de empezar la transmisión de la etapa.

Salió bien su parte. Salió mejor que nunca su saludo. Dejó todo en manos de los compañeros por allá en los Alpes y dio paso al resumen noticioso del día.

Y aquí está, con la mirada perdida, preguntándose por qué no me quieren hoy en la cabina o qué demonios quería decir el jefe con la frase «pero tómeselo como un reconocimiento a su labor abnegada, mijo, como un premio».

Está seguro de que el Pelado Garzón, el coordinador que sueña con pasar a la mesa de los micrófonos, va a hacerlo mal: si a duras penas le cambió la voz el otro día. Pero le da ánimos mientras se pone el saco que había dejado colgado detrás la puerta, enrolla el periódico para ponérselo debajo del brazo y pide a la portera —que ya se ha puesto el uniforme, «ututuy, mi capitana», le dice— que por favor le consiga a uno de los muchachos porque le toca dizque irse para Fusagasugá a cubrir las reacciones de la gente: ¿y si Lucho Herrera sigue subiendo mal?, ¿y si fracasamos en los Alpes?, ¿y si los colombianos estamos muy pollos para aguantarnos una carrera tan larga? Qué pendejada de viaje. Qué perdedera de tiempo desde tan temprano.

Odia los viajes. Odia irse de su rutina: de aquí. Sube al carro blanco del refunfuñón y pequeñito Inocencio Velilla, que tiene nombre de personaje de Cantinflas, con la sensación de que va a un funeral. Le dice «bueno: pa Fusa entonces» con su voz ronca y dulce a la vez. Le pide que quite la transmisión de RCN, que está buena, «porque qué tal que nos cojan en estas». Se acomoda en el puesto del copiloto con la sensación de que la vida no puede ser peor. Y, mientras bajan por Palermo en busca de la carrera 30, les pide perdón por lo que viene a todos los choferes de bus que ve ajustando las radios y a los vigilantes que ve con un transistor en la mano para escuchar la etapa al Alpe d'Huez.

Son las 7:00 a.m.: «Ya no se hizo nada», se dice en broma. Está pensando que ha debido despedirse mejor de

63

su tío e insistir más en pedirle perdón a su mujer, pues es seguro que este viaje atípico no va a quedar impune y es seguro que hoy va a ser el día en el que no lo tuvieron a la mano las personas que dependen de él, cuando escucha al Aristócrata Monroy gritando «¡ataca Patrocinio Jiménez!, ¡se va el Viejo Patro!, ¡Colombia se pone de ruana el mundo entero!». Y no le queda más sino subir el volumen.

1:00 p.m. a 1:21 p.m.

—Señoras, señores: kilómetro 33 de la etapa reina del Tour de Francia, y el Viejo José Patrocinio Jiménez, el gran escalador del Teka, uno de los pocos colombianos profesionales del mundo, ha dado el zarpazo con el que nadie contaba en pleno ascenso a Saint-Pierre-de-Chartreuse —dice entonces, al aire por el auricular de la panadería del camino, el comentarista Pepe Calderón Tovar— y según el relato de nuestra moto, ahora mismo está tomándole ochenta, noventa, cien metros al lote en donde están los protagonistas de la carrera: sólo un hombre inesperado, el gregario holandés Manfred Zondervan del Coop-Hoonved, ha querido lanzarse a seguirle el paso al veterano criollo que desde hace siete años ha estado subiendo a los podios de Colombia. La palabra del diccionario es «inédito».

—Recuérdele usted a nuestra querida audiencia, estimado profesor Calderón, de quién estamos hablando cuando estamos hablando del Viejo Patro: ¿qué ha hecho?, ¿qué ha ganado?, ¿qué ha perdido? —pregunta el Aristócrata Monroy, ruidoso y grandilocuente, pidiéndole el auricular a su antiguo amigo por un momento.

—El año pasado, cuando la organización tomó la controversial decisión de permitir la entrada de pedalistas amateurs, el ramiriquense Patrocinio Jiménez encabezó el primer equipo colombiano que corrió un Tour de Francia: no es ya, a los treinta y uno, el mismo muchacho deseoso de conquistar las cumbres que hace ocho años libró una serie de batallas inmemoriales junto con el «Niño de Cucaita» Rafael Antonio Niño Munévar, ni se le está viendo en las piernas la tracción que era una obscenidad en la penúltima edición de la Coors Classic en los desiertos de los Estados Unidos, pero descontar a un corredor de su talla es descontar a la lluvia por el simple hecho de que ya haya llegado el verano.

—¿No es algo temprano para intentar una escapada en una etapa quiebrapatas como la que estamos presenciando?

—Yo le diría que sí, porque uno no sabe ni siquiera cuando sabe, pero casos se han visto en los que un hombre en solitario consigue ir de la partida a la meta sin dejarse tragar por el monstruo del lote: en la edición treinta y cuatro del Tour de Francia, el de 1947, ni más ni menos que la primera ronda de después de la guerra, el pedalista francés Albert Bourlon —un hombre aguerrido e impulsivo adepto a la lucha obrera— consiguió coronar una inhumana etapa en los Pirineos luego de protagonizar una fuga en solitario durante 253 kilómetros: se trata de un récord nunca superado, apreciado señor Monroy, que comenzó bajo las risas de la gente del pelotón, pero que terminó con el terco de Bourlon levantando los brazos de hijo que ha dejado callados a sus papás.

—¡Viva el Tour de Francia con Aguardiente Néctar! —remata el Aristócrata—: ¡Calidad en cada botella!

Hace el cambio conrimulaquemantienelaviscosidadyelmotorleduramás, al móvil número dos, para preguntarle al Vademécum Santacruz por las estadísticas del trepador colombiano, pero el gesto de «hacer el cambio», que en tiempos de paz sería simplemente lo que hay que hacer, es recibido como una afrenta, como una desautorización, como una traición más en una cadena de traiciones, por el susceptible Calderón. Que apenas mueve los labios, «perfecto», «muy bien», «listo», de tal modo que el ligerísimo Monroy cae en cuenta de que sigue pasando lo que está pasando. Y empieza a llenarse por dentro de lo que se llena un hombre cuando siente que ya ha sido suficiente: ¿tiene que morirse —piensa el Aristócrata— para que este mamón lo perdone por haber sido humano?

—Sigan ustedes con los detalles desde la carretera, amigos del móvil números dos, mientras nosotros nos vamos abriendo paso hasta la cima del premio de segunda categoría —dice Monroy sin tono, ni énfasis ni acento de vuelta en la persona detrás del personaje.

Y cuelga el teléfono con una rabia que sólo tendría que aguantarle el teléfono de su habitación. Y sale a toda vela e iracundo, como si él fuera el ofendido, sin darse cuenta de que por poco se lleva por delante a un francesito que no tiene la culpa de haber nacido: a un vejigo. Y el Almirante Pepe Calderón Tovar, que podrá ser extravagante pero en el dúo es el que tiene los pies en la tierra —el yin del *Yin y el Yang* que presentan todos los días al mediodía—, se ve forzado a pedirles disculpas a las ancianas francesas que han estado observándolos como a un par de orangutanes que hablan su propio idioma. Y se aguanta él solo los insultos de monsieur Imbert: «Putain, qu'est-ce qu'il est con!», «va te faire enculer!». Y da una pequeña venia antes de salir.

El Renault 5 negro, en el que van hasta la meta de todas las etapas, sigue parqueado enfrente de la panadería. Monroy ya se ha acomodado en el lado izquierdo del asiento de atrás y ya se ha puesto a mirar por la ventana las fachadas de piedra del viejo pueblo de Saint-Laurent-du-Pont, pero Calderón no va a dejarse manipular ni va a recibirle las disculpas a ese ocañero caradura porque esta vez el cañazo ha sido demasiado grave: ¿cómo puede ser que un cuarentón lleno de hijos, que ha visto tanta maldad y tanto error con sus propios ojos achinados, termine apostando el dinero que a regañadientes le ha prestado su mejor amigo para cubrir la apuesta anterior?, ¿cómo puede ser que ni la primera ni la segunda vez le haya dicho qué iba a hacer con su plata?

Dios: si sabe que a él no le ha sobrado ni un solo peso desde el accidente de Jorgito, si tiene claro que él tiene la barriga llena de supercherías, si le ha estado oyendo de cama a cama, mientras se quedan dormidos, el mal trago que se le ha vuelto la relación con su mujer.

Calderón se sube al lado derecho igual que siempre, se quita los zapatos para que se le aireen los pies y juega el juego de mirar por la ventana.

Debería darles vergüenza con sus dos compañeros de viaje. El «Gringo Viejo» de Red Rice tiene el carro impecable por dentro porque además de todo —además de haberse pasado una semana de 1967 con los cuatro Beatles, además de haberse convertido en el primer periodista gonzo con la escritura de aquella crónica sobre las mil identidades de un cineasta que un día se despertó varado en la lista negra de Hollywood, además de haber recorrido los peores parajes de la Tierra y de andar por los vaivenes del Tour de Francia detrás de Dustin Hoffman— es un hombre obsesionado con la limpieza, pero hoy no va a decirle a Calderon «Dear boy: please, put your shoes on» porque a los sesenta años ya sabe uno que lo sabio es resignarse al fracaso ajeno.

Salvar de sí misma a una persona es tan insensato e imposible como salvar de sí mismo al personaje de una película: la suerte está echada y lo único que queda es dar las gracias por la historia.

A él sí le gusta hablar con esos dos colombianos pletóricos de vida que a fuerza de estar juntos parecen un par de hermanos resabiados, y disfruta como un recuerdo de la infancia que el pequeño Ismael parezca el loco y el gordo Pepe parezca el cuerdo, pero su gran alegría de este Tour de Francia ha sido su amistad con la joven corresponsal de la revista *Prisma*: Marisol Toledo. Desde que ella le dijo «you remind me of my father» —pues su padre también era un flaco largo, un sabio irónico, un fumador y un arrepentido—, él decidió que ella le recordaba a la hija que le dijo «no quiero volver a saber de ti» hace ya veinte años. Y es por eso por lo que no paran de hablar y se encogen de hombros ante el drama del asiento de atrás.

Tienen claro lo que pasó. Que anoche, luego de descansar un rato en el hotel en Grenoble, comieron hasta indigestarse y bebieron hasta desquiciarse en el restaurante chino 在丽丽 con el grupito de periodistas —*the gang*— que se les ha vuelto una familia lejos de la familia: José Clopatofsky, Daniel Samper Pizano y Joan Manuel Serrat. Y en un principio todo fue tan feliz como siempre porque Clopatofsky relató con pelos y señales la trasescena de la contrarreloj; Rice, que cada noche contaba una novela que nunca iba a ser escrita, narró la vida, obra y milagros de un genio loco de apellido Aronowitz, y Samper y Serrat, que son un par de buenos amigos, se pusieron a cantar zarzuelas bajo la mirada china de la propietaria a ver quién se las sabía mejor.

Entonaron los versos más extraños de la lírica española con esa vocación de los calvos a la preservación de lo humano: «El calor que hace esta noche / sí que es una atrocidad / y yo tengo a todas horas / la cabeza tan sudá», «y, aunque creo yo / que con su pico miente, / jamás, jamás cantó / un trino ni un gorjeo tan valiente», «¿dónde estarán nuestros mozos, / que a la cita no quieren venir, / cuando nunca a este sitio faltaron / y se desvelaron por estar aquí?». Y como Marisol Toledo les dio la talla en las letras y en los chistes, que no había una sola disciplina en la que no la diera, se pusieron a interrogarla a ver de qué planeta de qué galaxia había salido: a los veinticinco nadie escribe ni recita *La del Soto del Parral* tan bien.

Cuando terminaron la comida, y en la mesa quedaron las ruinas de unos tallarines fritos tailandeses y unas gambas a la *jiao yan* y un cerdo con bambú y setas chinas, Samper y Serrat —que eran los únicos que no se emborrachaban por las noches— se pusieron en la tarea de componer una canción sobre su peregrinaje a bordo del Tour de Francia:

Si usted tiene libres tres semanas
y el mes para echar por la ventana
si en su casa usted ya no interesa
pues cambió la pasión por la pereza
si le consienten sus fugas prolongadas
y sus ausencias ya no importan nada.
Es hora de que empiece
a pensar en el Tour
y abur, abur, abur.
Si entra en sus planes tomarse por la vida
cervezas tibias y la sopa fría.
Y pasear sin enterarse dónde estuvo
y recorrer sin acordarse dónde anduvo.
Ir siempre al frente, por no ir a la zaga
y empujar con el casto Luis Gonzaga.
Si no le desvela el ronquido anónimo
del inquilino que escribe con seudónimo
ni pedir la llave en un hotel huraño
cuando le asalten ganas de ir al baño.
Si le gusta a usted tanto el ciclismo
que le duele el forúnculo a usted mismo.
Si no le teme a pespuntear los precipicios
e incorporar entre sus muchos vicios
la conducción de coche a tumba abierta
tomar las curvas sin cerrar la puerta
manejar el timón con el pie izquierdo
como lo hace allí el chofer cuerdo.
Y si le gustan las salas de prensa
donde apestar a chivo no es ofensa
y le huele el francés a sopa y pan
y le huele a chucrut el alemán
y a camembert los suizos periodistas
(porque allí somos muy nacionalistas…)
Si usted es hombre de hábitos sencillos
como lavar de noche calzoncillos
y le caben de una sola vez

dos metros largos de ese pan francés,
deje en casa sus aires de elegancia
y venga a mover el culo al Tour de Francia.

Fue entonces cuando, envidiosos de la catarata de chistes prodigiosos de Samper, envidiosos de los malévolos juegos de palabras de Serrat —y envidiosos de esa canción improvisada que era una genialidad hecha por un amable monstruo de dos cabezas—, el narrador Monroy y el comentarista Calderón se enfrascaron en una pelea de viejos patéticos por quedarse con aquella muchacha que había dejado en claro desde el comienzo que no quería que nadie se quedara con ella: «Voy a llamar a Luc», dijo camino a un teléfono de monedas, y Luc era, por supuesto, el novio que usaba como un as bajo la manga cuando a los dos cuarentones se les iba la mano en «el galanteo».

Monroy, que se retorcía en su puesto porque vivía con un dolor de estómago que no acababa en nada, cayó finalmente en la tentación de lanzarle a la pobre una antología de frases desesperadas un rato en el que pudo sentársele al lado: «Pero si tenemos un matrimonio abierto», «aquí entre nos estoy a punto de dejar a mi mujer», «es que esa fiera no entiende mi vocación al juego», «yo sí quisiera que tú tuvieras un día la felicidad de ser madre», «tendrías que venir conmigo a Ocaña», «esta noche puede ser nuestra última oportunidad», «yo no te veo como una persona a la que le gusta quedarse con la duda». Y Calderón, que carraspeaba y soltaba una tos pendeja e inútil que le amargaba la voz, se sintió traicionado porque ya le había advertido a su amigo «esta noche es mi turno».

Es que en la primera semana del tour, desde el prólogo tal vez, el Aristócrata Ismael Enrique Monroy confesó que tenía el ojo puesto en esa veinteañera que se las sabe todas: «Estoy que la meto en crema», declaró con su acento golpeado. Y como tenía clarísimo que lo suyo no era la sutileza, «hermano: carne fresca», le pidió a su cómplice de tantas escapadas que le ayudara a mejorar sus frases de conquista. El Almirante Pepe Calderón, que también había quedado prendado de esa belleza tan nueva —esta es Marisol Toledo: no es la más alta ni es la más morena, pero apenas dice una sola palabra todo el mundo enmudece—, asumió el rol de Cyrano de Bergerac con corazón de verdadero gregario. La palabra del diccionario era «lealtad».

Monroy hizo su papel lo mejor que pudo. De acuerdo con el libreto que Calderón le fue escribiendo, que lo ensayaban juntos en los hoteles en la noche, dejó de portarse como un viejo picante con máscara de muchacho para portarse como un viejo de verdad: un hombre maduro, reticente, misterioso, que de vez en cuando contaba anécdotas de su infancia. Fue ese personaje —el cuarentón curtido que no tiene afán de nada— el que empezó a ganarse poco a poco la confianza de la reportera Toledo. Y el que le permitió a ella ser su compañera, y sentirse arriesgando la vida, en las partidas de póker que empezó a jugar en los comedores penumbrosos de los hoteles de paso con los tres alemanes barbados de *Der Radfahrer*.

Ganó un par de veces. Pero luego, en la segunda semana del tour, perdió tanta, tanta plata que tuvo que empezar a perder plata prestada por su compañero: su Pepe. Y entonces todo se vino abajo el lunes 9 de julio, luego de la fantástica etapa pirenaica que por poco gana el Jardinerito Luis Herrera en la cuesta de Guzet-Neige, porque perdió y siguió perdiendo —y la palabra del diccionario fue «patético»— enfrente de la muchacha que quería conquistar. Y en vez de recogerse, y de volver a encarnar la versión sobria de sí mismo que le había inventado su mejor amigo, se lanzó a darle un beso baboso e irreflexivo a la mujer. Y ella escondió y apretó los labios antes de que la cosa pasara a mayores y se quedó mirándolo como un maniquí.

Es cierto que el Aristócrata pidió «perdón», «perdón», como un imbécil que ha confirmado su peor sospecha sobre sí mismo. Es verdad que evitó a los periodistas alemanes hasta el viernes 13. Pero también lo es que al día siguiente, que era el único maldito día de descanso de este tour, no sólo le confesó a su amigo el regordete que había apostado la plata que le había prestado «dizque para comprarles unos suvenires a mis hijos», sino que le pidió un poco más de dinero «por última vez en esta vida» «para pagarles a estos chavetos que andan amenazándome con partirme las piernas en alemán». Y Calderón no tuvo corazón para decirle que no, y le soltó los dólares que le quedaban entre el maletín, a pesar de que tenía a su esposa repitiéndole que estaban debiendo dos meses del colegio de los niños.

Y anoche, cuando vio que el desagradecido del Aristócrata ni siquiera era capaz de reconocer que este era su turno para coquetearle a esa mujer que él había visto primero, sintió que los pulmones se le estaban llenando de frío y de rabia. Y le pareció bajo e infantil eso de que su amigo desapareciera luego como un cobarde de a peso —y dejara sola a Marisol, de pronto y de paso, luego de acosarla como un perro piojoso: «Voy al baño»— porque los corresponsales de *Der Radfahrer* acababan de entrar en 在丽丽. Y, sin embargo, siguió concediéndole el beneficio de la duda porque si se tiene un mejor amigo ya no hay nada por hacer. Y ni siquiera encendió la luz cuando volvió al cuarto del hotel para no despertarlo allí en la cama de al lado.

Se puso la piyama de viejo a tientas, se echó de lado dándole la espalda a ese traidor y se fue durmiendo a sí mismo haciéndose su listado oficial de «los diez mejores ciclistas de la Historia desde el diez hasta el uno»: 10. Herman Van Springel. 9. Rik Van Looy. 8. Francesco Moser. 7. Joop Zoetemelk. 6. Felice Gimondi. 5. Raymond Poulidor. 4. Fausto Coppi. 3. Jacques Anquetil. 2. Eddy Merckx. 1. Bernard Hinault. Debió dormir durante un poco más de una hora. Quizás no llegó a desconectarse del todo porque soñó que el Aristócrata y él se enfrentaban en una carrera entre el barro para definir quién se quedaba con ella. Y soñó que iba perdiendo, con la lengua afuera en el borde de un infarto, hasta que su amigo se quedaba a la vera del camino jugando póker con los periodistas alemanes.

—¡Este hijueputa se apostó la plata con la que iba a pagar el colegio! —se dijo en voz alta, con la angustia de un ahogado que acaba de escupir el agua que ha tragado, despertándose en la oscuridad de la habitación.

Y entonces empezó el cruce de mezquindades que levantó al tercer piso del Hôtel Alizé.

Monroy se quejó ensordecido e iracundo de las dietas, de las afonías, de los lloriqueos, de las listas para dormirse, de la zalamería, de las supercherías de Calderón: «Uno no sabe ni siquiera cuando sabe».

Calderón se quejó exasperado e irreversible de las mañas, de los abusos, de las puñaladas traperas, de los ninguneos, de los monólogos babosos, de los arrebatos de Monroy: «Se lo digo yo y yo sé lo que le digo».

Y sólo se callaron cuando los demás huéspedes de la planta golpearon a la puerta como si fueran a sacar de ahí a un par de ratas: «Let us sleep!», «arschlöcher!», «deixin dormir!», «morons!», «lascia dormire!», «cons!», «lass uns schlafen!», «bêtes!», «laisse dormir!», «schweine!».

¡Tun, tun, tun, tun, tun!: si vuelven a soltar una puta sílaba más vamos a entrar todos a lincharlos.

Enmudecieron de ahí en adelante. Se quedaron sentados cada cual en su cama, el uno frente al otro como un par de ajedrecistas sin tablero, entre la oscuridad gris y estrecha de la habitación. Calderón cedió a la tentación de encender la lamparita de la mesa de noche que los separaba por muy poco, pero cuando tuvo enfrente al caradura de Monroy, que era capaz de sostenerle la mirada como un cobarde pechándolo, prefirió volver a la penumbra. Y echarse de lado de nuevo con la esperanza de que no tratara de pedirle perdón y la ilusión de que tuviera la grandeza para hacerlo. Y, luego de sobrevivir a la asfixia de la rabia, supo quedarse dormido a fuerza de recordar a los jugadores de Hungría en el Mundial de 1982: «Meszaros, Nyilasi, Fazekas, Kiss…».

Siguieron la rutina porque son un par de profesionales: el baño, el desayuno, el arreglo de las maletas, el avance informativo desde el teléfono del lobby polvoriento del hotel, el camino a toda prisa hasta el Renault 5 negro en el que completan todas las etapas de la carrera. Y ahora, que acaban de empezar desde una vieja panadería la transmisión de una jornada que puede ser histórica para todo aquel que esté pendiente de ella, se han subido al automóvil de cada día a callar y a ver por las ventanas. Hace calor de lodazal. Y Monroy se echa un poco de Menticol y les ofrece una pastilla de Halls Mentho-Lyptus al gringo y a la muchacha y a nadie más. Y Calderón se limita a sudar y a hacer cara de «en qué momento salí a deber yo».

—Se acaba de fugar Patrocinio Jiménez —dice por decir algo.

—With my boy Manfred Zondervan —agrega Rice.

Y ya. No se habla más. El lote de los mejores ciclistas de la galaxia cruza el kilómetro 33 de los 151 de la competencia de hoy. El Gringo Viejo mira risueño a la reportera Toledo, por un par de segundos, para confirmar que al menos están juntos en esta etapa y este absurdo. El carro tiene que ser negro porque viajar con estos dos es hacer parte de una marcha fúnebre.

1:21 p.m. a 1:42 p.m.

Zondervan piensa por primera vez en lo que está haciendo. Sigue pedalazo a pedalazo el paso poseído del Viejo Patro Jiménez, uno de los colombianos del Teka, como si no tuviera nada que perder, como si no fuera un gregario sino uno de los favoritos del cielo. Todo pasó muy rápido. Desde la ventana del carro acompañante, el señor Danguillaume, ceñudo director del Coop-Hoonved, le dijo —refiriéndose al líder del equipo— «me temo que hoy el pobre danés no anda bien, Frater, habrá que darle una mano». Y esa frase lo sacó de un sueño profundo. A Zondervan le dicen «Frater» o «Broeder» o «Monnik» porque se la pasa dándole las gracias a Dios como dándole las gracias a un monstruo que perdona la vida, a un verdugo con un revólver cargado. Y siempre que lo llaman así él sabe que es la hora de sacrificarse, de entregarse por los otros. Y eso hizo al principio de esta etapa.

En el premio de tercera categoría del Col de la Placette, Zondervan sintió el impulso de irse detrás de la camiseta de pepas rojas de Robert Millar, el líder de la montaña, hasta que recordó de reojo a su líder en problemas: el consumido Gran Danés Kim Andersen resoplaba en posición fetal mucho antes de enfrentarse a lo más duro de la etapa más dura. Y Zondervan lo esperó, claro, esperar es su trabajo. Y con el iluso de Signoret, su compañero de habitación, se pusieron a los lados de Andersen igual que los dos ladrones al lado de Cristo: «Hoy por ti, mañana por mí», dijo Signoret, que es una máquina de frases esperanzadoras, mientras ponía el paso que era capaz de poner.

Y entre los dos consiguieron que su líder no perdiera la rueda del lote.

El problema es que por estos días Zondervan no logra librarse de esas escenas sueltas que van quedando en la vida de uno y son migajas para seguirse perdiendo en el camino.

Zondervan no está en paz. Su cabeza es un vecino que ha decidido echar la casa por la ventana. No puede conciliar la vida como cuando no es posible conciliar el sueño. El otro día Mirjam, su madre, le dijo «yo siempre creí que ibas a ganar un Tour de Francia» resignada al hijo que le tocó en suerte: «El segundón», «el gregario». Y su segunda esposa, Cloé, que tendría que haber sido la única —pues todavía siente en las sienes los cuernos y las perversidades de la primera—, se empeñó en hacerle notar que simplemente está viviendo una de las vidas raras que pueden ser vividas: que ser un ciclista se parece a ser un bombero o un paramédico o un soldado en tiempos de guerra o un pastor que se lacera para poner en su lugar a su cuerpo, pero sin las medallas ni las glorias.

Cloé va y siempre irá por ahí diciendo lo que piensa —«yo no sé cómo puedes pasarte la vida entre hombres»— pues de aquí a que se muera va a ser demasiado joven. Pero sus frases extraviadas, que ella es tan buena para pronunciarlas, se le han ido regando a Zondervan por el cerebro o por el espíritu o por la mente: por el órgano que sea que se le ha estado rebelando. Y sí que le ha estado haciendo falta su colección de películas de James Bond: ahora mismo, que tiene en frente los picos blancos y azules de los Alpes, está pensando en las secuencias de acción de *Al servicio secreto de su majestad*, pero también que haber puesto al modelo australiano George Lazenby a hacer del 007 fue entregarle a un gregario la responsabilidad del mejor equipo.

Jura por su padre —por su *vader*— que hizo lo que pudo por el Gran Danés hasta el kilómetro 33 de esta etapa al Alpe d'Huez. Desde el principio escoltó, protegió, acompañó, soportó, abrió paso a su líder. Quiso fugarse con el escocés, decía, cuando se dio cuenta de que no le estaba doliendo ni un dedo (se dijo una de las frases que solía decir: «Echt waar?», «¿es en serio?»), pero se quedó a pedalear por el jefe de su equipo en el descenso hasta Saint-Joseph-de-Rivière, en las callejuelas terrosas de Saint-Laurent-du-Pont, en el repecho hacia el Côte du Moulin. Quizás le estalló lo que le estalló allá adentro cuando vio que Joop Zoetemelk, su antiguo patrón, se ubicaba en los primeros lugares. Se fue detrás de él, a su rueda, como detrás de un ladrón.

Fue un tic. Fue un espasmo. Fue un gesto que sólo está bien cuando uno está solo.

Siguió a Zoetemelk como si aún fuera 1978, como si a sus piernas se les hubiera olvidado para quién están trabajando. Dejó al Gran Danés solo con el optimista de Signoret: «Seguro que ya pasó lo peor». Y entonces, cuando empezó la cuesta demoledora del Côte de Saint-Pierre-de-Chartreuse en el kilómetro 33 de la jornada, saltó del pelotón porque el colombiano que tenía adelante saltó del pelotón. Fue por eso —porque no vio alternativa— que lo hizo. Tenía en la punta de la lengua la expresión «ik ga ervoor»: «¡voy por ello!» o «¡manos a la obra!». Podía oír a su madre diciéndoles a las mujeres del mercado «yo sabía que mi Manfred era el mejor». Podía ver a su padre el exciclista, hecho una sombra, a su lado en el camino.

Quizás las madres entren por los oídos y los padres entren por los ojos. Quizás sólo le pasa así a Zondervan, Manfred Zondervan.

Que se fue codo a codo con el mismo José Patrocinio Jiménez con el que se tropezó —y también cayó con ellos Pedro «el Perico» Delgado— en la etapa de los Lagos de Covadonga de la Vuelta a España de este año. Hace unos minutos se fugó del lote de golpe, detrás del curtido escarabajo colombiano, como descubriendo el instinto de supervivencia y adelantándosele a la realidad: «¡Vamos!», les gritó alguien en español. Y los favoritos de la carrera, de Bernard Hinault a Laurent Fignon, se quedaron atrás y más atrás sin tener claro si lo mejor era salir a capturar a esos dos o si dejarlos morir en el error de escaparse cuando todavía faltan ciento dieciocho kilómetros montañosos para que acabe la etapa. En cualquier caso, cuando el pelotón de las estrellas reaccionó, era, como dicen, demasiado tarde. Y la fuga ya era y ya es un hecho.

Y Zondervan se baja la cremallera del uniforme blanco, azul y rojo del Coop-Hoonved porque siente que necesita un poco de aire. Y se mece en su bicicleta roja Rossin con sus ruedas Campagnolo como si estuviera escalando un peñasco, una pared. Y nota que tiene las piernas para adelantársele a Jiménez, que lleva el número 88 en la cintura, para relevarlo en el trabajo de tirar para adelante. Y en el kilómetro 38, cuando levanta la mirada hacia las puntas de los Alpes y escucha que entre los dos han conseguido tomarle quince segundos al lote principal, se repite a sí mismo las frases del Bond de Lazenby que se le vienen a la cabeza como padrenuestros cuando necesita darse ánimo: «Esto jamás les pasa a los otros» y «era un hombre con agallas».

Tiene muchas voces de muchos fantasmas rondándolo: el director Danguillaume le pregunta por qué mierdas está yéndose si habían quedado en que se quedaba con su líder; el mecánico Ferrec lo llama «el gregario que se fue»; el Holandés del Tour de Francia Zoetemelk, su antiguo jefe, le saca en cara su abandono; su madre, Mirjam, que suele contestarle el teléfono con la frase «tengo muchos problemas: no puedo hablar», le dice que en este momento es el mejor corredor del mundo; su esposa Cloé, que habla como quien no tiene nada que perder, le repite que no tiene sentido ese martirio que nadie va a reconocerle; su propia voz, que suele tragarse las palabras, le dice «Manfred Zondervan es un gran ciclista: Manfred Zondervan puede pasar de largo a uno de los mejores ciclistas colombianos en la montaña».

Su padre no dice nada. Cuando piensa que su padre está muerto se le cierra la garganta y se le paraliza el estómago. Y lo mejor es no pensar y lo mejor es repetirse «Zondervan, Manfred Zondervan», una y otra vez «Zondervan, Manfred Zondervan», para que la mente no estorbe ni frene.

Ya es la 1:39 p.m. Ya es el kilómetro 39. Está poniéndole el paso al colombiano en el camino a la cumbre del premio de segunda categoría. Siente un jalón en el cuello, pues le faltaron unos minutos de estiramiento antes de levantar las pesas, pero ya no hay nada por hacer. Querría volver a nadar, porque nadar tapa la mente, pero ya qué. Va. Sigue. Revisa los calapiés, los manubrios, el sillín convencido de que ahora sí ha empezado la etapa. Se sienta cincuenta segundos y va treinta segundos a pie. Se mece en la bicicleta, un, dos, un, dos, un, dos, para aligerar los músculos. Lleva un astuto desarrollo de 50 por 16 porque es mejor así en estas cuestas. No está sintiendo miedo. No está pensando en nada. No está cayendo en trampas ya.

Sabe que no debe volver la vista, pero mirar atrás, notar que sobrevives mientras los demás sucumben, es el sentido de aquella vida suya. Y sí: ya no se ve la recua siguiéndolos con los dientes apretados: «Qué se creen estos dos idiotas».

Sí es absurdo lo que está haciendo, irse e irse como si ese hubiera sido el plan desde el hotel, pero al mismo tiempo no es descabellado —porque ha pasado tantas veces— pensar que puede darse una fuga de ciento veinte kilómetros. Zondervan lo ha visto todo: fugas épicas de siete horas que terminan en insolación, escapados maltrechos que alcanzan a tomarle cuarenta minutos al lote de los favoritos, viejos de treintipico que demarran como jóvenes de veintitantos lanzándose al misterio, muchachos extraviados, fundidos, combatidos, que para consumar una escapada se toman una pastilla gris que él no se ha querido tomar, y a veces lo logran y a veces se mueren. A Zondervan no le interesan esos «antídotos», pero no les ve la trampa, sino el drama; no les ve lo malo, sino lo doloroso: el que se queja de las ayudas no sabe nada ni entiende nada de ciclismo.

Decía el campeón francés Jacques Anquetil: «No estoy a favor del dopaje, pero sí en contra del control».

Ja. Pero ahora no quiere pensar en nada que no sea su respiración, inhala, exhala, inhala, exhala. Y ahora va detrás de las motos que encabezan la caravana a estas alturas de la etapa porque sigue sintiendo que necesita más aire.

Nada como encabezar una carrera. Nada como rodar al frente del lote del Tour de Francia. Es mirar por encima del hombro, decirles qué tienen que hacer, hacerles la vida imposible a los ciento treinta y nueve pedalistas que insisten e insisten en correr. Y es también un rato en el que se alcanza a vivir toda la vida.

Cuando ve la pancarta de «400 metros para el premio de montaña», que es el principio del empinado final, Zondervan permite que Jiménez lo rebase para que se gane el premio de montaña: «Maakt niet uit», le dice en vano. No es fácil confiar en un ciclista que uno no conoce —ni siquiera es fácil confiar en un ciclista que uno conoce—, pero el colombiano le inspira el respeto que le inspiran los caciques milenarios, los exóticos de expresión adusta, los mártires de piedra, los viejos sabios de las películas de agentes secretos. Ninguno de los dos baja la guardia. Ninguno de los dos da muestras de debilidad. Zondervan está sintiendo ese dolor irreparable e inimaginable que sólo se siente cuando se vive en bicicleta. Pero se cuida de no fruncir el ceño.

Usted sonríe para la foto con su uniforme blanco, rojo, azul del Coop-Hoonved. Usted responde amablemente, si está en su constitución, las imprudencias que pregunta la gente en la línea de partida. Usted va al mercado, va al bar, va a la cama como cualquier prójimo espectral.

Y al mismo tiempo está este dolor debajo de la piel que es una herida y una costra y una cicatriz porque es un dolor permanente: un dolor que tiene que ser peor que el dolor de los demás pues se trata de vencerlos. Se pasa como una punzada de los pies a los talones a las pantorrillas a los muslos a las nalgas a los huesos a los hombros a las sienes. Y se queda ahí y se va tomando la mente hasta que duele. Y cuando la mente empieza a doler empieza la locura. Y cómo diablos explicarles a las madres y a las esposas que este malestar y este daño son para siempre. Que no es cansancio e incomodidad nomás. Que no es multiplicar el agotamiento que se siente cuando se pasea en bicicleta un par de horas, sino someterse, subyugarse como nadie más.

Zondervan se levanta en sus pedales porque es un viejo zorro que tiene claro que en cualquier momento Jiménez va a apretar el paso para asegurarse el primer lugar en el premio de montaña: «200 metros…».

Duda de sí mismo unos tres segundos porque le parece ver —ve— a Dustin Hoffman, el actor que quiere entrevistarlo, observándolo desde el carro oficial de la competencia. Hace un par de años fue a ver *Tootsie* con su madre en el Floralis. Y, aun cuando cabeceó buena parte del segundo acto y nunca le ha gustado ver a los hombres disfrazados de mujeres —«wat vies!», decían en Rijpwetering—, podría decirse que salió pensando que había visto una buena comedia mientras la vieja Mirjam le repetía que ella definitivamente ya no entendía las películas que se estaban haciendo en el mundo de hoy y definitivamente no disfrutaba ir a cine sin su difunto marido: «Creo que lo mejor va a ser que no vuelva a salir de la casa…».

Zondervan sabe que Hoffman lo está mirando —lo ve— allá en el carro blanco oficial que tiene un letrero del banco CRÉDIT LYONNAIS, pero se pone a mirar el piso agrietado y la barra roja y sucia de la bicicleta mientras trepa los últimos cien metros del Côte de Saint-Pierre-de-Chartreuse.

Y canta la canción que sabemos, la canción embriagadora del Tour de Francia, para sacarse de la cabeza la mirada fija e infame del actor ese:

Galibier et Tourmalet (Tour de France, Tour de France)
En danseuse jusqu'au sommet (Tour de France, Tour de France)
Pédaler en grand braquet (Tour de France, Tour de France)
Sprint final à l'arrivée (Tour de France, Tour de France)

Un, dos, un, dos, un, dos. Patrocinio Jiménez se acomoda en su sillín para pasar de primero bajo la meta del premio de montaña: «¡Colombia!». Y Zondervan pasa después, a la 1:42 p.m., listo a ponerse al frente en el peligroso descenso de tres kilómetros que tienen por delante. Le gustan los gritos de los aficionados que corren detrás de ellos por las cunetas. Le asustan, como las palabrotas de una turba, las exclamaciones allá atrás que prueban que el lote de los favoritos no está tan lejos: el grupo de Fignon, Hinault, Millar, Delgado, Arroyo, Simon, Zoetemelk, LeMond cruza la cumbre apenas diecisiete segundos después. Zondervan se da ánimos a sí mismo, pues así nos toca a todos tarde o temprano, cuando se ve cuesta abajo de curva en curva.

Se cierra el cuello de la casaca así tenga camisa interior. Afloja los calapiés sin quitarle la vista a lo que viene. Cambia a una velocidad rápida: no alcanzo a ver cuál es. Se inclina sobre los manubrios y se aferra a ellos, se clava en los pedales y junta las rodillas semejante a Anquetil. Y, ya que no siente a Jiménez a su lado, asume el lugar del líder de esta escapada.

Odia estos descensos. Teme a estas curvas cerradas que son fosas comunes. Tiene en la memoria todas las pruebas de que su técnica para bajar es un fracaso. Es famoso entre los ciclistas por ser uno de aquellos genios del orín que saben pararse a mear en el momento preciso, por tener clarísimo qué tantas fuerzas le quedan, por ser prudente como un viejo prudente. Y esa cordura de nada sirve en la locura de una bajada de estas. Pero aquí va. Se repite a sí mismo «Tour de France, Tour de France» como un mantra contra el estómago revuelto y el corazón varado. Y aprieta la mirada, convertido en el 007 de Roger Moore, que baja en esquís el monte nevado de *Sólo para tus ojos*, pues sabe bien que esta es su oportunidad y su milagro.

Va. No frena ni piensa dos veces qué pasaría si se va por el precipicio. Se inclina a la derecha, se inclina a la izquierda como esquivando árboles en la nieve. Trata de no perder el paso cuando siente que el colombiano se está quedando atrás. Sigue bajando solo, sigue arriesgando su vida en las peores curvas de la mañana, así escuche —así sepa— que Jiménez está a punto de ser alcanzado por el lote de los favoritos de la carrera. Ya es el kilómetro 46. Tiene enfrente las primeras rampas del imponente Col du Coq. Lleva diez segundos, diez nomás, a aquel pelotón que visto desde arriba está cada vez más cerca, como un pez grande que se va a tragar a un pez chico.

Zondervan mira por encima del hombro a ese monstruo comandado por los españoles Ángel Arroyo y Pedro Delgado, los herederos de «el Conquistador de las Montañas» Federico Bahamontes. Ya no siente el placer que se experimenta cuando se ve que todos los demás van después de uno, sino el pavor que se padece cuando se cae en cuenta de que —así tal cual será la muerte: eso es lo único que sabemos del gran misterio de todas las cosas— ahora sí se han agotado las posibilidades. No se puede pedalear atrás. Tampoco es posible remontar la vida. Y hay un momento en la biografía de cualquiera en el que es obvio que se ha agotado el futuro. Y algo así está notando Frater Zondervan mientras empieza a escalar el Col du Coq.

Y algo así ha estado pensando desde que se dio cuenta de que si sigue siendo lo que es, que él no es más ni es menos que un ciclista, va a ser un marido que se asoma a la habitación semejante a un fantasma y un padre viejo que se va a cansar muy pronto de su hijo y un hijo hastiado que va a perderle la paciencia a los repetitivos e incansables recuerdos de su madre.

Es la 1:42 p.m. Está entrando en una calzada inexistente, en un camino lleno de baches y de piedras sueltas y de grietas que más bien parece un lodazal de los que atravesaban los heroicos ciclistas de antes, a la espera de un milagro que lo salve de ser tragado por el pelotón. Su bicicleta tiembla y traquetea entre los surcos de la vía destapada. Su horizonte es un rebaño de ovejas y una casa limpia de madera y una tropa de pinos espigados y tres montañas de tres verdes entrelazadas y difuminadas como en un paisaje al óleo. Ya viene la jauría por él. No le queda más que atravesar el fango y ser el único terco que está seguro de que sí puede solo contra todos.

Ayer era un monje a salvo en las rutinas y las disciplinas y los sacrificios de todos los días: una mente con las riendas de su cuerpo. Hoy es un treintañero de carne y hueso que ha olvidado la lengua noble de la resignación y quiere quedarse con todo.

Ayer era el mismo gregario de siempre. Hoy es otro hombre triste que quiere ganar.

1:42 p.m. a 2:10 p.m.

Quizás sea el momento de tomar aire, de cerrar los ojos y de reconocerlo en voz alta: el Jardinerito Luis Alberto Herrera, el mejor escalador del mundo según propios y extraños, no anda bien en esta etapa reina del Tour de Francia de 1984. Se le vio mal ubicado desde el arranque. Se le vio perdido en la larga salida de Grenoble desde que un imbécil de La Vie Claire le agarró la camiseta, medio en serio, medio en broma, para desestabilizarlo. Subió a duras penas el Col de la Placette. Padeció junto a los coleros del día, con la mirada puesta en el piso y la caja de dientes en su sitio, el ataque irrefrenable del Viejo José Patrocinio Jiménez en el Côte de Saint-Pierre-de-Chartreuse. Bajó con el temor de Dios con el que bajaba antes: «Y eso que hemos mejorado», pensó.

Y justo ahora que ha empezado a endurecerse el Alto de Coq, el inconquistable Col du Coq, a su bicicleta azul —su Lotus con el número 141 colgado en el marco— se le ha zafado la maldita cadena.

Como si fuera poco. Como si no bastara con sentirse vencido y vigilado desde el principio de la etapa: «Nadie se imagina lo duro que es esto», se dice a sí mismo en vez de pedirles excusas a todos los que le han dicho que la ilusión y la buena imagen de Colombia dependen de lo que él haga en los Alpes.

Se ve obligado a bajarse. Se hace en la orilla de la cuesta con el brazo en alto para pedir auxilio. Pronto, aunque la espera sea eterna, aparece en la mitad de la caravana el carro de su equipo.

De la ventana del automóvil nacional salen las gafotas del técnico Rubén Darío Gómez. Repite la pregunta «¿pero qué pasó?» como si estuviera sucediendo algo que no iba a suceder ni tenía permiso de suceder. Desde que era el tremendo ciclista risaraldense que era —ganó la Vuelta a Colombia en 1959 y en 1961—, Gómez ha solido planear estas etapas tan duras, como la vida, metro por metro por metro: «Y ahora...». Y ahora está mirando para todos los lados, malo, como lo ha sido, para enfrentar los imprevistos, cansado de sí mismo y de decirle al líder de su equipo que hay que hacer lo que sea para llegar a la punta, que no se derrote a sí mismo cuando esto aún está empezando, que nada está perdido hasta que está perdido.

El asistente Jorge Tenjo, siempre comedido y siempre pragmático, le dice «Lucho, Lucho: míreme que el triunfo no es imposible» como dándoles a todos una orden con su voz suave. Y el mecánico Darío Flórez, que resopla bajo los bigotes y manipula herramientas grasosas y ya no trata de desempañarse las gafas, cae en la tentación de revisar la cadena de la bicicleta más importante del país porque cómo puede ser que le haya pasado a él —a él preciso— semejante percance de principiante: si sólo hasta las tres y cuarto de la madrugada terminó de armar las dieciséis bicicletas que arma cada madrugada; si revisó detalle por detalle de cada una de las máquinas; si vive pendiente de las caídas y de los pinchazos y de los daños como si estuviera conteniendo la respiración debajo del agua.

Despierta muy pronto: «¡Mierda!». Y, cuando va a bajar del techo del carro del equipo una bicicleta de repuesto, por puro agüero prefiere echarle ojo y ajustar la cadena en problemas.

El Jardinerito de Fusagasugá Luis Alberto Herrera Herrera se toma un sorbo de una de sus dos caramañolas llenas de agua Contrex y sin pensárselo se monta en su Lotus azul que es su mascota. No tiene fe en lo que viene, ni en lo que él siente, ni en lo que él puede: si acaso cree en

Dios. Está perdiendo un poco menos de tres minutos con Fignon e Hinault en el kilómetro 48 de la etapa. Está quedándose atrás, sin fuerzas y sin ideas, en la jornada que iba a probar que no hay sino un rey de las montañas. Se han quedado a esperarlo José Antonio «el Tomate» Agudelo e Israel «el Pinocho» Corredor, y están poniéndole el paso para que trate de llegar a la punta, y él está más avergonzado que angustiado por no estar cumpliendo.

No es nada fácil que el cuerpo coincida con la mente: cualquiera con un cuerpo y una mente lo tiene claro desde muy pronto. Es una proeza que un cuerpo infiel oiga las razones de una mente enamorada. Es un milagro que un cuerpo desbocado detrás de los placeres —del sexo, del cigarrillo, del alcohol, del derroche— haga caso a los consejos de una mente con ganas de vivir. Y es una suerte que un cuerpo sea tan fuerte como una mente y una mente sea tan fuerte como un cuerpo, pero ningún ciclista puede permitirse el lujo de quedarse sin energía o sin paz, sin músculos o sin silencios: cada una de las etapas que suceden en cada una de las carreteras del mundo —las vistosas y las pobres— están llenas de hombres derrotados por sí mismos.

Lucho Herrera, que está trepando a su paso el primer premio de primera de la etapa, se está diciendo a sí mismo que no pudo: «Se hace lo que se puede…».

Pero Gómez, Tenjo y Flórez le están diciendo desde el carro del equipo que es claro que sí va a poder.

Y sus dos compañeros de equipo, Tomate y Pinocho, pedalean a su lado como si no les cupiera la menor duda de que están pedaleando al lado del escarabajo mayor.

Y entonces Herrera se dice a sí mismo que si toda esa gente cree en él debe ser por algo.

Todos le temen en las carreteras colombianas: Parra, Jiménez, Wilches, Ramírez, Rodríguez. Salvo él, que no puede dejar de ser la persona modesta que es y se ha trazado el objetivo de no permitir que nada sabotee su vida en el jardín, nadie tiene la menor duda de que no hay un mejor corredor, y la Vuelta a Colombia, por ejemplo, es suya. Se habla en los corrillos del ciclismo de sus triunfos por venir. Se da por sentado que en un par de años ganará el Dauphiné Libéré, la Vuelta a España, el Giro de Italia, el Tour de Francia. Y Herrera agradece los elogios, y repite «yo espero cumplir», y luego sigue adelante como si no tuviera memoria para los aplausos. Y piensa eso que estoy diciendo: «Que si toda esa gente cree en mí…».

Se para en los pedales, a paso de derrotado, apenas pasan junto a una pequeña casa de ladrillos grises con un estanque de agua a sus pies.

Sigue y sigue, empinado en la máquina hasta que sea posible, ante los arbolitos raquíticos y amarillentos clavados entre los parches nevados de la ladera. Se ve el espacio después del cielo. El sol está detrás de los pinos que se inclinan a la derecha pero parece adentro de ellos. Y hay dos rebaños de ovejas —dos más— junto a un par de rocas blancas encajadas en un potrero. Y hay picos y nevados y verdes en cualquier lugar al que se mire. Y abismos de los que cuelgan las cuerdas de los escaladores. Y es sobrecogedor ese paisaje que es un privilegio y una cordura que no necesita testigos, y sin embargo Herrera extraña los parajes de su pueblo como extraña la cama de su cuarto.

Clavado a la vera del camino hay un pequeño letrero en el que puede leerse Col du Coq / Alt. 1.434 m / 5 kilómetros. Y es ahí en donde el certero Tenjo, que no duda ni endulza las respuestas, les cuenta desde la ventana del carro acompañante que el lote de los campeones les está tomando tres minutos de ventaja: ¡tres!

El preparador Tenjo ha estado tratando de que este equipo de aficionados coma un poquito mejor, y que deje de temer al pan francés y a la carne sangrante, pero siempre lleva dentro del equipaje bocadillos y caramañolas de aguadepanela para que ni el estómago ni la nostalgia arruinen la etapa. Se peina un bigotito que tiene, un bozo digno más bien, con el ceño fruncido de tanto pensarse cómo conseguir que Herrera supere el vicio de la resignación: «No se puede cortar en un día el cordón umbilical que nos une orgánicamente con nuestras malas costumbres», le dijo a Clopatofsky, el de *El Tiempo*, hace un par de semanas. Y entonces se le ocurre pasarle unos herpos al Tomate para que se los pase a los otros.

La procesión va por dentro y por fuera cuando se está hablando de ciclismo. Nadie sabe, porque nadie ve, lo que está sufriendo el pobre Tenjo en este preciso momento. Ya ha conseguido convencer a los muchachos por las buenas de que no tomen tantas gaseosas —y se atrevería a decir, incluso, que ha logrado que la dejen en un 50%— y ya no se atarugan sólo con lo que les gusta, pero los verdaderos problemas, «la mamitis, la amiguitis, la noviecitis o cualquier otra "itis" sentimental para la cual no hay drogas ni tácticas que valgan», son tan difíciles de resolver como los fantasmas o las nostalgias. Hubo que subir el presupuesto para las llamadas a las casas. Sigue pareciéndole increíble, así lo haya visto todo, ver hombres tan fuertes y tan solos y tan frágiles: les da mamitis y hay un punto en que ya no es gracioso.

Es fácil que estos ciclistas colombianos se pongan apáticos, conformistas, abatidos, de un momento a otro. No es que no acepten las jerarquías de la carrera o que les desanime ser gregarios: son líderes arrojados que no tienen ningún problema —mire usted al Tomate o a Pinocho— a la hora de echarse un líder a cuestas. Es que les duele el cuerpo por dentro cuando no saben nada de sus padres. Es que en Colombia, que es una casa que da miedo pero una casa al fin y al cabo, uno no tiene nada más: sus papás, sus hermanos, sus amigos, sus parejas. Tendrían que ver a los colombianos cuando termina una de estas etapas: se van de inmediato al hotel para no perderse en Francia.

El Jardinerito Herrera va a su paso, en el kilómetro 50, porque sabe bien que redoblar esfuerzos es destrozarse las piernas demasiado lejos del Alpe d'Huez. Sin embargo, resulta muy difícil quitarle la mirada de encima, pues verlo pedalear es como ver volar, como ser testigo de una quimera o estar soñando esa escena. Suelta los manubrios por unos segundos, ¡en plena pendiente!, para ponerse la cachucha y ajustarse el uniforme. Se sienta un poco mejor en su sillín. No se para en los pedales. Se nota, porque tiene la mandíbula apretada, que respira sin dificultad. Es claro que está recobrando la calma porque no baja ni redobla el ritmo cuando Tenjo le grita que sigue a tres minutos del lote puntero de Fignon e Hinault.

Tienen un helicóptero encima que pone a temblar los bosques encajados en las faldas de los montes: «¿Qué será?».

Todo el mundo trata de embutirle el cuento de que él puede ganarles la camiseta amarilla del Tour de Francia —¡el Tour!— a los dos mejores ciclistas del mundo que además son los dos mejores ciclistas franceses. Él, que en la clasificación general de la competencia está a doce y a nueve minutos de ese par de monstruos, está seguro en cambio de que va a ganar Fignon. Querría que quedara de campeón Hinault, mejor el viejo Hinault, si pudiera ser Dios por un rato y escoger: él prefiere ir dándose cuenta de que un hombre hosco es un hombre con corazón a ir descubriendo que un tipo simpático es un enemigo agazapado, pero «en estas cosas prácticamente siempre pasa lo que tiene que pasar y nada más y nada menos que eso», dice.

Hinault es temperamental: «Volado». Aprieta los dientes, pues le parece una falta de respeto, cuando los periodistas más tontos del planeta Tierra le preguntan si ya sabe a quién le teme más, si no será hora de reconocer que su discípulo Fignon se ha vuelto su maestro, si los colombianos van a ser sus peores rivales de hoy: «No más», les grita, «es mejor que me dejen tranquilo con ese tema». Es capaz de llamar «subdesarrollados» a los escarabajos porque no entiende en dónde está la ofensa. Pero en el descenso del primer premio de montaña de hoy, como si todavía fuera «el patrón del Tour», se fue hasta atrás a buscar a Herrera para traerlo y sonreírle y decirle una frase que había ensayado en la mañana: «Esto está duro», le dijo. Se caen bien, sí, es eso.

Fignon en cambio es amable con ellos en las entrevistas, como si fueran viejos conocidos de la misma edad, pero en el lote les habla en francés y es inmisericorde y se les cierra porque esto es de él o de él. Y eso que estuvo en Colombia en abril, y corrió hecho uno más, con su equipo, el durísimo Clásico RCN, y fue testigo de que el Jardinerito es el diminutivo de un Dios, y vio la emoción de los aficionados contra las vallas en las aceras de los pueblos. En Buga, la tierra del Señor de los Milagros, lo vitorearon igual que a un cristo por ganarse la contrarreloj por equipos. Y en el podio final, en Bogotá ni más ni menos, levantó los brazos como si no se hubiera ganado el último circuito, sino la carrera que les ganó Herrera a los mejores ciclistas de Colombia.

A Fignon lo que es de Fignon: es amable porque los jóvenes lo son y es gracioso porque los hombres de gafas tienen que serlo.

Y es también un todopoderoso de esos que solamente nacen cada siete años.

Debería, eso sí, mostrarles respeto a los escaladores colombianos: ¿nadie le habló en esta tierra abrupta y peñascosa y asfixiante de las gestas que ha completado Herrera en estos últimos años?, ¿en medio de sus ganas de fiesta no se dio cuenta del ritmo diabólico y de aquella guerra a muerte hecha con las uñas?, ¿no vio con sus propias gafas cómo se van muriendo los más abnegados y los más temerarios en el Páramo de las Letras?, ¿no se quedó él mismo sin piernas en el Alto de La Línea mientras lo dejaban atrás aquellos campesinos en los huesos?, ¿no notó al pequeñajo, que así lo llama entre dientes, subiendo como un faraón en aquella penúltima jornada en su camino a ganarse su tercer Clásico RCN?

—¡Aquívaquívaquíva!, ¡Herrerarrerarrera! —gritó el Aristócrata Monroy mientras veía en el set de PST la escalada de Lucho Herrera en los últimos kilómetros de la etapa que iba de Honda a Bogotá—: ¡va solo, solo, solo, el mejor trepador de la nación en una nación de grandes trepadores, porque la soledad es el destino de los mejores!

—¡Toda superioridad es un destierro, mi querido compañero Monroy, en la cumbre no cabe sino un hombre! —continuó el Almirante Calderón la narración, que le grabó a Herrera, en un casete, su hermano mayor—: las palabras del diccionario son «cima», «pináculo» y «cúspide».

—¡Vaya, Lucho, vaya! —rezó Monroy porque la gracia del ciclismo es que haya un momento en el que no quede sino orar—: pruébemele a esta especie que en este planeta de carreteras y de precipicios no hay para sumercé montaña suficientemente empinada, ni hay clima suficientemente abrumador, ni hay recorrido suficientemente tramposo.

Pero ese día ya es leyenda, ese día ya pasó. Y esos gritos de batalla sólo para él no lo van a llevar sano y salvo hasta el Alpe d'Huez: «¡Y el de Fusa los ha dejado a todos de piedra con un pedaleo que es sólo suyo y hasta luego vida mía y si te he visto no me acuerdo!», gritó el argentino Julio Arrastía Bricca en ese mismo Clásico RCN, en ese mismo clímax, por los micrófonos de Caracol Radio. Y, pensándolo un poco mejor y creyéndoles los elogios a sus mentores, en este inverosímil e imposible Col du Coq sólo le queda ese «pedaleo que es sólo suyo»: izquierda, derecha, izquierda, derecha, izquierda, derecha, sin parar. Nada de molerse las piernas por llegarles allá adelante de una vez. Regularse. Medirse. Pensarse dos veces lo que viene. Pedalear como se pedalea cuando está empezando una etapa, y nada más.

Cuando levanta la mirada, luego de un minuto largo de mirarse los pies pedaleando a su ritmo, se da cuenta de que tiene en frente un rastro de corredores gigantescos que están pidiéndole a Dios que se termine el suplicio: Dios, uf, Dios. Se pone al frente de los tres colombianos que están empezando a sentirse en su hábitat, en su clima, ahora que la rampa poco a poco se va volviendo una pared. Pasa junto a los gregarios que se han ido quedando porque en la etapa 17 uno ya no aguanta más. Da una bella curva en herradura que le recuerda a una del Alto del Trigo, allá en su Colombia, allá en su país que no va a dejar jamás así le ofrezcan todo el dinero del mundo para que se vaya.

Y a la vuelta de esa larga esquina, en el horizonte, pero a unos veinte segundos aún, puede verse al Gran Danés Kim Andersen, al Holandés del Tour de Francia Joop Zoetemelk y al recio irlandés Sean Kelly.

Andersen está acompañado por un francés que le habla y le habla para que no se baje de la bicicleta: «Allez!». Zoetemelk se ha quedado sin ideas y sin gregarios: buscan alcanzarlo para trabajar a su lado apenas llegue la bajada, pero él, célebre por ser «el gran rival de los grandes campeones de la Historia», por lo pronto se conforma con no irse de cabeza del cansancio y no sufrir un infarto. Kelly niega con la cabeza porque las zapatillas empequeñecidas que se ha estado aguantando le están sacando ampollas en los dedos, pero de golpe se pone al frente de ese grupito —hay tres, cuatro, cinco pedalistas más con ellos— que está tratando de no perder demasiado para conectar en el descenso.

Lucho Herrera mira hacia atrás como humanizándose, como sacudiéndose el misterio, porque de golpe le entra urgencia de saber a cuántos minutos y cuántos segundos están de los favoritos.

Jorge Tenjo, su preparador, hace un altavoz con las manos apretándose el bozo: «¡Siguen a tres!».

Herrera vuelve a ver sobre su hombro porque siente que el preparador que siempre habla de frente y sin titubeos esta vez se ha tragado una frase siguiente. No le gusta leer entre líneas lo que le están diciendo. No le gusta que le endulcen la verdad: la verdad es la verdad. Pero no es hombre de perderle tiempo a los balbuceos ajenos: allá cada cual. Y sin embargo ese misterio, «¿qué es lo que Tenjo está callando?», lo pone a pedalear con una convicción que le ha estado haciendo falta en los primeros cincuenta y un kilómetros de la carrera de hoy. Sí, es ahora cuando toma las fuerzas que no estaba recordando. Y es ahora cuando escucha «¡se fue Hinault!», «¡atacó Hinault!». Y se da la orden a sí mismo de mandarse al frente como si se tratara de echarse al agua.

De pronto, como suele pasar en los dramas y en los recuerdos, Lucho Herrera resulta ser Lucho Herrera: «¡Ahí viene el Jardinero, ahí viene Colombia». Súbitamente se vuelve ese fantasma que le pasa a uno al lado como un par de alas cuando uno empieza a zigzaguear fuera de la orilla del camino, uf, Dios, uf. Se para en los pedales y se mece en el aire con la fe recobrada. Se acuerda de «Aquívaquívaquíva» y «Herrerarrerarrera» y «hasta luego vida mía si te he visto no me acuerdo» porque las nostalgias son los verdaderos gritos que le dan marcha al camino.

Pero es que el Tejón Bernard Hinault parece un principiante, hombre, es que un cuatro veces campeón del Tour de Francia no debería estar atacando en el kilómetro 52 de una trituradora etapa de 151 kilómetros que termina en el pico del Alpe d'Huez. Y no obstante así lo ha hecho en este tour: no ha querido ser el maestro que lo ha visto y lo ha hecho todo, sino que ha vuelto a ser el muchacho bretón que de pronto —en una meta volante o en una recta hecha para admirar la campiña francesa— siente la urgencia de dejar al pelotón entero atrás. Se está yendo Hinault, sin habérselo pensado mucho y con ira, en las últimas curvas del Col du Coq. Y las voces de la carrera declaran la guerra entre los favoritos para ganarse la jornada.

«¡Hinaulthinaulthinault!». «Allez, allez!». «And there goes Hinault, Bernard Hinault, stronger than ever on his way to the top». «Le patron du peloton prouve encore une fois que personne n'est à sa hauteur». «Ein riskanter Schritt von dem rücksichtslosesten Läufer der Welt, der schief gehen könnte, wenn er nicht die Kraft hätte, ihn zu bekommen». «¡Ni Fignon ni Simon ni LeMond ni Arroyo ni Delgado ni Millar, que se miran los unos a los otros como si semejante envión probara que Hinault ha acabado de volverse loco, se atreven a acelerar el paso!». «Aixi és com comencen les llegendes que ens salven de la solitud!». «Dit wordt moed genoemd!». «Le Blaireau!». «Y sí: la palabra del diccionario es "hibris"!».

Se va del lote Hinault tal como lo ha estado haciendo, en vano, desde hace dos semanas: es un demente, un animal salvaje, un niño para el que no existen la palabra «antes» ni la palabra «después». Lleva un plato de 53 por unos piñones de 13 dientes. Pedalea con orgullo y con fiereza. No le dicen el Tejón porque sea un bichito simpático que adorna las novelas infantiles, sino porque es un animal pequeño y enfadado y montés que es capaz de enfrentárseles a los lobos y a los perros de caza. Que resiste más que los flamencos. Que estalla más que los viejos cansados de la vida. Y está dispuesto a irse a los puños si es necesario con tal de defender su genio.

Ni siquiera este puto helaje bajo el sol va a detenerlo ahora: hace cuatro años fue capaz de ganar bajo la nieve y con las manos congeladas en el trazado de La Doyenne, hace siete fue capaz de vencer ni más ni menos que en una clásica belga al gran ciclista belga de todos los tiempos, a Eddy Merckx, como notificándoles de una buena vez a todos los ciclistas del mundo que a este drama le había llegado un nuevo protagonista, que a esta selva le había llegado un nuevo rey, y que se les estaba haciendo tarde para retirarse a los corredores que hablaban con nostalgia de aquellas etapas entre el barro en las que todos terminaban con las bicicletas sobre los hombros.

Hinault recuerda la cara de Merckx, de «es que ya soy viejo y me están echando de mi propia vida», en la tumultuosa llegada en Lieja: puede ver aún esa mueca de desterrado que no quiere pero no logra evitar que se le vea el dolor.

Y es en el último kilómetro del Col du Coq que su orgullo lo obliga a reiterar su ataque feroz y a apretar los dientes como una calavera. Y es entonces cuando ve a unos desconocidos —pero qué se creen— disputarse el premio de montaña de primera categoría sin su permiso. Hinault no aprende. Fue por una embestida tan soberbia como esta, por una arremetida desquiciada como las que ha estado haciendo en este tour y la que está emprendiendo ahora, que se destrozó las rodillas en una etapa montañosa en la Vuelta a España del año pasado. Pero no va a parar aunque su cuerpo se dé cuenta de que lo van a alcanzar, no va a reconocer jamás que las miradas en el pelotón y en las orillas le ruegan que no lo haga, ni va a escuchar sino a su terquedad.

No reconocerá uno solo de sus fracasos aunque sea más que evidente. Va a preferir hundirse en el fango hasta el cuello, hasta la barbilla, hasta la boca: ¡puaj! No va a parar, no, va a preferir resbalarse en la nieve una y otra vez hasta que deje de nevar.

Quizás la palabra del diccionario no sea «terco». Quizás tampoco nos sirvan en este momento sus mejores sinónimos: «Obstinado», «empecinado», «testarudo». Pues también hay algo de locura y algo de soberbia y algo de endiosamiento en el pedaleo a muerte —y en los ataques temerarios y desquiciados— que ha estado intentando Bernard Hinault desde hace dos semanas. Hinault sabe perfectamente que está saliéndole mal lo que está haciendo, pero lo sigue haciendo porque hasta el final conserva la sospecha de que puede salirle bien por ser Hinault. Tiene a los cuatro escapados, a Zondervan y sus tres sombras, a unos pocos metros: a una curva apenas.

Y se acomoda su uniforme blanco llenos de cuadros de colores: gris, azul, rojo, amarillo y negro. Y empuja su bicicleta Wonder como pidiéndole un poco más.

Qué raro es ver a Manfred Zondervan en la punta de una etapa. Hinault siempre quiso que fuera su gregario —envidiaba que cuidara a Zoetemelk, su gran rival de estos años, con entrega de madre abnegada— porque carecía de ambición y jamás flaqueaba, pero Zondervan siempre le había dicho «no»: ¿qué estará pensando el Coop-Hoonved para haberlo mandado al frente de batalla?, ¿cuál será el plan secreto?, ¿será, acaso, idea suya? Se voltean las tres sombras en fuga a ver si es verdad que Hinault viene detrás de ellos e Hinault los va superando sombra por sombra por sombra hasta que queda hombro a hombro con el viejo gregario: habrán hablado unas tres veces en todos estos años, pero parecen en confianza.

—Dag —le dice el francés Bernard Hinault al holandés Manfred Zondervan.

—Salut —le responde el holandés Manfred Zondervan al francés Bernard Hinault.

Dejan atrás a los belgas que se han ido quedando sin aire en los últimos metros de la subida. Se van con todo lo que tienen en busca del premio de montaña de primera categoría. Se relevan un par de veces como si por fin hicieran parte del mismo equipo. Nadie los va a sacar del ciclismo por la puerta de atrás. Nadie más los va a hacer sentir anacrónicos, obsoletos e insuficientes. Dirán los que no saben nada de esto que Hinault trató a Merckx como Fignon está tratando a Hinault, con la arrogancia de los jóvenes que ven a los viejos poco conectados con el mundo —y poco sofisticados, despiertos e ingeniosos—, pero no es verdad, no, la arrogancia de la nueva generación también es nueva.

Si no por qué Fignon, el muchacho a vencer, viene riéndose entre dientes en el lote que está a punto de tragárselos como una ballena.

El Profesor Laurent Fignon se está riendo entre dientes esta vez —y está negando con la cabeza esta vez— como diciendo que no puede creer que el Tejón Bernard Hinault tenga espíritu para seguir atacándolo al principio de las etapas: jejejé. No, no se está burlando de él, sino que está reconociendo que sólo un hombre como su antiguo jefe de filas tendría el vigor para lanzarse a una gesta de semejantes proporciones a estas alturas de su carrera. Está pedaleando junto a los españoles porque sabe que no puede concederle ni un centímetro al bretón, pero está diciéndose a sí mismo que sólo Hinault puede ser Hinault, y suena a hijo que acaba de resignarse, de rendirse, de hacer las paces ante la indescifrable forma de ser de su padre.

Son duros de roer estos bretones, y más los de Yffiniac, porque no les queda grande la naturaleza: ¿han notado esas granjas que no esperan ser notadas?, ¿han visto esas casas de piedra altas y flacas y de techos grises?, ¿han visto ese mar?

Allí todos se están partiendo el lomo, se están llenando de pudines o se están santiguando unos segundos antes de dejarse arrastrar por una procesión. Allí el niño Bernard Hinault, el hijo de los granjeros, estaba demasiado ocupado para sentarse a estudiar. Terminó la primaria a los catorce años a regañadientes, y a los dieciocho consiguió un certificado de «Metalúrgico de oficina», porque prefería mil veces los trabajos de la granja y los viajes que tenía que hacer en bicicleta por el terreno quebrado de la región. De tanto en tanto se iba por las carreteras con un grupito de ciclistas que se saludaban los unos a los otros con la muletilla «¿cómo va todo, Tejón?». Y los otros se iban quedando porque a él le dolía todo el cuerpo mientras el camino se empinaba, pero a todos les dolía mucho más.

Es porque tiene el fémur más largo que los fémures de los demás. Es porque es un superhombre de circo. Y siempre está pensando «él o yo», «él o yo». Y siempre, incluso cuando está bromeando, está tomándose a pecho esta vida.

Su madre Lucie, que se lo conocía de memoria como a un árbol, supo desde el puro comienzo que él estaba hablándole en serio cuando le hablaba de dedicarse en cuerpo y alma al ciclismo: antes de salir a enfrentar su primera carrera juvenil, en la comuna bretona de Planguenoual, Hinault le juró a la señora que dentro de un par de horas le traería el ramo de flores que le entregaban al ganador para adornar la mesa del comedor de la casa, y eso fue lo que le trajo, y así sucedió. Y luego, hace unos diez años ya, empezó a hacerles promesas de esas —«voy a traerles la copa la próxima semana»— a su esposa Martina y a sus dos pequeños hijos. No tenían dinero. Y su moraleja diaria era que vivir es un calvario.

Bernard Hinault no fue nunca —tampoco lo fue de niño— un fanático de aquellos que seguían las batallas

101

de Jacques Anquetil. Ni siquiera hoy, cuando es claro que podría ser llamado «el mayor ciclista de la Historia de la humanidad», siente la necesidad de hablar de ciclismo: ¿a quién le importa? Hinault no corre por correr, por ganarse la vida, sino por ganar, por prevalecer, por imperar, por noquear, por aplastar a los que encuentren el coraje de disputarle el triunfo. No pierde su tiempo contando anécdotas de las grandes clásicas europeas ni coleccionando afiches de sus ídolos. ¿Para qué ídolos si el protagonista es él? ¿Para qué gastarse en reverencias si ahora mismo un par de muchachos están gritándole «vamos, Tejón», «allez Le Blaireau» desde la cuneta de este Col du Coq?

Es la 1:36 p.m. Es claro que los dos temibles españoles, Ángel Arroyo y Pedro Delgado, están poniéndole un paso dañino al lote que lo persigue.

Es obvio que el equipo de Fignon, que ya olvidó que hasta hace poco fue «el equipo de Hinault», se ha puesto a trabajar para que la fuga no prospere.

Es evidente que sus principales rivales han reaccionado por fin porque están a punto de alcanzarlos; porque están alcanzándolos; porque acaban de alcanzarlos.

Y cuando sólo faltan quinientos metros para la meta, a espaldas de Hinault, ha empezado la disputa del premio de montaña.

Ángel Arroyo, el líder del Reynolds español, ataca de golpe por la izquierda y se va a paso de ganador hacia la meta del Col du Coq: «¡España, España!». Su compañero Pedro el Perico Delgado trata de ir detrás de él como si estuvieran a bordo de la misma montaña rusa, pero le dice «vete, coño, ve» porque por culpa de un puto catarro se está quedando sin aire: «Siempre tiene un mal día», se dice de él. Robert Millar, del Peugeot-Shell-Michelin, pica en vano por el centro de la calzada. Peter Winnen, del Panasonic, se contenta con ir detrás de un colombiano que corre por el Splendor: Pablo Wilches. Y Laurent Fignon, el nuevo capo del Renault-Elf y el nuevo rey de esta selva jadeante, pedalea junto a Hinault como diciéndole que ojalá la vida fuera así de fácil.

El serísimo Ángel Arroyo alcanza a tomarles quince segundos a sus principales rivales en la cumbre de la montaña —«¡Este Arroyo es un río!: ¡que viva la madre patria!», grita el Aristócrata Monroy al aire por PST—, pero, consciente de que no tiene las fuerzas para irse de una buena vez, el español se toma el descenso con calma. Descansa. Come algo que desde acá no se alcanza a ver. Mira hacia atrás, en paz, como diciéndoles a sus rivales «¿qué pasa que no me quieren alcanzar?» hasta que por fin lo alcanzan. Y entonces comienzan a bajar en fila india en un raro momento de calma chicha: «Al ritmo que vamos nos vamos a morir», le dice a Delgado, su compañero, cuando ve que ha conseguido llegar a su lado derecho.

—Eh, tú, Hinault, si no cambias de táctica te lo juro que no llegas a París —le dice Arroyo al Tejón cuando nota que lo tiene junto al hombro izquierdo.

Bernard Hinault no le sonríe siquiera porque no le entiende nada, nada. No es que no entienda castellano, no, es que sólo ha entendido su propia lengua desde que era ese niño cejijunto y pobre que se iba en la bicicleta de su hermano por los parajes escarpados de Yffiniac. No le sonríe a Arroyo ni le sonríe al aire tampoco porque sólo sonríen «porque sí» los hombres que se encogen de hombros. Hinault hace bromas de vez en cuando. Hinault sabe disfrutar las cosas de la vida a su manera: juega con sus hijos y deja escapar conclusiones en voz alta bajo la mirada de su esposa. Pero no le gusta perder el tiempo en disquisiciones y en estrategias para hoy y en planes para mañana. No sirve para nada pensar más allá.

Para qué gastarle tiempo a las ambivalencias y a los deseos insatisfechos y a los arrepentimientos cuando el trabajo de uno es tirar para adelante y ganar.

Sigue a Fignon. Pasa a Fignon. Va buscando un lugar en el frente mientras un pelotón de diez, treinta, cincuenta pedalistas se va reagrupando. Contempla la posibilidad de atacar en el descenso aunque no sea lo inteligente ni lo usual.

Pero, antes de que emprenda la partida, tres corredores cometen esa estupidez por él.

Primero se va el número 60 del Skill: Frédéric Vichot. Después sale del grupo el 108 del Coop-Hoonved: Michel Laurent. Y luego, como un suicida que esta vez no va a fracasar, se va detrás el 110 del mismo equipo: el veterano Manfred Zondervan. Hinault poco pierde la concentración en carretera, pero la figura de Zondervan, que en el colmo de la insensatez se va de nuevo y detrás de un coequipero, consigue detenerlo por un momento: ¿ese canturreo se parece a sus murmullos?, ¿ese negacionismo que jamás dará su brazo a torcer es la obcecación suya?, ¿esa temeridad en el descenso es la temeridad suya?, ¿esa intransigencia, esa irreflexión, esa ceguera de la que el cuerpo aún no se entera es lo que él ha estado cometiendo en este Tour de Francia?

Alguna vez, en el Giro de Lombardia de 1979, si mal no recuerda, Zoetemelk envió a Zondervan a la punta para destrozarles las piernas a todos. Y todos fueron cayendo en los 240 kilómetros de esa vez, y cayeron Van Impe, Moser, Criquielion —y al final cayó el propio Zoetemelk—, pero el que no cayó jamás fue Hinault. Si no está confundiéndose con otra clásica, que no cree porque para estas cosas tiene un poco más de memoria, tenía puesta la camiseta del campeón del mundo. Estaba aún en el equipo de la Renault. Tenía a Guimard, su amigo fiel, gritándole vivas que le servían tanto como las banderitas francesas regadas por el camino. Y eso de «acabar con todos» no había sido posible porque Hinault —que ganó de lejos— no se dejaba acabar.

Son las 2:31 p.m. del lunes 16 de julio de 1984. Sigue reagrupándose el lote. Al final del descenso, que ha sido un poco más pacífico de lo que él se imaginaba, hay unos sesenta, unos setenta, unos ochenta pedalistas por las calles de la comuna de Saint-Nazaire-les-Eymes. Están abiertos de par en par los postigos de las casas altas protegidas por cinturones de arbustos verdes y amarillos de florecitas rojas y rosadas. Está la gente esperándolos con tambores y trompetitas como a una parada de héroes que jamás volverán a ser los mismos. Por aquí, por este camino pequeño que tiene una charcutería a la izquierda y una gasolinera a la derecha y un horizonte lleno de picos nevados, pasó hace treinta segundos la fuga encabezada por Zondervan.

A Hinault no le parece tragicómico ni trágico, sino apenas equivocado, lo que está haciendo el holandés. A su edad lo mejor es tomarse con calma estas etapas montañosas que son pequeñas odiseas con sus cícones, sus lotófagos, sus cíclopes. A su edad lo mejor es correr a su propio ritmo, un, dos, un, dos, un, dos, como acostumbrándose a la idea de que no importa ganar sino terminar. Cuando ya se acerca a los cuarenta, que no hace mucho era la edad en la que los hombres caían en sus lechos de muerte y empezaban a practicar sus últimas palabras, lo mejor que uno puede hacer es correr su propia carrera. Dirán las malas lenguas del ciclismo que la edad de Manfred Zondervan no está lejos de la edad de Bernard Hinault. Dicen cualquier cosa.

Pero es que Manfred Zondervan es apenas Manfred Zondervan. Y nadie más es Bernard Hinault.

2:31 p.m. a 2:43 p.m.

Hay viejos a los que uno puede verles cómo eran cuando eran niños. Se queda uno mirándolos y después de un rato se les ve la infancia en los ojos, en la timidez, en la camisa metida entre el pantalón, en los pantalones a la medida, en los gestos francos e involuntarios. No es que sean infantiles: es que hay un momento en el que se cae en cuenta de que son tal como eran a los siete. El locutor Henry Molina Molina, o sea Remolina, es uno de esos hombres: tiene arrugas en los ojos y tiene lunares y pecas y manchas en la cara de tanto ir a comer fresas con crema por la sabana de Bogotá, pero es juicioso y pícaro como un niño. Y todo el tiempo piensa que si se aleja de su rutina lo más probable es que siga el fin del mundo.

Debió decirle «no» a su jefe: «No voy a Fusagasugá a cubrir las reacciones de la gente a la etapa de hoy, don Rafa, porque qué tal que justo hoy le pase algo a mi tío».

Debió preguntarle a su mujer «Márgara: ¿qué hago?», pero quién se atreve a hablarle a ella cuando sigue brava con él.

Y aquí está entonces Remolina: escuchando la transmisión de la jornada en el carro blanco del refunfuñón y bajitico Inocencio Velilla como un crack forzado a ver la final desde la banca. Velilla, que cuando habla tiende a decir «no» con rabia y que llega dos horas antes a todas las citas «por si los trancones», es el peor compañero de viaje posible para un hombre que detesta viajar: «No vamos a llegar a tiempo ni porque le salgan alas a este cacharro», «el otro día un señor del barrio se mató apenas llegando a El Soche», «eso va a ser que hay un derrumbe por los lados del Salto de Tequendama», «yo le digo a mi hija "mija: estudie" pero de dónde voy a sacar yo toda esa plata», fue diciéndole desde los potreros de Bosa hasta el embalse del Muña.

Y luego, ante las extensiones verdes y amarillas de Granada, se pegó una andanada que sonó a sentencia de muerte contra los ciclistas colombianos: «Son flojos», «son acomplejados», «son cobardes», «son ignorantes», «son morrongos», «son vendehúmos», «son indisciplinados», declaró mientras agarraban el camino hacia los viveros de Silvania. Y, como si de verdad no entendiera que Remolina necesitaba silencio para oír qué era lo que estaban diciendo los del móvil número dos sobre la fuga del holandés Manfred Zondervan, se lanzó a decir «eso el tal Lucho Herrera no va a hacer es nada» y «yo sí quiero ver la cara de la gente cuando se quede viendo un chispero» y «siempre es igual: yo digo que el colombiano es masoquista porque le gusta es decepcionarse».

Molina Molina está listo a hablar —sólo se atreve a atravesarle un «chito» al monólogo hastiado de Velilla— como si se hubiera vuelto un corresponsal más en una multitud de corresponsales: «Móvil número tres». Carraspea un par de veces. Pasa saliva un poco más. Y, en medio de este corte de comerciales que empezó en «un grano para la paz y seamos amigos: ¡Café Águila Roja!» y ya va en «por todo esto yo confío en el poder blanqueador de Fab», se le va la mente preguntándose si no será que su jefe decidió mandarlo a Fusa por la embarrada que cometió hace un par de semanas nomás: ¿será eso?, ¿será tan ruin para castigarlo por haberse equivocado como cualquier ser humano?

Fue en la final de la Eurocopa que acaba de pasar: el partido a muerte, Francia versus España, iba 1 a 0 en el minuto 90; los hinchas franceses, que eran los hinchas locales en el Parque de los Príncipes de París, cantaban «allez les bleus!» en tono de revolución al compás; el Aristócrata

Monroy se había pasado los ochenta y nueve minutos anteriores del encuentro haciéndoles fuerza a los españoles «porque yo estoy con todo aquel que posea mi lengua», pero al final, cuando vio que Jean Tigana cruzaba un pase a la izquierda en busca de Bruno Bellone, relató la carrera del puntero como tendrían que narrarlas los profesionales hasta que se fue la señal vía satélite —de pronto: ¡tas!— y no quedó nada.

Sino apenas un carraspeo, con algo de tos, que se fue apagando en la lejanía.

Y no se supo si Luis Miguel Arconada, el gran arquero de la selección española, había conseguido detener el gol.

Y Molina Molina, que era el encargado de liderar las transmisiones cuando fallaban, sólo atinó a vociferar «¡la tapó Arconada!, ¡la tapó!, ¡la tapó!, ¡la tapó!, ¡todo gran hombre merece una gran reivindicación!».

Que no era cierto porque el francés Bellone acababa de derrotar al portero español con un zapatazo al centro que era imposible de atajar: un gol de pelo en pecho.

Pero Molina Molina, conocido por estirar sus observaciones como un congresista en el estrado, se dedicó a alabar al guardameta del Real Sociedad con lujo de detalles mientras volvía la señal que al final jamás volvió: «Se llama Arconada porque en el arco… nada: jejejé». Molina Molina tenía el corazón partido porque en el principio del segundo tiempo de esa final, en el minuto 57 para ser precisos, a Arconada se le había salido de las manos —era un jabón redondo— un balón de tiro libre pateado por el 10 francés Michel Platini. Había sido penoso. Había sido una imagen desgarradora que había encapotado el partido. Y Remolina se lanzó a narrar con el deseo esa última escena, «¡la tapó!», que luego se supo que era también un fracaso.

¿Y si semejante descache al aire —en los pasillos de las emisoras se estaba hablando de hacer «la remolina»— lo ha convertido a los cincuenta años en un corresponsal desde el lugar de los hechos?

¿Y si desde ahora va a ser un viejo de voz ronca pero dulce que entrevista a la mamá de los boxeadores y de los pesistas con el saco puesto bajo el sol del mediodía?

Que se burlen de él todo lo que quieran. Que sigan haciéndole chistes porque no se afloja nunca la corbata tórrida así esté haciendo un calor de los mil demonios.

Que el día de mañana, cuando muera, se les escape en el velorio una risotada por «la vez que tuvo que irse a Fusa a cubrir el fracaso de Herrera»: «ay, Remolina…».

«Se ofendía como una quinceañera de las de antes cuando los jefes le decían que no era necesario que hiciera el programa del domingo en la noche en directo».

«Cuando uno se le acercaba al escritorio ahí mismo le sacaba una vasija de barro llena de dulces Coffee Delight: ¿quiere?».

«Y no le hablaba a nadie de sus cosas personales, no traía ni a su esposa ni a sus gemelos a las cosas de la emisora, pero siempre lo veían en la misa de las doce».

Molina Molina está listo a hablar —ya ni siquiera le oye las profecías ominosas a Velilla— con su cara de figurante que apenas tiene un par de frases en el drama. Carraspea de nuevo porque ha pasado un corte de comerciales eterno desde el pasado carraspeo. Traga saliva, pero no demasiado porque produce gases. Se sienta bien en el asiento del copiloto y piensa un par de sujetos y de predicados de emergencia tal como se lo enseñó el fumador que se inventó la locución deportiva en este país y lo recomendó para su primer trabajo: «el Campeón» Carlos Arturo Rueda. Rueda sí que ha abusado de la imaginación cuando se ha quedado sin señal, pero de él, de Rueda, nadie se ríe porque sería reírse de Dios: del primero que transmitió desde la orilla del camino y gritó «¡gol!» como si de una vez fuera a morirse.

Ya. Ya va a ser. Remolina cambia de expresión, alza las cejas y sonríe con los dientes, dispuesto a interpretar su propio papel.

—Mi estimado Henry Molina Molina: ¡hágame usted el cambio…! —le grita el Aristócrata Monroy desde el teléfono de una capilla en Saint-Nazaire-les-Eymes.

—¡Y yo se lo hago con Rimula que mantiene la viscosidad y el motor le dura más! —responde Remolina, súbitamente otro, mientras el carro blanco avanza junto a fondas y asaderos y pescaderías que dan la espalda a esos paisajes verdosos y sin fin—: y ahora mismo, camino a la florida y soleada Fusagasugá, tengo para contarle que por este camino lleno de pinturas naturales se les ve a las madres y a sus hijos acomodándose frente a sus televisorcitos en blanco y negro y agitando el tricolor nacional con la seguridad y la convicción de que esta que estamos viviendo va a ser una de esas fechas que en unos cuantos años será celebrada como una fiesta nacional: ahora mismo —por ejemplo— pasamos al lado de un quinteto que rodea un transistor.

Velilla le frunce el ceño como apretándole un brazo porque la verdad es que allá donde Remolina está mirando no hay sino cinco vacas en un potrero de pastos salvajes: «¡Mentiroso!».

—Yo la verdad no tengo claras las estadísticas, mis extrañados Pepe e Ismael Enrique allá en el móvil número uno de PST Estéreo del Grupo Radial Colombiano, pero puede ser que este lunes 16 de julio de 1984 no haya un solo hogar, ni una sola oficina, ni un solo despacho judicial, ni una sola caseta de vigilancia, ni un solo patio de ropas aquí en Colombia donde no se esté escuchando alguna de las transmisiones de esta peregrinación del Tour de Francia más duro que se haya visto en mucho tiempo: tendrían ustedes que ver las caras del quinteto que les digo, campesinos y campesinas de buena pasta y buen corazón, junto a un radiecito que hace las veces de hoguera, pero sé que están lo suficientemente capacitados para imaginarlo: jejejé.

Velilla no puede creer lo que está escuchando. Ya había llevado varias veces a Molina, siempre desde el edificio de la emisora hasta su casa en el lado iluminado del barrio Palermo, pero nunca lo había visto inventarse una escena en vivo y en directo.

—¡Qué bella es Colombia! ¡Qué bello es el altiplano en el que vinimos a nacer! ¡Qué hermosa mañana la que tenemos aquí enfrente! —agrega Remolina vuelto un profesional que no se va a amilanar ni va a permitir que se le vea la derrota en la ronquera—: ahora mismo un par de niños en bicicletas oxidadas, con las pieles curtidas de tanto treparse estas lomas bajo el sol trapero de la región, nos gritan «¡vamos, Lucho, vamos!» porque han reconocido el parlantito que es el logo de PST y no hay que ser un bardo como Pepe Calderón Tovar ni un narrador de kilates como Ismael Enrique Monroy para dejarse llevar por la idea de que estos pelados no son el futuro del ciclismo colombiano, sino de una vez el presente de nuestros escarabajos.

Velilla aprieta los ojos a ver si es que él no está viendo algo, espía en el espejo retrovisor lo que se va quedando atrás y mira de reojo los campos y las faldas de las montañas por si acaso, pero por ahí no hay niños ni hay bicicletas ni hay fantasmas ni hay gritos a favor de nadie.

—Pero volvamos a las carreteras francesas —dice antes de que la ficción empiece a notarse demasiado—: ¿cómo se está viviendo allá este banquete servido especialmente para los colombianos?

El Almirante Pepe Calderón ha vuelto a mostrarle las tijeras gruesas de sus dedos al Aristócrata Ismael Enrique Monroy porque la verdad es que tienen el tiempo contado para ir desde allí hasta las cabinas anaranjadas —donde narrarán los dos últimos puertos de montaña— en la meta del martirizador Alpe d'Huez. Ismael Enrique Monroy, por su parte, ha vuelto a mostrarle el auricular plateado a Pepe Calderón porque no se le ocurre una mejor manera de recordarle a su compañero —que lo odia, repito, por haberle pedido plata para seguir apostando— que caer en un diálogo con Henry Molina Molina de la Asociación

Colombiana de Locutores es una pesadilla y un infierno y un callejón sin salida, pues siempre hace alguna pregunta de más.

—¿Cómo ven ustedes dos las fuerzas de los escarabajos luego de los tres primeros premios de montaña? —continúa como si el mundo no se estuviera cayendo—. ¿Qué ambiente se vive en el pelotón de los favoritos a las dos de la tarde hora de Francia?

Diría el tozudo Molina Molina que no es que a él se le vayan las luces en las conversaciones al aire, sino que «hombre de radio que se respete» tiene claro que hay que repetir como profesores lo que está sucediendo en una justa deportiva porque la mayoría de los oyentes no empiezan a oír desde el principio y los que encienden la radio desde la madrugada van olvidando las cosas por el camino. Diría una vez más, con mañas de abuelo joven, que todo se lo aprendió al Campeón Carlos Arturo Rueda, que es mejor pecar por exceso que por defecto, que hay que llegarle hasta al último radioescucha del último rincón del país. Y lo único que importa a la larga es con cuántos espectadores llega uno hasta el final.

—Pues mi querido Remolina —responde Monroy cansino, pero terminante, pero culposo—: a pesar de un sorpresivo arrancón del Viejo José Patrocinio Jiménez, el héroe criollo del Teka español, no ha sido un comienzo de etapa protagonizado por los colombianos capitaneados por Luchito Herrera, sino un ajetreo estelarizado por pedalistas incansables e insobornables de la vieja escuela como el aguerrido Bernard Hinault y el curtido Manfred Zondervan, pero atención queridos amigos, que apenas estamos llegando a lo bueno, a lo importante, a lo determinante de una etapa que aún está en mora de darnos muchas, muchas sorpresas: que sigan ondeando las banderas de la República de Colombia que hay viento a favor.

Hay un silencio perturbador más largo que el de un punto aparte, un silencio como el de un cambio de página, porque el ponderado Calderón se niega a recibirle al desabrochado Monroy el auricular del teléfono de la capilla igual que un niño que no se deja mandar por un adulto: ¡no, no y no!

—Habría que tener muy en cuenta, señoras, señores, la actual situación de carrera —aclara Calderón antes de que «Colombia entera» se dé cuenta de que algo muy extraño está sucediendo entre él y su compañero de aventuras—: primero que todo un trío en fuga desde el descenso del Alto de Coq, en orden alfabético Laurent, Vichot y Zondervan, pedaleando y pedaleando como corriendo por su vida para conservar una ventaja exigua de veintisiete segundos que ha conseguido tomarle al pelotón de los grandes favoritos para quedarse con la camiseta amarilla en los Campos Elíseos; viene ese lote que se ha ido reagrupando en el terreno plano luego de tres premios de montaña; después sigue un grupo mixto, heterogéneo, encabezado por un Herrera que lucha por volver a la punta.

Calderón, que todo el tiempo le da la espalda al socio que le ha roto el corazón y lo ha dejado en la ruina en el peor momento entre los peores momentos, se voltea dispuesto a deshacerse del teléfono como deshaciéndose de una pistola humeante, pero descubre que está solo en la sacristía.

Que es una habitación larga y alta de paredes de ladrillos grises y azules y de techos de vigas de madera. Que tiene un escritorio de cedro del siglo antepasado bajo una lámpara del siglo pasado. Tiene un armario gigantesco con dos puertas grandes, tres puertas medianas y seis puertas pequeñas labradas una a una igual que los bordes y las patas. Tiene una serie de retratos al óleo de capellanes que de no haber sido enmarcados sólo serían cenizas y anécdotas. Y, a lado y lado de la única ventana con las contrapuertas abiertas, un par de sillas de caderas españolas que ya nadie debe saber cómo llegaron hasta allí. Hay más frío que Dios en ese sitio. Y sin embargo se siente vigilado como en aquel patio del Seminario Conciliar de Garzón.

Y se le pasa por la cabeza su padre arrastrándolo de una mano por el desierto de la Tatacoa. Y se le viene a la mente la traición de ese mejor amigo que dilapidó su dinero y se le atravesó en su camino a la muchacha que él vio primero: «Es mía…». Y se le entra un remordimiento entre los huesos por todas las veces que perdió la paciencia con sus hijos.

Y así podría seguir si no escuchara a Remolina repitiendo «¿Pepe?», «¿profesor Calderón?», «¿profe?», como cuando se acaba de acabar el tiempo de una llamada desde una cabina de Telecom.

—¿Que qué cabe esperar del Jardinerito de Fusagasugá Luis Alberto Herrera Herrera cuando nos acercamos pedalazo por pedalazo a la zona de alimentación en el kilómetro 85 de esta etapa? —se pregunta a sí mismo sobreponiéndose al escalofrío y a la soledad—. Yo diría que cabe esperar que consiga ir del lote de los personajes secundarios al lote de los protagonistas antes de llegar al premio de montaña de primera categoría del Côte de Laffrey: diría que quienes estén en los lugares de preferencia luego de esa escalada hasta los 910 metros sobre el nivel del mar, que más que una escalada va a ser un colador, tendrá la oportunidad de subir al podio en un par de horas, pero ojo, calma, que si no sucede la gloria no va a acabarse el mundo.

Calderón va a decir «la palabra del diccionario es "templanza"» y va a repetir que el trío de escapados está a punto de ser capturado justo cuando siente, de espaldas a la pesada puerta, que han entrado a la sacristía unas voces que hablan y se ríen en inglés y en español. Se voltea a ver quiénes son mientras titubea: «Eh…», «eh…», «eh…», repite perdiendo el hilo y tratando de recuperar el impulso. Porque detrás de su nefasto compañero de narración, que se ve nervioso y atolondrado, acaban de entrar a la recámara altísima del capellán la jovencísima reportera de *Prisma* Marisol Toledo, el viejo cronista gringo Red Rice y un hombre pequeño y narigón de mirada risueña que le parece haber visto en alguna parte.

—Y déjeme decirle, mi querido amigo, que por lo pronto le tengo una sorpresa que nunca jamás la va a olvidar —anuncia.

2:43 p.m. a 2:55 p.m.

—Señoras, señores: es un enorme placer para mí presentarles al comienzo de esta mañana, y en exclusiva para esta emisora hecha en Colombia por voces colombianas —señala el Almirante Pepe Calderón Tovar con el auricular del teléfono de la sacristía en la mano, como si se tratara de un micrófono Shure de los viejos, y resignado a repetir lo que la reportera de *Prisma* le va susurrando en el oído—, a uno de los grandes camaleones que han cruzado el planeta desde las colinas de Hollywood para venir hasta acá: no hablaré yo directamente con el intérprete de obras maestras como *Todos los hombres del presidente* y *Papillon*, porque mi inglés es tan fluido como mi francés, sino que lo hará el legendario cronista gringo que nos ha venido acompañando día por día por día en el móvil número uno de PST: ¡míster Red W. Rice!

Nunca ha pasado esto entre ellos, pero es lo que está pasando ahora mismo: que, justo cuando va a exclamar «¡y la traducción de la entrevista al español estará a cargo de la bellísima reportera Marisol Toledo…!», el comentarista Pepe Calderón se queda de piedra e interrumpido porque el locutor Ismael Enrique Monroy le rapa el auricular como un niño que da un zarpazo: ¡zas!

Y así, bajo la mirada anonadada de sus compañeros de viaje de estas dos semanas y media, el Aristócrata Monroy le usurpa a su amigo de toda la vida el derecho de presentar como un zalamero maestro de ceremonias a la mujer que les gusta a los dos. Y se lanza a una introducción delirante de las suyas que al Almirante Calderón lo pone en guardia y le va llenando los pulmones de la tristeza que suele irse tragando hasta que explota.

—Y déjeme agregar si no es molestia, mi estimadísimo profesor Calderón, que la conversación entre estas dos eminencias norteamericanas será traducida al colombiano por la gran promesa cumplida del periodismo nacional —dice el Aristócrata en su versión seductora, tersa—: esta majísima reportera que responde al nombre de Marisol Toledo, y cuya cortísima edad no revelamos por cuestiones de caballerosidad, no sólo fue de lejos la mejor de su promoción en la universidad, sino que desde que es la corresponsal en Europa de la prestigiosa revista *Prisma* ha recibido elogios públicos de maestros del oficio como el legendario Guillermo Cano Isaza o nuestro premio nobel Gabriel García Márquez.

Pepe Calderón vive de mal genio desde que su mujer lo puso a hacer dieta, pero esta rabia es otra rabia.

No ve a los ojos a su examigo, no ve ninguna de esas caras sino apenas de reojo, porque ya no tiene mirada sino mira.

Está pensando «cómo le voy a decir yo a mi esposa que me parrandeé, me petaqueé, me ferié la plata del colegio de los niños en apuestas ajenas».

Está diciéndose que él ya sabía que uno sólo puede confiarse en las madres de este puto mundo.

Dustin Hoffman, pelo negro, 1 metro 67 centímetros, frente surcada a los cuarenta y seis, sonríe apenas con la comisura de los labios. No se quita las gafas oscuras ni se saca la cachucha de CBS Sports que ha estado usando desde el arranque de este Tour de Francia. Se le ve cansado e incómodo. Se le ve fascinado ante estos dos narradores lenguaraces —y en ese idioma lleno de vocales— como Benjamin Braddock ante los orangutanes en la escena del zoológico de *El graduado*. Había jurado a su mujer, que tiene ocho meses de embarazo, no dar entrevistas a ningún periodista del planeta. Pero el viejo Red Rice ha sido su amigo desde los días de *Marathon Man*. Y a él no le dice que no.

Y menos aún desde que el Gringo Viejo Rice le dijo «querido señor Hoffman: es una emisora que no escucha nadie en la galaxia» como si lo estuviera invitando a vivir una de esas experiencias exóticas que tanto le atraen.

—Good afternoon, mister Hoffman, have you had a busy Tour de France? —pregunta el diestro e irónico Rice, despacio y seguro de cada palabra, citando nosequé canción de nosequién.

—Good afternoon, mister Rice, nice to talk to you in this strange and little french chapel —responde el actor, quitándose la gorra azul y las gafas oscuras, como jugando a que se conocen muy poco.

—Let me ask you an existential question —continúa el cronista acomodándose el sombrero de viejo «más allá del bien y del mal» y echando al aire el humo de la pipa—: what the hell is doing here the greatest actor of the world?

Es desde ese momento justo que, apenas ejerciéndose a sí misma, limitándose a hacer el trabajo serio que ha hecho desde el principio, la joven reportera Marisol Toledo comienza a brillar como uno de esos personajes secundarios de zarzuela —«el viejo», «el chistoso», «la lavandera», «el hada»— que de golpe pasan al frente a protagonizar una escena fundamental del drama bajo los reflectores. Red Rice habla al aire con Dustin Hoffman, en efecto, como si nadie estuviera escuchándolos. Y ella va traduciendo la conversación con una voz grave y lacónica que no tiene ninguna otra mujer que ellos conozcan. Y quién no se enamora de esa persona que no necesita sino ser la persona que es.

Hoffman le cuenta a Rice que ha acompañado las etapas del Tour de Francia de 1984 gracias a la amabilidad del director de la carrera, porque se está preparando para interpretar el papel principal de una película que se llamará *The Yellow Jersey*: *Camiseta amarilla*.

¿Pero por qué los franceses, parcos e indirectos por naturaleza, se han estado portando tan bien con la gente contraevidente de Hollywood? Porque al director de la carrera, el señor eterno Félix Lévitan, se le ha ido esta última década tratando de conseguir patrocinadores norteamericanos para cada una de sus jornadas. ¿Qué tantas películas se han hecho sobre el viacrucis del tour? En los heroicos Estados Unidos de América no se ha hecho ni una sola, pero en la irónica Francia, que es un país en el otro lado del mundo, se han hecho decenas desde los días del cine mudo: yo he visto *Le roi de la pédale*, *Le Facteur du Tour de France*, *Pour le maillot jaune*, *Jour de f*ête y *Cinq tulipes rouges*. ¿Y por fuera de Francia? Nuestro consejero principal, el gigantesco realizador danés Jørgen Leth, filmó él mismo la obra maestra ensangrentada que me enseñó todo lo que yo sé de ciclismo: *Un domingo en el infierno*. ¿Quién producirá *The Yellow Jersey*? Pues el pobre hombre que compró los derechos del libro hace once años y ha estado a punto de echar a andar la película hace diez: el festivo Gary Mehlman. ¿Quién la dirigirá? Ni más ni menos que Michael Cimino, el director de la exitosísima *El francotirador* y la fracasadísima *Las puertas del cielo*, que desde junio de 1975 ha estado viniendo al Tour de Francia como un actor del Método para ver con sus propios ojos el mundo entero que sucede en una sola etapa. ¿Quién asumirá la tarea de escribirla? Iba a ser Carl Foreman, el puto genio de Chicago que cayó en la lista negra del macartismo, pero que para sobreponerse escribió aquel clásico del cine del Oeste que en Colombia se estrenó como *A la hora señalada* y en España se vendió como *Sólo ante el peligro*. ¿Y no me había dicho usted que Foreman, que murió hace dos semanas nada más, había pedido ayuda porque no se estaba sintiendo bien? Sí, de un actor británico bigotudo, Colin Welland, que hace tres años se ganó el premio Oscar por escribir la emocionante *Carros de fuego*: los actores reticentes son los mejores escritores del mundo. ¿Qué tal le parece el libro explícito de Ralph Hurne del que parte toda esta empresa? Es lo que dicen por ahí: «Entre más mala sea la novela, mejor será la película». ¿Nada para destacar? El primer borrador del guion es una maravilla. ¿Cómo es el personaje que interpretará en el largometraje? Se llama Terry Davenport, y es un viejo corredor de treinta y siete años, ja, un melancólico convertido en gregario, al que contra todos los pronósticos le llega una última oportunidad de ganarse un Tour de Francia. ¿Pero cómo hará el camaleón cuarentón Dustin Hoffman, que es sobre todo un actor poseído de Los Ángeles, para transformarse en un pedalista mujeriego que vive su recta final? Desde arriba, o sea desde el lugar donde uno ve las cosas del mundo, el ciclismo es otro circo de pulgas —«allez!, allez!»—, pero ser actor, como ser ciclista, es soportarse a uno mismo, desviar la violencia, disimular el dolor. ¿No suena demasiado abstracto? *The Yellow Jersey* es también sobre los estertores de la juventud: yo sé lo que se siente porque es lo que yo estoy sintiendo. ¿Algún modelo a seguir? El veterano holandés del Coop-Hoonved que hoy, en un arrebato atípico, se la ha jugado toda por fugarse: Manfred Zondervan.

Marisol Toledo tiene las cejas juntas y tiene pequeñas gotas de sudor en la nariz porque recrear una conversación requiere concentración. Siempre ha sido así. Tiene la nariz recta y la cara angulosa porque desde muy niña ha querido y ha logrado que todo le salga perfecto.

Habló a los doce meses: «Agua». Desde los tres años le extrañó que le dijeran «bella» o «linda» si lo que era evidente era que ganaba en todos los juegos. Fue al colegio antes de tiempo, a los cuatro, porque nadie se la aguantaba en la casa. El primer día le pidió a la profesora del jardín que le enseñara «algún idioma que no fuera inglés». Se graduó de bachiller con un promedio de 4.9 sobre 5.0. Se graduó de periodista de la Universidad de Bogotá con una tesis laureada sobre el «Nuevo Periodismo» norteamericano: de Truman Capote a Red W. Rice. Y de inmediato se fue a París a estudiar a la escuela de comunicación de la Sorbonne: «Le Celsa, l'Ecole des hautes études en sciences de l'information et de la communication».

De los quince a los veintidós años tuvo un par de novios que la acompañaron a estudiar en su habitación.

El año pasado, luego de nueve meses de decir «no» con maestría, la señorita Toledo cedió a los coqueteos de un grandulón marsellés —Luc— que es un dibujo simple y no le encuentra el drama a nada. Luc no tiene nada mejor que hacer que cuidarla: «A tout à l'heure». Si ella le pide compañía, no hay ningún problema. Si ella le pide un poco de silencio, él se va sin dejar rastro. Si ella llama, él contesta. Si ella recibe la llamada, él cruza los dedos. Quién sabe cómo se volvió ese gigantón generoso, ese amigo fiel y encogido de hombros del protagonista: él dice que así son todos en Marsella y así son todos en su familia, en paz más de la cuenta, pero es cierto que un hombre resuelto e inquebrantable e incondicional en su amor es un unicornio.

Y que Luc Renan acompaña a Marisol Toledo mientras teclea su máquina de escribir Olivetti en su pequeño apartamento en la Rue Guy-de-Maupassant.

Es una cocina cubierta de grasa, una mesita redonda para dos y un colchón sobre un colchón contra una pared llena de viejas publicidades colombianas: EL PADRE ES FELIZ CON **Arrow** (Y la mamá goza, también), *estrenar* **PHILIPS** *es motivo de* FIESTA, ¿Ya le compró ropa interior **B.V.D.** estilo bóxer? No hay nada más. Falso, falso: está la fotografía del columnista de *El Tiempo* Álvaro Toledo, su padre el liberal, que era alto y era flaquísimo y usaba sombrero y fumaba pipa y saboreaba las palabras cuando hablaba. Se parecía al Quijote. Se parecía a Rice. Se le acabó el aire y se le paró el corazón y murió a principios del año pasado en la silla mecedora en la que leía a Victor Hugo, oía la Vuelta a Colombia y cantaba zarzuelas. Tenía sesenta y un años apenas. Había jurado a su esposa que no se moriría primero que ella.

Marisol no sólo viajó de afán, de París a Bogotá, para estar en el segundo día del funeral —«era mi único padre», le dijo en broma a Luc antes de irse—, sino que pronunció en la misa unas palabras tiernas y devastadoras que escribió a mano sobre la mesita de su silla en el avión.

Fue en el cementerio de los extramuros, al pie de la fosa, donde conoció por fin al dueño ingenioso, pero pedante, pero noble de la revista *Prisma*. El exministro Enrique Cura, que había sido compañero de su padre en el gobierno de Guillermo León Valencia y era un anciano que se subía los pantalones hasta el pecho, se le acercó a decirle a media voz «yo vengo a cumplirme a mí mismo una promesa: que un día iba a tener a Marisol Toledo de corresponsal de *Prisma* en París». Y eso bastó. Ella pasó un mes de cuarenta días en aquella Bogotá ajena, por primera vez ajena, que además le pareció completamente invadida por lo gringo. Y, luego de limpiar los cajones de su padre y de quedarse con su edición de Maison Quantin de *Les misérables*, le dio un beso en la frente a su madre, les pidió disculpas a sus hermanas menores por dejarlas a cargo de la familia y regresó a París a escribir de todo.

Y este año, cuando se supo que el equipo aficionado de Colombia iba a correr por segunda vez el Tour de Francia, propuso a los editores *Prisma* una serie de crónicas «a fondo» sobre la carrera.

Y cuando supo que los dos locutores de PST Estéreo iban a recorrer todas las etapas en el carro del legendario Red Rice, ¡Red Rice!, pues lo habían conocido durante nosequé pelea de boxeo, hizo todo lo que pudo para convencerlos de que la recibieran.

Y fue cuestión de tiempo para que sus tres compañeros de viaje se dieran cuenta de que no estaban tratando con una hija de papi —que en paz descanse— sino con una experta en lo que a uno se le venga a la cabeza.

Quiso a primera vista a Pepe Calderón Tovar: le conmovieron su ternura, su empeño en hacer dieta, su caballerosidad de viejo, su obsesión con el diccionario, su búsqueda de la palabra precisa, sus supercherías, su resignación a ese amigo embriagado por el viaje, su enamoramiento silencioso, su torpeza. Fue tomándole cariño a Ismael Enrique Monroy: por el camino le parecieron rasgos graciosos sus sacos de lana cuello de tortuga, sus galanteos lobos, sus seducciones inútiles, sus señuelos infantiles, sus penosas miradas de conquista, sus iras inofensivas, sus parrafadas sobre cualquier cosa, sus dosis de Menticol, sus mañas de apostador, sus pastillitas de Halls Mentho-Lyptus para refrescar un aliento que a ella no le interesaba conocer.

Se le volvió una felicidad estar con ellos una vez aprendió a quererlos así de tontos y de ilusos. Pronto supo expresarles todo el cariño y toda la admiración que les tiene. Fue una alegría rara viajar con ellos una vez consiguió capotearles las pendejadas.

Pero su gran placer de estos días, como se lo temía desde el principio, ha sido oír la vida de Rice en la voz de ultratumba de Rice.

Se lo contó a su pobre madre, que no logra reponerse. Se lo contó a sus hermanas menores, que no saben qué hacer. Y se lo repitió a su Luc, encogido de hombros ante el mundo, cada vez que pudo darle una llamada: «Rice habló ayer con Mailer», «Rice me va a presentar un día a Wolfe».

Hoy le dirá, con su emoción apagada y su talento para minimizar sus logros de tal manera que no se le vuelvan a nadie un problema, «Rice me puso a traducir una conversación con Hoffman, el de *Perdidos en la noche* y *Kramer contra Kramer*, en vivo y en directo en PST».

Eso acaba de pasar. Así fue. Rice venía convenciendo a Hoffman de hablar al aire por una popular pero pequeña emisora colombiana, la emisora del narrador y el comentarista que parecen una pareja cómica del tercer mundo, como si lo estuviera convenciendo de tomar ayahuasca en un claro de la selva amazónica o de llevarlo a ver lucha libre en Naucalpan. Y hoy, de pronto, dijo sí. Y terminaron en esta sacristía despojada de ornamentos para que la única pompa sea Dios. Y hablaron diez minutos que fueron suficientes para resumirlo todo. Y la señorita Toledo obvió la tonta lucha a muerte por ella de ese par de amigos y se concentró como lo ha hecho desde niña en que la traducción fuera una recreación perfecta de una entrevista entre genios.

—Y ya para terminar, querida Marisol, traduzca usted por favor una pregunta para nuestra antología de respuestas: ¿qué ha oído, qué sabe, qué conoce de Colombia el actor Dustin Hoffman? —pregunta Calderón libre de recatos y con cara de «he aquí mi jugada maestra para ganármela a ella».

—I know you —le responde el actor soltando una risita que les prueba que incluso los camaleones no pueden dejar de ser ellos mismos.

—Pero ya para terminar —agrega el competitivo y triunfalista Monroy despojado de decoros— el interrogante de los interrogantes para el baúl de los recuerdos: ¿qué piensa Dusty de nuestras mujeres?

—Well, she seems great to me —responde la estrella de Hollywood besándole la mano a la reportera—: and I'm going to take her as an amulet for this stage.

Monroy suelta la transmisión como si se tratara de una paila caliente: «Amigos en el móvil número dos: ¡hagan el cambio…!». Mira a Calderón a los ojos con cara de «mijo: la cagué» pero Calderón ahora sí que se niega a mirarlo. Siguen en la escena todos los protocolos, desde el agradecimiento al señor sacristán de la capilla de Saint-Nazaire-les-Eymes hasta la despedida llena de fotos incómodas junto a la estrella de cine. Y todo termina en la pequeña calle de afuera, una polvareda luego del paso de los tres fugitivos, del pelotón del líder, del grupo de los que tratan de recuperarse y de los quedados que empiezan a rezar para no llegar al Alpe d'Huez fuera de tiempo, mientras el móvil dos describe el pedaleo de Zondervan, el protagonista hasta ahora.

La reportera Marisol Toledo mira fijamente a sus tres compañeros, a Rice, a Calderón, a Monroy, no porque quiera pedirles permiso para irse con Hoffman, sino para confirmar en su cara lo que está pasando. Y bajo la mirada de los tres, que por primera vez en todo el viaje es una sola, se sube al jeep descapotado de los organizadores del tour. Y se va con ellos y con él.

2:55 p.m. a 2:58 p.m.

Ya son las tres de la tarde del lunes 16 de julio de 1984. Las 2:55 p.m. para ser precisos. Avanza la etapa reina del Tour de Francia que va a dar hasta el pico del Alpe d'Huez. Dos de los tres fugitivos, Vichot y Laurent, ya han sido capturados por el lote de los protagonistas. Pero el tercero, el Frater Manfred Zondervan del Coop-Hoonved, no se resigna a que se lo trague esa ballena blanca en aquel mar donde no queda escondite. Pedalea a todo pulmón, a toda vela, a toda mecha, como si la zona de alimentación, que es lo que tiene enfrente en la distancia, fuera en realidad la recta del embalaje final. Sigue y sigue siguiendo: «Un, dos, un, dos, un, dos». No piensa él, sino ese cuerpo suyo que se resiste a que su odisea termine en la mitad del libro.

Tendría que frenar un poco para que Duval, el asistente del equipo, le entregue la caramañola y la comida de hoy. Se niega a hacerlo porque ya no es ni va a ser nunca el momento de desacelerar. Una voz agitada grita en español «¡diez segundos la fuga!: ¡diez segundos!». Aquella moto le confirma, con su tablerito borroso, que tiene al pelotón a tan solo cien metros de distancia. Y es claro que no hay alternativa y tiene que seguir y seguir siguiendo. Se levanta en los pedales, Frater Zondervan, con la mandíbula apretada de quien está dispuesto a morir en el intento. En los claroscuros de Rijpwetering, donde creció con la sensación de que Dios está en las sombras, hubo pastores peores, pero el suyo nunca dijo «no se debe» sino «no se puede».

No existen la tentación ni el error ni el interrogante ni la fantasía ni la posibilidad.

No se puede ser perezoso. No se puede ser mundano. No se puede ser sexual.

El mundo es un muro. Es así: no hay más. No se puede pensar «qué demonios estoy haciendo yo en la punta de esta etapa del Tour de Francia si soy apenas un gregario» porque divagar es un pecado mortal. Esta es la zona de alimentación en el kilómetro 86 del recorrido. Esta es la vieja Place de la Mairie, en el municipio de Eybens, en el distrito de Grenoble. Esta es la Avenue de la République que va a dar a la alta y opaca y rojiza iglesia de Saint-Christophe de Eybens. Estos son los asistentes de los equipos y los aguateros de la competencia con sus bolsas llenas de barras, de sándwiches, de frutas, de bebidas reparadoras. Y este es él, que pasa de largo y en vez de pensar canturrea lo que ha estado canturreando:

Crevaison sur les pavés (Tour de France, Tour de France)
Le vélo vite réparé (Tour de France, Tour de France)
Le peloton est regroupé (Tour de France, Tour de France)
Camarades et amitié (Tour de France, Tour de France)

El Holandés del Tour de Francia Joop Zoetemelk, su exlíder, solía decirles con el dedo índice «si durante la prueba se siente hambre o sed, es demasiado tarde». Hay que ir unos pasos adelante del cuerpo. Hay que tenerlo alimentado y en paz como a un perro bravo. Pero no es su caso —se dice Zondervan junto a los aficionados que le gritan vivas porque sí— porque ya ha comido higos y una bolsa de frutos secos y chocolates, y ha estado hidratándose desde el principio de la etapa y lleva un par de bidones con agua y con la bebida hipotónica aquella. Se ve pálido. Sus ojos están vacíos y hundidos en sus cuencas. No es de temer, no obstante, pues es en este punto del camino cuando todos los corredores empiezan a tener cara de cadáveres.

Va. Está diciéndose eso: que hay que llevarle ventaja al cuerpo. Pero eso de estar diciendo cosas es lo mismo que pensar.

Y es lo mismo que ponerse a ver. Que los cigüeñales están tres centímetros sobre el tubo como debe ser. Que el sillín está en donde toca, ni muy alto que acabe con la entrepierna ni muy bajo que muela las rodillas, pues sus brazos —como enseñaba Anquetil— han de quedar sobre los manubrios con una curvatura de treinta grados. Que sus piernas están completamente rectas en el cénit de los pedalazos. Que no le molestan las medias ni las zapatillas. Que lleva la pantaloneta sin elástico ligeramente engrasada por dentro para evitar las cortaduras que ni el más pío de los mártires sabría soportar. Que la camiseta interior le cubre los riñones. Y, así se le rían los jóvenes del equipo, lleva atrás un trapito para secarse el sudor.

Anoche él mismo emboló sus zapatillas, con todo el betún que quedaba en la cajita de lata que se trajo de la casa, para que no se le llenen de barro, pero algo de barro tienen luego del terreno destapado de allá atrás.

Entre uno más viejo es, más le gusta pensar y más le gusta callarse lo que piensa. Expone el alma mucho, mucho menos. Va descartando el cuerpo miembro por miembro por miembro. Valora mucho más los pensamientos salvajes, los recuerdos sexuales y los planes de asesinato que nunca se llevan a cabo. Piensa en paz los lugares comunes: «El tiempo se apoza…», «el tiempo vuela…». Se deja llevar sin pudores, porque nadie está escuchando y nadie va a enterarse, por obviedades como esta: no es lo mismo que los aficionados den ánimo cuando uno va perdiendo a que den ánimo cuando uno va ganando. Quién puede decirle que no a una fantasía. Quién se atreve a llevarle la contraria a un delirio que jamás va a pronunciarse.

Entre uno más viejo es, más ganas le dan de llorar. Frater Zondervan, a los treinta y siete, ha perdido buena parte de su instinto asesino y ha sometido su violencia y ha estado experimentando unas traicioneras ganas de llorar a mares —de pronto se le van encharcando los ojos y se le va agrietando la garganta y tiene que bajar la mirada por si acaso— cuando se ve a sí mismo en alguno de los que se tropieza por el camino y cuando cae en cuenta de la sorpresa de estar vivo. A los treinta y siete, Zondervan ya ha cometido la mitad de los errores que comete un hombre en la vida. Y aún no entiende los caprichos, ni las arrogancias, ni las ansiedades, ni las crueldades, ni los pavores de los ancianos, pero conoce de primera mano —y además en carne propia— la mediocridad de los maridos, la frustración de los figurantes, el infierno de los hijos, el corazón de los infieles, la comezón de los tramposos, la peor noche de los divorciados. Y ahora mismo, con la zona de alimentación y la iglesia de Saint-Christophe de Eybens a sus espaldas, y a punto de tomar la glorieta resbalosa que va a dar a la Avenue des Maquis de l'Oisans, está sintiendo compasión por los aficionados que le gritan «allez, allez!» desde las cunetas porque ese es el mejor momento de su día; por los niños que agitan banderitas desde los hombros de sus padres porque un día tendrán que llevar a sus niños en sus hombros; por las mujeres que se ríen de sus piernas escarpadas y de su culo empinado porque sus cuerpos merecen mejor suerte; por los carniceros gordos con delantales chorreados de sangre y pedacitos de vísceras entre las uñas que resoplan como si aquel que hubiera visto a un ciclista los hubiera visto todos; por los perros que les ladran a las ruedas porque tienen el miedo en la punta de la lengua.

«¡Siete segundos la fuga!: ¡siete segundos!», grita, ahora, el mismo aguatero español.

Y él sabe español de tanto correr con españoles. Y siente compasión por él, por el aguatero que está gritando lo más importante que gritará toda su vida, porque también hace parte de esta escena de la que pocos logran esca-

130

par. Y acaba de decirle «¡anda, anda!» pues se ha dado cuenta de que él, Zondervan, Manfred Zondervan, lo está mirando.

Y se lo está diciendo mortificado e indignado porque tiene claro que cuando un ciclista empieza a mirar fijamente lo que tiene al lado es porque está dándose por vencido.

Hay una película magnífica del 007, *La espía que me amó, The Spy Who Loved Me, L'espion qui m'aimait*, en la que el risueño pero serísimo James Bond le lanza al inventor Q la pregunta retórica de si alguna vez lo ha decepcionado: «Frecuentemente», le responde Q. Está pensando en aquella escena, un paréntesis cómico a la gran máquina de la Guerra Fría, porque está seguro de que en este momento tanto su madre vigilante como su esposa insobornable están pensando exactamente lo mismo de él: «Estoy por pensar que eres estúpido». Y a él no se le viene ninguna ironía a la punta de la lengua. Zondervan querría tener la gracia de Roger Moore y la autoridad de Sean Connery, pero es incapaz de sacudirse la desilusión de George Lazenby: ja.

Agacha la cabeza y cierra los ojos y respira con el corazón por la llamada Ruta de Grenoble. Se vuelve a parar en los pedales, rodeado por los bosques espigados del valle de Combre Grive y doblegado por el camino empinado, como un ahorcado que no cierra los ojos y no se va sin patalear un poquito más.

Por alguna razón, tal vez porque los árboles y los árboles lo cercan, siente que está recobrando la fuerza, que está volviendo a hacer parte de su bicicleta roja como un engranaje más de la máquina, que está desempolvando su licencia para matar. Ya no le duelen los talones. No le traquetean las rodillas. Respira mucho mejor. Y ha empezado a ponerse pequeñas metas, «voy por esas tres casas», «voy a llegar primero a la oficina de correos», «ya no me queda nada hasta la pizzería de Napoléon», para que no lo alcance nunca el lote de los favoritos. Saca de los bolsillos de atrás el trapito que habría puesto orgulloso a su padre. Se seca la frente porque las gotas de sudor están rodándole por las cejas pobladas. «¡Cinco segundos la fuga!: ¡cinco!».

Siente lo que sintió cuando su primera mujer le puso los cuernos con un par de molineros a los que apenas mira a la cara —como si fuera suya la vergüenza— si acaso se los encuentra mientras pasea a su madre por la bahía de la pequeña Rijpwetering.

Siente lo que siente cuando está sucediendo algo verdaderamente grave: Zondervan es el último en enterarse de que no hay nada por hacer.

Tiene al lote encabezado por la Renault, el equipo del muchachito Fignon, a un poco menos de cien metros. Acaba de cometer el error de mirar por encima del hombro izquierdo, que desde eras inmemoriales es el error que cometen los mitos trágicos, a ver qué superhombres vienen allá atrás, aquí atrás: Fignon, Hinault, Simon, Millar, Arroyo, Delgado y Dietzen encabezan el monstruo que está devorándoselo todo. Viene con cara de «hasta aquí llegué» el aguerrido y cómico Barteau, ese gregario afortunado que, luego de participar en una fuga de ciclistas mansos e inofensivos al principio del tour, ha tenido el orgullo de ponerse la casaca amarilla del mejor desde el martes 3 de julio hasta hoy: Barteau hoy no da más y va a entregarle el liderato a su jefe, al gafufo Fignon, que ha jurado que va a ganarse esta etapa, pero doce días de líder son doce días de líder. Y viene también el viejo Zoetemelk, con la mandíbula apretada y el cuerpo demasiado largo en la bicicleta y la cachucha del Kwantum puesta al revés para que no se queme la nuca, como un fantasma de su vida pasada.

El sol de la tarde, peor que el del mediodía, se lo ha tomado todo desde el cielo hasta el asfalto. No hay sombras. Sólo la suya encogida sobre el camino.

Zondervan agacha la cabeza y cierra los ojos como si de verdad se lo estuviera tragando un basilisco: «Echt waar?», se dice, «¿es en serio?». Siente los gritos nerviosos mientras lo van rodeando los pedalistas del lote puntero: «¡Vamos!», «tjonge jonge!», «jia you!», «¡fin de la fuga!», «kop, kop, kop!», «ahora es que comienza lo más duro: tú verás». Escucha los jadeos de sus vecinos, el zumbido de las ruedas contra el pavimento, el ronroneo de los carros acompañantes que empiezan a quedarse atrás. Tiene un revoltijo en el estómago. Tiene náuseas. Abre los ojos dentro de este pelotón que es un escuadrón destinado a partirse en pedazos: «Fue bueno estar vivo». Simula paz consigo mismo. Finge una sonrisa de hombre que sabía que todo esto iba a pasar. Le sale mal. Le sale a medias. Se empieza a hundir hasta el fondo del mar y se siente uno de esos hombres que siempre cumplen años un lunes.

Porque los narradores de la jornada están diciendo que ha llegado el fin de la fuga del veterano Manfred Zondervan. Porque el Tejón Bernard Hinault acaba de darle una palmada de consuelo en la espalda encorvada. Porque, como está hundiéndose en el lote puntero, y todos los corredores del grupo están pasándolo de largo, su exjefe Zoetemelk —que se había quedado atrás: qué diablos hace aquí— le suelta un «jajajá» sin mirarlo a la cara.

Manfred Zondervan siente compasión por todos durante un momento, hecho un soldado tembloroso y manchado de sangre entre la muerte de las playas de Normandía, porque el padecimiento purifica e iguala.

Zondervan siente compasión por el asistente que se ha quedado atrás maldiciéndolo por no llevarse la bolsa de la comida; por las familias jóvenes que han abierto las ventanas para verlos pasar; por los aficionados en pantaloneta que se van detrás de las bicicletas de la competencia como si nada más importante fuera a sucederles; por los directores técnicos en el borde del infarto porque las cosas nunca se parecen a su plan; por los locutores que narran lo que está sucediendo con voces de gesta de los mejores tiempos; por los ciclistas jóvenes que suelen decirle «yo crecí viéndolo a usted correr», pero luego andan abriéndose paso a codazos y son capaces de cualquier cosa con tal de quedarse con todo y ya no ven esto como una banda de hermanos y sólo están pensando en llegar a la televisión; por los escarabajos colombianos, atolondrados y tercos y sobrehumanos, que pierden en los descensos lo que ganan en las cuestas pues sólo saben de sufrimiento; por los favoritos para ganar, Fignon e Hinault, porque no les sirve nada que no sea ser el campeón del Tour de Francia; por las mujeres de los ciclistas, empezando por su Cloé, condenadas a compartir la cama con resucitados; por las madres de los corredores, empezando por la contrariada Miriam, resignadas a que sus niños puedan irse hoy por un barranco.

Frater Zondervan siente compasión profunda, compasión en la sangre y en los huesos, por todos los que están aquí.

Por todos menos por él. Los silencios lúgubres de su padre —las cejas tensas y los hombros inmóviles de su padre— le enseñaron a sobrevivir sin chistar, sin pensárselo dos veces.

«Siempre es mejor decir sí, Manfred». «¿Por qué sí, vader?». «Porque cuando uno dice no luego hay que explicar por qué». «Y no hay que meterse en líos cuando se es un hombre de Dios».

Suele parecerle una curiosidad que alguien se quiera a sí mismo. No deja de sorprenderle que un ciclista se decrete «favorito» para ganar una carrera de tres semanas. De dónde viene el amor propio. En qué profundidades o en qué superficies de uno es posible hallar la certeza de que se es el mejor. Cómo hace la gente que se siente bella en el espejo. Cómo haría su examigo Joop Zoetemelk para sobreponerse a esta fuga fallida a los treinta y siete años: ¿trataría de seguirles el paso a los del lote de punta?, ¿volvería atrás a trabajar para el Gran Danés Kim Andersen?, ¿se limitaría a sobrevivir a los invivibles setenta kilómetros que faltan? Bah: Zoetemelk no estaría en estos problemas,

Zoetemelk estaría preparándose para salir volando y Zoetemelk no es un gregario.

Ya no hay bosques a la vista. Están subiendo la rampa culebreada que va a dar a Brié-et-Angonnes. Están atravesando los campos mordidos y opacos que volverán a ser verdes dentro de poco. Dejan atrás los pequeños caminos de piedra de este caserío que está cumpliendo dos siglos. Y Zondervan, sometido por el gran pelotón como cualquier aficionado, como cualquier colombiano, se enfrenta ahora a las miradas condescendientes de sus compañeros de equipo y a las palabras reticentes de sus directores: según ellos, según las miradas y los gestos, lo suyo ha sido un arrebato de la talla de un ataque de ira o de un ataque de risa, pero ya es tiempo de que se pregunten qué van a hacer con lo que queda de la etapa.

Ya son las tres de la tarde. Las 2:58 p.m. para ser precisos. En el gran pelotón, que cada vez se parece más al pelotón que cruzó la línea de salida, se respira la sensación de que ya está empezando el fin de la etapa. A diez segundos nomás, a punto de conectar y de convertir el lote en el gran lote del principio, viene un grupo de unos veinte, veintidós, veinticinco coleros encabezados por el indescifrable líder de los colombianos: el Jardinerito de Fusagasugá Luis Alberto Herrera Herrera. A estas alturas del recorrido, Zondervan debería tener todavía algo de fuerzas. En cambio siente náuseas por la rabia y dolor de cabeza por haber hecho el ridículo. Ya no pide que no lo alcancen los mejores. Está rezándole a quien corresponda para no perderles el paso a los peores.

2:58 p.m. a 3:19 p.m.

El Jardinerito Luis Alberto Herrera Herrera jura por Dios que estaba teniendo un pésimo día. No lograba acomodarse en la cicla. No tenía piernas. No respiraba bien. Ya estaba pidiéndoles disculpas a los compañeros y a los periodistas y a los colombianos por el fracaso de hoy: «Esta vez no fue». Pero empezó a sentirse mejor, como al día siguiente de una enfermedad, hacia el final del ascenso al Alto de Coq. Notó que estaba subiendo simplemente, sin jadeos, sin torpezas, como sube el Alto de San Miguel cuando está en su pueblo. Sintió que conocía ese calor. Se dejó ir. Se quedaron atrás los unos y los otros, que a su lado parecían nadando entre la tierra, y pensó que llegar a la punta era un hecho.

El meticuloso Jorge Tenjo, su preparador técnico, le recordó que estaba cada vez más cerca del lote puntero: «¡Tres minutos!», gritó desde un altavoz hecho con las manos.

Y fue entonces cuando Lucho Herrera resultó ser Lucho Herrera y se puso de meta alcanzar a un grupo en fila india que tenía en el horizonte —el de Sean Kelly, Kim Andersen y Joop Zoetemelk— en busca de su punto de fuga. Seguro que las ganas de alcanzar a ese pequeño lote persecutor, que no se dejaba alcanzar y estaba hecho de ciclistas fabulosos, fue fundamental para regresar a la punta de la competencia. Cuando cruzó el premio de montaña de primera categoría, perdía menos de dos minutos, 1 minuto 48 segundos para ser exactos, con el héroe inútil que no quería dejarse arrebatar la punta de la carrera: el viejo gregario del Coop-Hoonved Manfred Zondervan.

Se le dio bien la bajada igual que se le da allá en Colombia. Se le fueron destrabando las piernas, y ya no pensó en nada más porque para qué pensar si no se trata de eso, en el terreno plano pero escarpado desde Saint-Nazare-les-Eymes hasta Eybens: desde el kilómetro 65 hasta el kilómetro 86 de la etapa. Su equipo trabajó para él a mucho honor, Tomate Agudelo y Pinocho Corredor se portaron igual que un par de guardaespaldas y se pusieron al frente con cara de soldados resignados a su sacrificio, hasta que la hilera de corredores a la que estaban persiguiendo —repito: el grupo de Kelly, Andersen y Zoetemelk, que tenían en la mira— alcanzó la punta y fue claro que pronto el pelotón de ciento cuarenta corredores, unos más, unos menos, quedaría reagrupado.

Dentro de poco estarían juntos otra vez. Y para todos, para Fignon, Herrera e Hinault, por ejemplo, sería volver a empezar, pero combatidos, descartados, maltrechos.

Vino, entonces, una escena plena de gritos y digna de leyenda. Siguió, mejor dicho, un giro de poema épico, de trama de novela de las de antes. De pronto el paisaje hizo silencio y la gente se calló. Y empezó una cruzada con vocación de sueño.

El Jardinerito Lucho Herrera decidió jugarse la vida en la zona de alimentación en la Place de la Mairie. Ya era el kilómetro 86 de la etapa. Ya estaban saliendo del distrito de Grenoble por el municipio de Eybens. Y Herrera resolvió seguir derecho a toda velocidad, en vez de tomar una de las bolsas de comida que Gómez y Tenjo y Flórez tenían en las manos, porque la voz suya que de vez en cuando le daba consejos —«Aquívaquívaquíva»— le gritó «es ya», «es ya». No. No comió nada. No va a comer más. Se lanzó al frente con todas las piernas: «Es ya, Lucho, es ya». Y todos sus compañeros del lote persecutor se quedaron atrás como desconociéndolo, como reconociéndolo, mejor, con las bocas abiertas y las miradas vencidas.

Era un brochazo. Era un ventarrón y era un verbo. Pesaba menos que la bicicleta y se deslizaba hacia arriba a paso de cinta de Betamax adelantada y pedaleaba con la ligereza de comentarista deportivo con la que escribo este párrafo.

Por un momento pensó que había dejado al pobre Jumbo Cárdenas con las talegas de comida en la mano, pero pronto recordó que «el ciclista más desafortunado del mundo», que se pegó esa caída en la Vuelta a Colombia del año pasado, había sido eliminado hacía cinco días por llegar fuera de tiempo: «Yo no sé qué me pasó...», «yo les juro que traté...».

A cargo de la zona de alimentación estaba ahora el escarabajo reticente y entregado Herman Loaiza. «Reticente» porque, a pesar de que empezó a trabajar a los catorce en un taller de Santa Rosa en donde lo ponían a hacer mandados en cicla, cuando corría las carreras de turismeros siempre estaba hablando de retirarse: «Qué pereza». «Entregado» porque luego, ya que le vieron las condiciones en las carreras en las que se metió, supo estar a la altura de la confianza de los entrenadores de equipos como Banco Cafetero, Lotería de Boyacá y Pilas Varta: «Gracias a Dios respondí». Y se convirtió en el gregario más fiel del mundo en un mundo en el que nadie quiere servirle a nadie. Y vive listo, siempre, para lo que quiera Lucho.

Y lo ha estado acompañando con los demás, con Pinocho, con Tomate, en las duras y en las maduras de la etapa, y en los últimos minutos ha estado pendiente de la zona de alimentación. Y acaba de quedarse atrás, como una estatua chata, porque el jefe del equipo —que ha estado teniendo un día malo— decidió seguir de largo para alcanzar la punta. Y allá se fue y allá va.

Y aquí está Herrera, Herrera, Herrera. Dejó atrás todos esos puños en alto con bolsas llenas de bocadillos, de frutos secos, de bebidas renovadoras. Pasó junto a la soberbia iglesia de Saint-Christophe de Eybens y apenas se dio la bendición: «En el nombre del padre, del hijo y del Espíritu Santo», murmuró. Se llevó a su rueda a su compañero Rafael Acevedo, que es un escalador imponente y es un coequipero veterano listo para donar toda su sangre, por si algo le pasaba en su camino hasta el lote de los favoritos. Y se fueron muy parejos por la Avenue de la République convencidos —y convencerse, así no sea cierto, es el secreto de la vida— de que este es el día del que les han hablado desde niños y el día del que van a hablar cuando estén viejos.

No fue una persecución eterna de aquellas, sino una cacería de unos cuantos kilómetros: de dos, tres, cuatro kilómetros apenas. La pequeña cuesta de Brié-et-Angonnes, llena de casas antiquísimas y de caminos secretos hacia todo lo que uno nunca va a saber, no dejó de empinarse —fue de 200 a 450 metros sobre el nivel del mar— hasta el kilómetro 92 de la etapa. Y, como el hábitat hace al hombre, el Jardinerito de Fusagasugá empezó a pedalear con cara de estar respirando, soportando, padeciendo mejor. Y por la llamada «vía de Grenoble» se llevó consigo, como una larga capa, a un grupo de desperdigados abandonados por Dios que no han debido seguirle la rueda porque luego va a costarles las piernas.

Cerró los ojos para pedalear en su propia tierra por un momento, «vamos, Lucho, vamos», y los abrió, sonrientes y escuetos, cuando cayó en cuenta de que ya no era un figurante, sino el protagonista.

«¡Herrerarrerarrera!», recordó.

Pero no fue el recuerdo del alarido redondo del Aristócrata Ismael Enrique Monroy, que le da escalofríos a cualquiera, sino la imagen de un par de paisanos con un par de banderitas tricolores —o sea la sensación de tener una familia en medio del suplicio—, lo que acabó de empujarlo hacia el lote de los punteros. Herrera está preparado para que sus piernas se nieguen a hacer lo que a él le venga en gana, y sin embargo tiene clarísimo que su cuerpo es un tirano benigno que suele concederle la buena fortuna. Y a veces le basta con oír un grito familiar, como le sucedió en aquella etapa legendaria en el Alto de las Letras o en aquella mañana mítica en las curvas del Alto de La Línea, para darse a sí mismo la orden de ganar.

Siempre será de no creer: pasó de largo por la zona de alimentación como si no fuera él sino su rastro, sí, nadie lo hace, y nadie lo había hecho, y nadie lo iba hacer como él consiguió hacerlo.

Rindió frutos pronto, muy pronto, porque consiguió conectar con el lote de Fignon e Hinault antes de conquistar el repecho en Brie. Eran las 2:59 p.m. Se cumplía la tercera hora de la etapa. Y de inmediato se acomodó en los primeros lugares del grupo puntero como si estuviera en Colombia.

Herrera no sintió nada de lástima cristiana por culpa de la captura del gregario holandés del Coop-Hoonved que seguía canturreando «Tour de France, Tour de France» igual que ese loco de sombrero de paja y escoba rota que había por los lados de Fusagasugá cuando era niño. No sintió nada de pena porque no tuvo tiempo de sentirla, pero también porque esto del ciclismo es así siempre, porque no hay que pensárselo demasiado para no enloquecerse, porque hay que dejar en paz a los rivales cuando están teniendo un día malo, porque a él no le gusta gastarse en lo que no es. Herrera es un hombre suave y tranquilo, sí. Y también es un tipo vivo y un corredor de riesgos y un fiel a sí mismo y un cuerdo.

Y a partir de ese momento se concentró como una máquina con el número 141 en la cintura. Desde ese momento no hubo nada más aparte de los pedalazos, zas, zas, zas, a pesar de las miradas de reojo. Jura por Dios que estaba teniendo un pésimo día. Ya no.

Desciende con cuidado por la Route de Grenoble sin perder el lugar que se ha ganado detrás de Fignon, de

Hinault, de Breu, de LeMond, de Dietzen, de Arroyo, de Delgado, de Millar. Por un momento es parte de un equipo que atraviesa un bosque frío, y entra como una trenza a una antiquísima ciudad de unos siete mil habitantes, la comuna de Vizille, bajo los vivas incansables de los aficionados. De dónde sale tanta gente. Por qué los patos de ese lago y las reses de ese descampado no se voltean a verlos. Qué cantidad de vitrinas pintadas a mano: la tabaquería, la panadería, el café, el restaurante, la tienda de suvenires y la oficina de turismo tienen izada la bandera francesa porque quedan en el camino al Castillo de la Revolución.

Pocas veces ve uno las cosas de cerca. Se va la vida viéndolo todo de lejos. Y de lejos el Château de Vizille, que desde el siglo XIV fue una casa de los herederos del trono francés, pero en el siglo XVIII se convirtió en uno de los lugares fundamentales de la Revolución, es un paisaje bello e imponente que sólo el ser humano habría sido capaz de fabricar. Hay árboles y montes y lagos para que no deje de ser una pintura de este planeta. Hay una fuente inagotable en los jardines. Y sin embargo la mano bárbara de una civilización es evidente, pues desde lejos se escuchan las voces y los alaridos de los trabajadores de estos últimos quinientos años. Y es sabido que el hombre es el animal que se vuelve un fantasma.

Kilómetro 97 de la etapa. Apenas dejan atrás el castillo, comienzan a pedalear, a 285 metros a nivel del mar, la rampa imposible de Laffrey. Suele llamársele «rampa» aunque sea este premio de montaña de primera categoría que sólo ha sido escalado en diecisiete de las setenta y un ediciones del Tour de Francia. Para llegar a la cumbre alpina hay que superar dos pequeñas estaciones medievales que sirvieron de refugio a los templarios: Notre-Dame-de-Mésage y Saint-Pierre-de-Mésage. Es duro cruzar ese par de comunas, que no pasan de seiscientos o setecientos habitantes, pues en la segunda se descubre uno a 610 metros de altura, pero sin duda es mejor subir que bajar Laffrey pues desde 1946 se han ido por sus abismos y se han matado setenta y nueve peregrinos.

Lucho Herrera pasa junto a los picos y los techos nevados de Saint-Pierre sin fijarse en el monumento a los viajeros que han encontrado su tumba en esas curvas. Y no se deja desesperar y no se deja extraviar ni siquiera cuando nota que el Tejón Bernard Hinault, peleón y endurecido desde el principio de la competencia, ansioso e irascible porque siente que hay una conspiración para probarle que él ya no es dueño del tour, acaba de pasarle al lado en otro de sus intentos desquiciados de dejar atrás al pedante de Laurent Fignon. Hinault se va. Y detrás de él, desde el lote de treinta y dos protagonistas que ascienden Laffrey al mismo tiempo, salen el suizo Breu y el alemán Dietzen con las piernas que les quedan.

Kilómetro 100 de la etapa. Hay chirridos en el asfalto helado e hirviente. Hay gritos: «Merde!», «¡se fue Hinault!», «¡ojo ahí!». Una hilera de cinco pedalistas enaltecidos, Greg LeMond, Pascal Simon, Stephen Roche, Urs Zimmermann y Joop Zoetemelk, se quedan mirándose igual que jugadores de póker a los que les ha llegado el momento de reconocer que ningún as va a rescatarlos esta vez. Tres ciclistas colombianos que van subiendo juntos, Rafael Acevedo, Samuel Cabrera y Pablo Wilches, tienen que hacer equilibrio para no irse los unos contra los otros. El español Pedro Delgado, del Reynolds, empieza a ir en zigzag como si no se le ocurriera otra manera de no quedarse clavado en la carretera. Podría resumirse esta explosión y este caos con la frase «sálvese quien pueda».

Herrera podría irse en busca de Hinault de una vez pero en un principio sigue su propio ritmo porque se imagina al bigote de Flórez diciéndole que guarde fuerzas para lo que viene: «Suave, Lucho, suave…».

Sin embargo, justo cuando ha conseguido que su pedaleo sea una respiración, exhala e inhala, exhala e inhala, el Extraterrestre Laurent Fignon decide ir a la carga.

Se va Fignon. Se va el campeón del año pasado, en busca del hombre al que ha dejado de considerar su maestro, porque acaba de enterarse de que le está tomando unos quince segundos de ventaja que no le gustan nada. Desde el punto de vista de Herrera, que es una mirada entre el pelo que le cae en la frente, Fignon —que trae el número 1 que ostenta el defensor del título y lleva puesta la camiseta azul, blanca y roja del campeón nacional de Francia— ha asumido la posición que asume en las contrarrelojes. Tiene ganas de reírse mientras sube con toda la rampa, jajajá, jajajá, jajajá, pues los embates y las terquedades y las ganas de ganar de Hinault en verdad tienen su gracia. Endurece su rostro porque perder no tiene nada de chistoso.

Se va Fignon a cazar a Hinault. Y Herrera piensa «suave, Lucho, suave…» hasta que se va detrás porque puede, porque se siente respirando en su tierra. Allá está: número 141 del equipo colombiano —**Colombia** en el pecho, **Colombia** en la espalda— patrocinado por Pilas Varta. Ahí se ve al Jardinerito, con la mandíbula que se le afloja y se le agranda cuando logra ser este cuerpo que sube y sube en vez de pensar, a un paso imposible por la cuesta nevada de Laffrey. Avanza. Sólo avanza. Y pronto deja atrás y deja lejos al cabizbajo lote de los punteros. Sale detrás de él, y le sigue el ritmo aunque le cueste la vida, el hombre que anhela la camiseta de puntos rojos del líder de la montaña: el pequeño escocés Robert Millar. Pero Lucho va en paz, libre de voces y de preguntas, como si fuera solo por las laderas de su pueblo.

Kilómetro 102. A lado y lado de la Route Napoléon, que hace parte de la Route de Grenoble, hay un párrafo de voces que él no está escuchando ya. También se va quedando atrás este bosque espeso, apiñado, lleno de caminitos y de riachuelos como venas. Y van apareciendo uno a uno, juntos, los cuatro hombres serios que se fueron hace unos minutos en busca de la carrera y de la etapa: Breu se mece parado sobre sus pedales, Dietzen asiente cada pedalazo, Fignon se acomoda la balaca y las gafas y los guantes blancos como preparándose para un zarpazo, Hinault se pone al frente, con los dientes apretados y las cejas contrariadas, para que nadie se atreva a arrancar sin su permiso.

Herrera pedalea al lado de ellos, no entre ellos, porque no se siente parte de nada. Tiene a Millar a unos metros. A unos metros más lo busca Arroyo, el español. Y él se empina un poco y un rato para meterles miedo a todos y para advertirles que no se va a quedar allí por mucho tiempo.

No redobla el paso porque lo haga Fignon, no se levanta y ataca porque el gafufo de Laurent Fignon esté atacando con las fuerzas que ha estado guardando desde el principio de la etapa, sino que arrancan los dos al mismo tiempo porque sólo quedan dos kilómetros para la cima. Y ya nadie es capaz de seguirlos y el grupo de los favoritos vuelve a desgranarse y es penoso —pero siempre es así en el ciclismo— ver a estos hombres bufar entre el dolor. No hay cámaras ni motos ni carros acompañantes a la vista. Sólo gente en pantaloneta con caramañolas chorreantes que gritan que ahí va el gran campeón francés con el pequeñísimo colombiano. Sólo franceses y francesitos que están pidiendo a gritos que el hombre que lleva el número 1, el hombre que tiene puesta la bandera de Francia, cumpla su anhelo de ser el primer francés en conquistar el Alpe d'Huez:

Allons enfants de la patrie
Le jour de gloire est arrivé!

Pero cuando Herrera se vuelve Herrera no hay mucho que se pueda hacer. Y luego de seguirle el paso al francés hasta un poco más allá del kilómetro 103, como un niño de veintitrés años a un adulto de veinticuatro, el escarabajo 141 sube el volumen a su paso: undosundosundos. No parte. No huye. No pierde la concentración cuando ve que el pastor alemán Raymond Dietzen está torturándose a sí mismo para alcanzarlos. Simplemente va más rápido, Herrera, porque más rápido se siente mejor. Supera un taller de carros, un restaurante italiano, una inmobiliaria, un hotel de paso. Pasa bajo los pasacalles rojos que dicen 500 metros, 400 metros, 300 metros para la cima de primera categoría de Laffrey.

No se cuida la espalda porque para qué. Va a ganar el penúltimo premio de montaña. Va a cruzar la cumbre de primero:

Oh, gloria inmarcesible
Oh, júbilo inmortal

Sube junto a esas casas de tejados cenicientos y fachadas sucias. Esos andenes de gravilla roja se están hundiendo en la humedad y en esas matas verdísimas que son la prueba de que el día en que todo esto se termine —esto de hacer pueblos con señales de tránsito e historias familiares que contar— volverá a crecer la hierba y tendrá brillo. Esta carretera, que lleva al edificio de la administración de la villa, se ve llena de grietas y de rotos hasta que empieza a asomarse la pancarta que dice «Col de Laffrey». Hay varios nombres escritos con tiza en el piso: FIGNON, HINAULT, SIMON. Y al final, a unos pedalazos nomás del premio de montaña, puede leerse su apellido: HERRERA.

Va a cruzar. Va a cruzar ese pico, a 910 metros sobre el nivel del mar, bajo la emoción de los periodistas colombianos motorizados que están cubriendo el tour desde el comienzo. ¡Cruza!

Kilómetro 104 en la etapa reina de la edición 71 del legendario Tour de Francia. Quedan, aún, cincuenta más. Herrera es el primero de todos los lotes a las 3:19 p.m. hora de Francia, 9:19 a.m. hora de Colombia.

Fignon pasa tres segundos después, por la cima de la peligrosa rampa de Laffrey, seguido de cerca por Dietzen.

Hay un silencio como un silencio del sol durante dieciséis, diecisiete, dieciocho segundos hasta que aparece en la última curva la coronilla del valiente escocés Millar. Hay después un griterío semejante a un derrumbe porque el que viene ahora es Hinault con un par de perseguidores que no alcanzan la sombra de su rueda trasera. Trata de verse sereno. Trata de contener la furia pero de conservar el aspecto de un rey. Finge que está lejos de ser un protagonista degradado por un venido a más. Y basta tener oídos para saber que, sin embargo, acaba de llegar a la cima de la cuesta a veintinueve, treinta, treinta y un segundos del colombiano.

Y es suficiente ser cualquiera para ponerse en el lugar de un hombre que hoy no está pudiendo más.

3:19 p.m. a 3:30 p.m.

Desde julio de 1934 hasta julio de 1984 han muerto veinte ciclistas en plena competencia. El español Francisco Cepeda murió cuatro días después de caerse en el descenso del Alto de Galibier en julio de 1934. El francés Camille Danguillaume fue atropellado por una motocicleta en el campeonato francés de ruta de junio de 1950. El inglés Tom Simpson, que era campeón mundial de ruta, murió de un infarto —y, según se dice, relleno de anfetaminas y de trago— mientras subía el Monte Ventoux en julio de 1967. El portugués Joaquim Agostinho, sin duda el mejor corredor de la historia de su país, murió luego de arrollar a un perro en la meta de la quinta etapa de la Vuelta al Algarve: sucedió hace dos meses nomás, en mayo de este 1984, después de una infame agonía de diez días que no merecía un escalador de su talento.

Todo el mundo merece una mejor suerte, no cabe duda, la buena fortuna es la excepción a la regla. Pero Agostinho sí que se había ganado el derecho a reírse de la fatalidad. Pues no hay que olvidar —entre mil y un ejemplos— que fue él quien venció a Hinault y a Zoetemelk y a Criquielion en la etapa del Alpe d'Huez del Tour de Francia de hace cinco años, por Dios, aún está fresquísima aquella escena del 15 de julio de 1979 en la que avanza entre una multitud partida en dos hacia la cumbre y pone en su lugar a un demente de cachucha que corre a su lado con la panza al aire. Se le ve entero y sin prisas de novato, a Agostinho, con su abundante pelo negro pegado al cráneo y su uniforme rojizo del Flandria, mientras va de la última curva a la recta final. Se le ve penosamente feliz, resignado a la felicidad, más bien, cuando levanta el brazo derecho en señal de victoria apenas cruza la línea de meta.

Miles de personas a lado y lado de la vía, detrás de las barreras publicitarias, le aplauden la hazaña a Agostinho. Tres carros blancos y dos motos lo escoltan como a un presidente. Y a él le basta ese gesto tan frágil, tan fugaz, para reconocer su triunfo.

Zoetemelk e Hinault, de verde el primero y de amarillo el segundo, llegan un par de minutos después a la cima del Alpe d'Huez. Dan declaraciones a las ruedas de micrófonos con una seguridad que no se vuelve a tener en la vida. Tienen claro que Joaquim Agostinho es un rival y no obstante se limitan a reconocerle el esfuerzo de la etapa. Los genios del ciclismo, que se distinguen por verse frescos, sin aspecto de muertos vivientes, en el caos de la llegada, tienen un sexto sentido para reconocer a sus adversarios, pero saben de memoria que se debe hablar de ellos con respeto y sin temblar. Ni siquiera la envidiable y temible tranquilidad del portugués, que se ha ido ya a cambiarse para subir al podio, consigue sacarlos de sus personajes.

Cuál es la moraleja de la historia, a qué viene la imagen empañada de aquel final de etapa de 1979, por qué Hinault se ha enfrascado en el recuerdo del hombre que hace cinco años le arrebató la victoria en esta misma etapa: porque si Agostinho se mató como se mató, ¡pum!, ¡Dios!, ¡tras!, cualquiera puede morir de un pestañeo a otro.

Y a pesar de ello, a pesar de los nervios de su familia y de su gente, Bernard Hinault desciende como un kamikaze el Côte de Laffrey en busca de los dos punteros de la carrera: el colombiano Luis Herrera y el traidor Laurent Fignon. ¿Hay otra manera de bajar? ¿Puede uno ser prudente y tomar las nueve curvas con respeto reverencial y temor de Dios cuando ya está perdiendo tres minutos con Fignon en la clasificación general del Tour de Francia? ¿Tiene sentido poner la vida por encima de la competencia cuando la vida sucede en la competencia? ¿Cuánto le han tomado ya esos dos?: ¿treinta y siete segundos? ¿Sabe usted lo que significa perder treinta y siete segundos más en la carrera más importante del universo?

Todo lo que está pasando es obra de su examigo Cyrille Guimard: el *directeur sportif* del Renault-Gitane-Campagnolo, que ha conseguido que dé temor el uniforme de rayas amarillas y blancas y negras, ha ganado seis de los últimos ocho tours. Ha sido a fuerza de convencer a sus muchachos de que el ciclismo no es un deporte individual sino un deporte colectivo. Ha sido pagándoles mejor a todos los miembros del equipo cada vez que uno de ellos gana una competencia de mierda. A diferencia de los demás hombres de los demás grupos que corren por Europa, cada uno de los pedalistas de la Renault, desde Fignon hasta Madiot, está contratado desde enero hasta diciembre. Son estrellas y oficinistas al mismo tiempo. Son iguales ante la ley.

Por supuesto, si a Fignon le viene en gana quedarse con la victoria de una etapa, si amanece un día de estos con la comezón de la gloria, todos los miembros de la Renault trabajarán para que lo consiga, pero no hay un solo corredor del equipo que no sepa ganar.

Antes de Laurent Fignon fue Bernard Hinault. Antes se hacía, en la Renault, lo que al impredecible e inapagable Tejón Hinault le salía de los huevos. Y Guimard, que lo entrenó nariz a nariz, tiene claro que su gran virtud es también su talón de Aquiles: «El Monstruo jamás duda de sí mismo», debe haberle dicho a su pupilo codicioso, a Fignon. «Y, si lo atacas en Laffrey, va a perder la cabeza».

Hinault está tratando de no perderla mientras desciende, a tumba abierta, en las manos de su Dios. Jamás duda de sí mismo, cierto, jamás se despierta en la cama pensando «¿y si no soy lo que dicen?», «¿y si no soy lo que creo que soy?». Pero no va a caer en una partida de ajedrez, en un pulso mental lleno de trampas, con el astuto de

151

Cyrille Guimard: ¿está retándolo?, ¿está susurrándole «es el fin: Fignon es ahora el jefe»?, ¿está recordándole que quien se quede hoy con el liderato seguramente será el ganador del Tour de Francia?, ¿quiere ponerlo en vilo?, ¿quiere enfurecerlo?, ¿quiere que se lance a una persecución que al final lo deje sin piernas?, ¿está obligándolo a pasar al ataque cuarenta y tres kilómetros antes de que se acabe la etapa?

Si uno lo piensa detenidamente, si por ejemplo se remite a la Historia y sus parábolas, la verdad es que el Tejón Bernard Hinault no es más ni es menos que el puente entre el ciclismo aguerrido de la Era de Oro y el ciclismo antiséptico, descafeinado, computarizado de estos días.

No se malentienda. Hinault tiene el contrato más elevado que ha tenido un ciclista, doscientos millones por dos años en La Vie Claire, porque es un superdotado sólo comparable con Anquetil y con Merckx, y no obstante, a diferencia de Anquetil y de Merckx, desde el principio de su carrera dependió sobre todo de sí mismo y se acostumbró a enfrentarse solo contra el mundo. Ha tenido buenos soldados, pero esos dos dioses que lo precedieron —con los que hace parte de la santísima trinidad de este deporte— tuvieron puros guerreros. Ha adoptado las ventajas de los tiempos que corren, pero, como a los grandes pedalistas clásicos, puede vérsele en el rostro el dolor que sólo se conoce sobre la bicicleta.

Hinault es el enlace, sí, el limbo, porque Fignon es la nueva era a la que Guimard se ha entregado por completo.

Cómo decirlo más claro, cómo decirlo mejor: Hinault es un fenómeno, Fignon es un experimento; Hinault se hizo a sí mismo, Fignon fue hecho por Guimard.

Hace unos días nomás, Marc Madiot, el respetado pedalista de la Renault que los conoce a los dos, se atrevió a decirle a la emisora colombiana PST Estéreo y al diario español *El País* esto que sigue: «Fignon e Hinault nunca podrían marcharse juntos de vacaciones porque en las primeras horas de la primera noche chocarían sus caracteres. En el ejercicio de este oficio no hay lugar para la lástima. Hay que ser muy frío y muy duro. Y Fignon lo es más que Hinault. Hinault gozaba de una gran clase de estado puro; Fignon ha evolucionado desde un estado más bajo. Hinault representa a otra generación de ciclistas mientras que Fignon aborda el ciclismo más moderno, que supone una investigación y un trabajo a fondo».

Es *vox populi* que hasta hace dos años Fignon era un gordito de gafas, demasiado gordo para el ciclismo según su compañero Pascal Jules, que iba bien en la montaña y regular en las contrarrelojes. Se le quería entre el grupo. Se le respetaban sus piernas enormes. Y cuando ganaba se soltaban frases cariñosas como «¿a qué no adivinas quién ha ganado hoy?» o «viejo: ha vencido el gafufo» o «quién lo creyera: no vuelvo a apostar en contra de nadie». Después del agarrón a muerte entre Guimard e Hinault, «¡conard!», el director deportivo de la Renault se convirtió en el doctor Frankenstein de Fignon. Guimard dio a luz a un nuevo campeón, sí. Y se ha pasado este tour viendo de reojo al Tejón a ver qué cara está haciendo.

¿Se da cuenta el gran campeón que se han terminado para siempre los tiempos del corazón y la terquedad y la intuición?

Ahora todos son planes y libretos. Hoy en día se calibra, se mide, se investiga cada uno de los detalles de una etapa. Se habla de la altura, del viento, de las velocidades y de los piñones. Y un buen corredor no es un milagro sino una obra de ingeniería. Quizás eso es lo que les está gustando a los aficionados de los escarabajos colombianos. Que vienen desde el principio de los tiempos con sus pelos de cavernícolas y sus mandíbulas batientes y sus pequeños cuerpos que no pesan. Que parecen ciclistas prehistóricos. Y tienen la pinta de los corredores de la edad clásica que no temían al barro ni a la sangre. Que han aprendido a pedalear con inteligencia sin desaprender la locura.

Ojalá que Herrera deje a Fignon por el camino, por las calles de Séchilienne, para que se dé algo de justicia a esta hora en este mundo.

Ya son las 3:30 p.m. Kilómetro 112 en el recorrido de hoy de Grenoble al Alpe d'Huez. Hinault encabeza un pequeño lote persecutor —con él van, en riguroso orden dentro del grupo, Millar, Arroyo, Breu y Dietzen— como una pandilla salvaje de cinco *cowboys* que aún no consiguen irse hacia el horizonte. ¿Dónde está Zoetemelk, dónde está Kelly, dónde está Delgado, dónde está Simon, dónde está Zondervan?: cada vez quedan menos favoritos de pie. Como era de esperarse, Barteau, el hombre que por una serie de eventos afortunados llevó la camiseta del líder durante doce días —podría decirse que estaba cuidándosela a Fignon, su jefe de filas—, se ha rendido de golpe y de golpe no ha dado más. No es que esté a punto de retirarse de la carrera, sino que ya le ha llegado el momento en el que ha dejado de ser uno de los héroes de la competencia para ser uno de los acompañantes: pierde siete minutos con los dos punteros. Y aquí viene Hinault con su cara de herido de guerra que no se va a detener hasta que todo vuelva a su sitio.

Dietzen pincha. Se detiene y se baja y manotea y grita «¡ayuda!» a los asistentes españoles del Teka.

Nadie va a esperarlo. Nadie lo espera. Es un pinchazo fatal a estas alturas de la etapa.

Y más si el Monstruo Bernard Hinault pone a los cinco solitarios a trabajar y a seguir trabajando, por las callejuelas de la comuna de Séchilienne, para alcanzar a los dos hombres que van en la punta. El «lote Hinault», que en este momento va a unos 100 kilómetros por hora, sobrepasa un riachuelo que se porta como una acuarela, un peñón, una trenza de montañas de todos los verdes, un castillo medieval de torres circulares y macizas. Habrá unas seiscientas cincuenta personas viviendo en este viejo lugar lleno de cafés y de verdes. Y es probable que todas, sin excepción, estén en las aceras dándoles ánimos a los corredores de este pelotón partido en dúos, quintetos y filas indias concentradas en perder el menor tiempo posible.

Millar pasa al frente durante novecientos metros. Arroyo lo releva por un par de minutos en el primer lugar del escuadrón improvisado. Luego, cuando empiezan a cruzar la inmemorial comuna de Gavet, pone la cara Breu. Y, en el bosque de la Route des Six Vallées, Hinault reasume el liderazgo con cara de joven tozudo e irresponsable.

Si uno lo piensa con cuidado, su persecución no sólo es una lección de coraje, sino el gesto de un poseso. Si uno respira hondo, como un viejo acostumbrado a la incertidumbre, cae en cuenta de que esta cacería a muerte no es lo más necio que ha hecho Hinault en su carrera.

¿Alguien recuerda el último día del Tour de Francia de 1979? ¿No? Pues bien: se supone que esa jornada final es poco más que un paseo por los Campos Elíseos, que, luego de tres semanas de padecimientos, crucifixiones y resurrecciones, en la penúltima etapa queda resuelta la clasificación general de la vuelta. Esa vez, hace cinco años nada más, el portugués Joaquim Agostinho —tercero en la general, ni más ni menos— decidió que despertaba a los perros bravos. Se lanzó al ataque apenas pudo. Y detrás de él, con instinto asesino cuando la historia ya ha quedado lapidada, se fueron Zoetemelk e Hinault. Y lo que en un principio era un paseo, y luego se transformó en una cacería justa, terminó siendo una demostración más de poder.

Agostinho se quedó sin pulmones y sin rodillas como cualquier hombre que ha corrido tres semanas a toda vela. Y Zoetemelk e Hinault, que cuando estaban juntos eran incapaces de bajar la guardia, convirtieron ese epílogo en un clímax.

Esa etapa insólita e irrepetible tiene un final que la convierte además en el retrato de su protagonista. Apenas pasan por la valla que señala el último kilómetro, codo a codo igual que siempre, el Zoetemelk de camiseta blanca y roja le pide al Hinault de jersey amarillo que —ya que está a punto de ganarle por segunda vez el Tour de Francia, y por varios minutos— le deje a él ganar ese último embalaje. ¿No es lógico? Yo gano este día y usted se lleva el tour. ¿No es lo justo? Hinault responde «no». Y sin ninguna consideración por un rival al que ya ha derrotado se empuja a sí mismo hacia delante como un zorro que necesita ganar una galopada insólita. Y verlo alzar los brazos en la línea de meta es ver a un ídolo implacable.

Pídale usted a ese mismo hombre que se deje quitar la etapa de hoy y se resigne a ser derrotado en este Tour de Francia de 1984 por «el gordito gafufo».

Pídale que vaya con cuidado por las rutas traicioneras de los Alpes, que se pregunte por qué se le está viniendo a la cabeza la imagen de Agostinho y que se resigne de una vez a que este sea el año en el que se recuperó de una lesión.

No existe la menor posibilidad de que lo haga. Hinault ha sido y es y será el capitán del Titanic, el político boquisuelto que prefiere un atentado en la calle a una agonía, el caballero enervado que se niega a morir en la cama como un quijote más. Hinault se para en sus pedales porque Köchli, el razonable director de La Vie Claire, le grita que ya tienen a los punteros a veinticinco segundos nomás. Levanta la mirada. Agarra el manubrio por los cuernos. Su máquina echa chispas porque redobla el pedaleo. Se siente a gusto, podría decirse que «en su casa», cuando se ve rodeado por una floresta. Allá adelante están Laurent Fignon y Luis Herrera haciendo lo posible para resolver en el kilómetro 117. Y él susurra «capturados…».

Ya ha comenzado la televisión francesa a transmitir al mundo entero esta etapa 17 que cada vez se acerca más al Alpe d'Huez. Y no hay que saber francés, sino simplemente leer las listas que aparecen en la pantalla sobre la imagen de Hinault, para entender la situación de la carrera:

156

Tête de la Course 3h 50m
Laurent Fignon FRA
Luis Herrera COL

Groupe Hinault 25

Groupe LeMond 1'21

Groupe Barteau 7'49

Fignon le lleva a Hinault veinticinco segundos de ventaja. Es muy poco. No es nada.

A estas alturas de la competencia es claro en cualquier caso cuál es la historia que va a sobrevivir. El camino hacia el final se encuentra despejado. Ya no hay paisajes ni aparecidos ni reveses que enrarezcan la trama. Este de hoy es el relato de un pulso a muerte entre dos corredores, que son dos formas de ser, que son dos eras del mejor deporte que ha habido en la Tierra desde que los dinosaurios quedaron sepultados por no saber narrar. Esta es la parábola del mano a mano entre Fignon e Hinault. Y de lo que pase en la hora de carrera que nos queda, de si el viejo carilargo es derrotado por el muchacho caradura, dependerá la vida como la hemos conocido. Quietos.

3:30 p.m. a 3:39 p.m.

—Señoras, señores: no me cabe la menor duda de que hoy puede ser un día histórico para Colombia —repite al aire, por PST, el comentarista Pepe Calderón Tovar—, puesto que Luis Alberto Herrera Herrera, el Jardinerito de Fusagasugá, el Divino Hijo de la Montaña, la Pequeña Maravilla, el Heredero Justo de Bahamón, ya ha alcanzado la punta de la carrera en la etapa reina del Tour de Francia luego de un comienzo «ruinoso», por decir lo menos. Se acerca en una fuga difícil de neutralizar a la comuna ancestral de Rioupéroux, como quiera que ello se pronuncie, junto con el rutilante campeón de la edición anterior de «la Grande Boucle»: Laurent Fignon. Los sigue a veinticinco segundos un grupeto presidido por el Tejón, el Bretón, el Monstruo de Monstruos Bernard Hinault, con un coraje que sólo suele verse en el campo de batalla. La palabra del diccionario es «colosal».

Pensó asimismo en la palabra «homérico», pero también pensó, justo a tiempo, que quizás era demasiado.

Hace apenas diez minutos Pepe Calderón e Ismael Enrique Monroy llegaron a los palcos naranja de la prensa —en una lámina verde puede leerse TRIBUNE PRESSE— junto a la meta en el Alpe d'Huez. Se despidieron, por un momento, del Gringo Viejo. Se instalaron en el segundo balcón del segundo piso bajo los letreros de *Antenne 2*, *Le Parisien* y *L'Équipe*. Se calzaron las gorras de PST Estéreo. Se pusieron las chaquetas azules abullonadas de la emisora y agarraron pinta de muñecos Michelin: el grande y el pequeño. Se encajaron los audífonos plateados que entrega la organización de la competencia. Se tomaron un teléfono inalámbrico Motorola que unos productores españoles les han estado alquilando —por miles de pesetas— en estos últimos días. Se acomodaron en la cabina frente al pequeño monitor a ver la transmisión de la televisión nacional francesa.

Y sin dirigirse una sola mirada, ni siquiera una mirada de resignación, retomaron «aquí en el móvil número uno» la febril narración de la etapa: «¡Haga el cambio!», se escuchó, «¡con Rimula, que mantiene la viscosidad y el motor le dura más!».

Ninguno de los dos tiene la menor intención de hablarle al otro. Con qué excusa. Para qué.

El Almirante Calderón piensa y piensa que el error de su vida fue prestarle a su exhermano Monroy las dos terceras partes de su sueldo para que el zángano las apostara y las perdiera en una mesa de póker con tres alemanes que ayer juraron —con acento madrileño— que le partirán las piernas si no les paga hoy. Ha estado haciendo cuentas en los bordes del periódico que se robó del hotel allá en Grenoble: ¿y ahora qué va a inventarle a su mujer después de un año de oírle «ese Monroy es un conchudo»?, ¿cómo va a explicarle, sin que ella le salga con «yo se lo dije, Pepe», que se le fue la plata del mes en vicios ajenos y apenas le queda algo de los viáticos?, ¿y si le pide un préstamo al Comandante Castro?, ¿y si llama por cobrar al colegio de los niños a explicarles que por razones de fuerza mayor va a tener que deberles agosto?, ¿y si él mismo se toma el trabajo de encarar a los jugadores que quieren linchar a su compañero?

El Aristócrata Monroy está completamente seguro, porque se conoce de memoria a su compañero de toda la vida —porque quién, si no él, se le ha aguantado al gordo marica las supercherías y las dietas y las palabrejas y las galanterías y las listas que se pone a hacer para quedarse dormido—, que el problema no es su maña de arriscar las ñapas ni la plata que siempre se nos está acabando a todos, sino la maldita rabia que le da que él se le haya adelantado a coquetearle a la hijita de papi que acaba de dejarlos plantados por la estrella de Hollywood: los problemas de todos los matrimonios comienzan cuando uno de los dos siente que está solo y cargando con todo, pero también cuando un tercero se le convierte a la pareja en la encarnación de la vida que le está faltando.

—Y, respetado y respetable señor Pepe Calderón Tovar, muchísimas gracias por su resumen escueto y sucinto de lo que va de esta jornada tricolor —dice el Aristócrata cuando cae en cuenta de que hasta allí ha llegado el monólogo de su compañero.

Balbucea un poco más, «y… y… y…», cuando nota que Calderón se agarra de los tubos naranja de la cabina —que es, más bien, un cubículo dentro de la estructura de metal— y se levanta para irse en busca de los periodistas alemanes con los que ha estado perdiendo plata en el póker en estas dos semanas. Sí, ha perdido todo, ha perdido, incluso, el dinero del gordo, y ha tenido el descaro de pedirle un poquito más, ¿pero qué tiene que ir a hablar su compañero de cuarto con sus enemigos?, ¿hasta allá, hasta traicionarlo y entregarles su cabeza en bandeja de plata, llega la rabia de ese bonachón que es una bomba de tiempo?, ¿tiene miedo de que a él también le rompan las patas?: ¿se aculilló acaso?, ¿va a susurrarles en dónde es que pueden lincharlo?, ¿va a pedirles de rodillas que no lo salpiquen?

—Y mientras nuestro Jardinerito sigue teniéndonos a todos con el alma en vilo, *tête-à-tête* con el campeón del año pasado, nuestro corresponsal se ha abierto paso hasta la casa en donde comenzó todo —explica.

Henry Molina Molina, que está en las laderas interminables de Fusagasugá, no está preparado para asumir la transmisión de la etapa, ni se siente aludido por la aturdida introducción del Aristócrata —que de nuevo: así le dicen por ser todo lo contrario— porque se ha acostum-

161

brado al grito de «¡haga el cambio…!». Se acaricia las mejillas lisas para comprobar la afeitada de esta madrugada. Se limpia los chorros de sudor que le bajan por la frente y por las sienes con un pañuelo que lleva sus iniciales: *HMM* Sigue de corbata y de saco a pesar de los 24º centígrados. Está parado en las escaleras de Nuestra Señora de Belén, que le hace sombra, bajo la mirada del malhumorado Velilla. Y, para salir del entuerto, sigue a un trío de muchachos con pintas de personajes de Condorito que marchan a la papelería para plantarse frente al televisor a ver la etapa.

—Gracias, amigo Monroy, por esa impecable presentación de los hechos desde el lugar mismo en el que se van sucediendo: jejejé —improvisa Remolina con su ronquera de fumador empedernido.

Ay, Dios, que ojalá lo esté escuchando su mujer para que se dé cuenta de cómo es de infame joderle la vida a un pobre trabajador que le toca cocinarse a fuego lento y en vivo y en directo en las lejuras de Fusagasugá.

Ay, mija, Dios quiera que su jefe note el profesionalismo de este pobre hombre que tiene boqueando en el hospital al tío que fue la única madre que tuvo.

—Amigo, amigo, para PST de Bogotá —le grita al muchacho que tiene los dientes de Garganta de Lata—: ¿cómo están las cosas hoy para nuestros escarabajos?

—¡Lucho campeón! —responde el joven sin preámbulos.

—¿Y usted qué piensa? —le pregunta al que tiene los ojos separados y verdes y tiene el bozo de Comegato.

—Yo creo que este es el día para que les probemos a los gringos y a los europeos que nos humillan que somos mucho más que la droga y que la guerra: ¡Lucho es paz!

—¿Y qué dice el joven sobre el desempeño de nuestros pedalistas en el legendario Tour de Francia? —le reclama al adolescente con mejillas de Huevo Duro.

—¡Viva Colombia! —le responde.

Son las 9:36 a.m. Ya ha empezado la transmisión de la televisión colombiana. En la pequeña pantalla sobre el mostrador, sobre un pálido fondo azul y dentro de un grueso círculo rojo, apareció el escudo de la República de Colombia: un par de banderas amarillas y azules y rojas regidas por un cóndor gigantesco que parece un monstruo de piedra. Sonó la versión del himno nacional que suele escucharse en el principio de la programación en nuestros tres canales de televisión: una versión tarareada por un par de trompetas. Y sin embargo, luego de la escalofriante introducción de siempre, los jóvenes y los viejos, los alumnos y los profesores, los feligreses y los curas de Fusa cantan «O-Oh, gloria inmarcesible / o-oh, júbilo inmortal / e-en surcos de dolores / e-el bien ge-ermina ya / e-el bien ge-ermina ya».

Por un momento que se fue volviendo un rato, justo cuando los presentadores estaban explicando la situación de «esta etapa de infarto de Grenoble al Alpe d'Huez», la señal vía satélite tembló y se llenó de manchas negras, grises, blancas:

—¡Jueputa vida! —gritó un niño de diez años bajo la mirada fruncida y el retorcido dedo índice de uno de sus profesores.

Hubo gente que lo secundó: «¡Ay, no!», «¡vida berrionda!», «¡no me joda!». Hubo señoras santiguadas que los pusieron en sus sitios de una buena vez. Hubo quinceañeros que se murieron de risa nerviosa y quinceañeras que susurraron «ahí está pintado Quique». Los demás, que ya son setenta, noventa, ciento diez aficionados al ciclismo, estuvieron completamente de acuerdo en que no podía ser. No podía ser que se fueran a perder al Jardinero Lucho Herrera, que todos allí lo han visto alguna vez entrenando por las rampas de Silvania, justo el día en el que va a dejar en claro que no sólo es el mejor escalador, sino el mejor ciclista del mundo. Siempre ha sido así. Siempre ha dado ganas de gritar y la mejor excusa ha sido Lucho.

De pronto, tras no sé qué maniobras con su cable y su antena de mariposa, volvió la señal a la pantalla del Zenith de 13 pulgadas que han puesto sobre un banco alto de madera en el centro del establecimiento.

Dios mío: en la llamada Ruta de los Alpes, junto a un bosque de pinos que apenas tiembla y aparece de reojo, Herrera está poniéndole su paso a Fignon. Pronto se ven los dos, escoltados por las motos y los carros blancos, por las calles de Rioupéroux: pedalean al unísono, un mismo zumbido, conscientes de que ninguno va a hacerle fácil la victoria al otro. Fignon ha estado repitiendo hasta la saciedad, en todas las entrevistas que ha dado en estos días, que, aparte de quedarse de nuevo con el tour, su gran ilusión es convertirse en el único francés que ha conquistado el Alpe d'Huez: «Sería maravilloso…». Herrera ha reconocido, realista y sucinto, que su misión es ser el primer colombiano en ganar una etapa.

De las ventanas y los umbrales de la plaza de Fusagasugá, de las droguerías y las cafeterías y las cigarrerías, vienen los gritos enloquecidos de los fanáticos: «¡Vamos, Lucho, vamos!».

Y el pobre Remolina, enrojecido dentro de su vestido de hombre serio e incapaz de aflojarse siquiera la corbata vistosa, sigue preguntándoles qué piensan y qué sienten y qué sospechan a los fusagasugueños.

Habrá unos ochenta mil habitantes en el pueblo desde la oxidada estatua del cacique Fusagasugá. Seguro que cuentan las historias de los muiscas y de los conquistadores españoles que se enfrentaron en el cruce de caminos con sus ancestros sutagaos. Por supuesto que les gusta este clima que pesa. Pero todos, desde los más amargados hasta los más triunfalistas, están de acuerdo en que la gracia de esta tierra es ese jardinero generoso —y ese hombre siempre amable que no dice basura— que en este preciso momento está llevándose por delante a todos los corredores del planeta. Fignon acaba de ponerse al frente porque

Hinault se está acercando. Y allí todos están pendientes del 141 del equipo colombiano.

—Mi querido acompañante de hoy don Inocencio Velilla: ¿qué tal este clima en la plaza mayor de Fusagasugá? —pregunta Remolina en un desvarío en medio de la emoción.

Y es un error porque el señor Velilla, uno de los conductores de la empresa, detesta todo por principio: «Ay, país», «hasta que no acabemos con todo no vamos a quedar tranquilos», «todas esas publicidades que ve uno en la prensa son hechas de puras mentiras», «es que por algo fue que se salió Luis Carlos Galán del liberalismo», «espérese y verá que mañana cuentan los periodistas que a Pelé le robaron algo en el hotel», «yo honestamente no entiendo cómo es que un periódico serio como *El Tiempo* saca en su portada de hoy a un hombre que se robó las elecciones de 1970», «telenovelas y fútbol: con eso tienen amordazada a la gente», «pero como aquí todos los noticieros son de las mismas tres familias de siempre», ha dicho en estos días.

—Yo creería que hay cerca de ciento cincuenta mil personas por los lados de la catedral —inventa Remolina, y abre los ojos e inclina la cabeza a la derecha para que el chofer se sienta obligado a participar.

—Mucha gente —dice el pánico escénico de Velilla, que aún no puede creer.

Quiere decir alguna cosa más de su estilo, «mucho desorden» o «mucho desocupado» o «mucho escándalo para que luego pierdan», cuando el corresponsal que no quería serlo le quita el micrófono de la boca y se dedica a describir la emoción de los vecinos. Remolina estira un poco su retrato de un pueblo reivindicado porque sospecha que algo extraño está sucediendo en el «móvil número uno» allá en los Alpes. Corrijo: Remolina estira cualquier frase porque le tiene pánico al silencio al aire. Y además le sirve hablar y seguir hablando pues cuando se le acaban las palabras, y se le vienen a la mente las caras de su mujer furiosa y de su tío enfermo, empieza a sentir que el estómago se le traga el corazón.

—Vamos ahora mismo para Bogotá, a los estudios de PST Estéreo del Grupo Radial Colombiano, a cederle la palabra a la voz cadenciosa de nuestro coordinador el Pelado Garzón —suelta Remolina como una bomba: ¡pum!

Y el Pelado hace lo mejor que puede para no quemarse con la palabra justo ahora que acaban de cedérsela. Da la hora a su manera: «9:39 a.m. en todo el territorio nacional». Repite qué está pasando en la carrera «al nivel del kilómetro 120». Deja escapar un par de sandeces sobre lo que significa esto «para este país tan dichoso en los presentes momentos de incertidumbre». Pide a la gente del «móvil número dos» que siga adelante con la transmisión como un atleta que está quedándose sin aire cuando entrega el testigo. Y vive la gran alegría que ha vivido en sus veinticinco años de vida —se le acelera el corazón y se le traba la lengua— cuando se escucha a sí mismo gritando «¡haga el cambio allá en los Alpes franceses…!».

Es el Corsario Ramiro Vaca, repetitivo e histriónico, quien responde «¡con Rimula…!». Y quien, luego de describir con pelos y señales lo que todo el mundo está viendo en la televisión, luego de recalcar que los pedalistas se encuentran en estos momentos a 550 metros sobre el nivel del mar, pide al Vademécum Mario Santacruz que nos resuma la etapa con sus datos y sus cifras y sus biorritmos. Se oye «¡adelante, don Mario!», «¡gracias mil, don Ramiro!» antes de que empiece una cascada de datos menos inútiles que los usuales: que el líder Barteau ya es en este punto el exlíder Barteau; que el belga Vandenbroucke se ha retirado de la carrera porque ya no da más; que Fignon acaba de pasar de primero por la meta volante junto a la estación de bomberos de Rioupéroux.

Consciente de que algo muy extraño está sucediendo en el móvil número uno, al tanto del duelo de nervios que están protagonizando Pepe Calderón e Ismael Monroy en la línea de llegada, Vaca trata de contactarse con el reportero de la moto: «Contactamos en estos momentos a nuestro testigo ocular…».

Es un acto de fe porque el Llanero Solitario Valeriano Calvo, que se juega la vida en cada etapa como el mensajero del zar Miguel Strogoff, no ha dicho ni mu desde la bajada del premio de montaña de Laffrey. Es un buen momento para comunicarse con él porque, a punta de codearse con las demás motos y los demás entrenadores, quizás sepa algo más de las particularidades de la competencia. Y es una escena de suspenso en plena transmisión de la carrera porque, por supuesto, el Llanero Solitario no responde a la primera ni a la segunda ni a la tercera llamada. Y entonces todo termina —mejor: todo sigue— con una sentencia que suele ser una derrota: «Volvemos a la línea de meta con los profesores Pepe Calderón e Ismael Monroy…».

Y el Aristócrata Monroy hace lo mejor que puede con la narración, «y luego de semejante recorrido volvemos aquí, al Alpe d'Huez, a esperar que la primera bicicleta que aparezca sea una de las nuestras», con la mirada puesta en la conversación que su compañero aún sostiene con los tres alemanes. Monroy habla al micrófono. Cuenta lo que está pasando en la etapa con su voz redondeada que ni siquiera en los peores momentos se quiebra, se acobarda. Tiene ganas de torcerle el pescuezo a Calderón, que se le ha vuelto un enemigo por una mujer que acaba de dejarlos a los dos viendo un chispero, mientras el gordo marica regresa a la cabina y se instala y se pone los audífonos como si no hubiera hecho nada.

—Y con ustedes un comentario más del analista de los analistas: el sorprendente e inaudito Pepe Calderón Tovar —brama mirándolo a los ojos en vez de decirle «quién lo creyera».

Calderón Tovar le devuelve la mirada por primera vez en mucho tiempo: ¿«sorprendente e inaudito»? Quizás a los oyentes les parezca un elogio. Tal vez a los compañeros de los otros móviles les suene a aplauso: clap, clap, clap. No lo es. Se trata de una cucharada de veneno que nadie más, sólo él, sólo Pepe, es capaz de ver y de escupir. Así son las parejas de toda la vida. Así se portan. Usted puede estar con ellas frente a frente con la impresión de que están sonriendo y están hablando y están preocupadas por lo que está pasando en el país, pero en verdad, como si fueran esos dos cuerpos y sus dos fantasmas, también están librando un pulso a muerte.

«Mi querido comentarista» puede significar «traidor». «Mi querido locutor» quiere decir «maldito ingrato».

Y cualquiera de los dos puede estallar en el momento preciso en el que cualquiera de los dos esté seguro de que tiene las riendas de sí mismo.

«Un comentario más», «el analista de los analistas», «sorprendente e inaudito»: esto no va a quedarse así.

3:39 p.m. a 3:42 p.m.

—Quizás la narración de la etapa de hoy, entorpecida por tantas cuestiones extradeportivas que por la cerradura de la radio no se alcanzan a ver, no haya dejado en claro la magnitud de lo que está sucediendo en este momento aquí en los monumentales Alpes franceses: baste contarles a nuestros queridos oyentes, que ellos sí son leales y sí son fieles, que en las pantallas de la tribuna de la prensa instalada en la línea de llegada en el mitológico Alpe d'Huez los periodistas y los expertos del mundo entero tenemos las miradas puestas en un par de pedalistas descomunales, pero no son los mismos nombres del pasado que han venido componiendo la epopeya del ciclismo, sino las dos figuras principales del futuro de la competencia: allí van el francés Laurent Fignon y el colombiano Lucho Herrera, por la Route des Six Vallées hacia las calles de Livet, dándoles a los pocacosas y a los zánganos y a los morosos una vibrante lección de hombría —dice el Almirante Pepe Calderón Tovar sin pausas ni erratas.

Y sin medir las reacciones, como suelen hacerlo quienes han sido heridos en su amor propio, se le planta a su compañero con una seca expresión que significa «y qué».

—No me cabe la menor duda de que la palabra del diccionario es «honra» —agrega.

Sigue a continuación un silencio de ellos dos entre el ruido, como un ovillo de todos los idiomas, que viene desde las demás cabinas de la tribuna de prensa. Es un cara a cara semejante a un pulso entre un par de enajenados enfundados en chaquetas de invierno. A los dos les sudan las sienes. A los dos les tiemblan los labios y se les mueve en la garganta el animal de la rabia. Podrían irse a los golpes si no fueran un par de cuarentones y si no estuvieran transmitiendo una etapa del Tour de Francia que puede ser la primera etapa que se gane un colombiano. Podrían maldecirse hasta la sexta generación, si es que el mundo no se acaba a finales de este siglo, por haberse partido el corazón el uno al otro. Pero son un poco más profesionales que patéticos.

—En efecto, señor profesor Calderón Tovar, una lección de caballerosidad, de masculinidad, de entereza la que están proporcionándonos este par de ciclistas tan diferentes en un mundo en el que cada vez parece más remota la solidaridad entre los colegas: yo aprendí, de las anécdotas que mi abuelo paterno contaba sobre la defensa de la nación en el llamado Sitio de Cúcuta de 1900, no solamente la fraternidad a prueba de balas que aquellos colombianos llegaron a experimentar en esas semanas de incertidumbre, sino también el respeto por las reglas del juego a la hora de enfrentarse al contendor —replica el Aristócrata Monroy con la voz entrecortada como si no supiera si ponerse a llorar o dar un grito.

—Y, así como era en los campos de batalla a principios de este siglo, era en los caminos de herradura del ciclismo: al final sólo uno de los dos quedaba de pie y ensangrentado sobre la lona, cómo no, no estaban jugando una partida de ajedrez ni debatiendo en los púlpitos del Senado de la República ni negociando vaya usted a saber qué, pero se apuñaleaban mirándose a los ojos —les dicen los ojos de Calderón a los ojos de Monroy— sin engaños, sin traiciones, sin trampas. Mi mamá, que era una mujer sincera del Huila y siempre me enseñó que el peor crimen era mentirles a los amigos, habría soltado «esto se llenó de túmbilos». Mi papá habría dicho «al mundo se lo están tomando los gorobetos»: los ladinos, los marrulleros, los dobles.

—También la radio, cuando comenzó «el Padrino» Piedrahíta Pacheco, mi mentor, era un templo de camaradería: fue el Padrino, que hoy en día está más vigente que nunca porque no hay nadie mejor, el que me dijo una vez «Ismael: usted va a oír muchas cosas malas de los locutores, que si se roban los ceniceros en las fiestas, que si se la pasan jartando trago y bailando en las cabinas, que si viven de leer comerciales mentirosos en emisoras de mala muerte, pero dedíquese más bien a comer panela y a comer limón para que se le engruese la voz, y a leerse *El Tiempo* enterito desde la primera plana hasta la última sin abrir la boca para aprender a manejar la respiración, porque en este mundo va a tener una familia de hermanos que se le van a portar como madres».

—Ya no me alcanzan a mí los dedos de las manos para contar las veces que he transmitido la Vuelta a Colombia en bicicleta, señoras, señores: antes se le agrandaba a uno el corazón porque nuestros escarabajos eran muchachos humildes y desnutridos y agotados, jugándose las vidas por las carreteras peligrosas del país, que a duras penas recibían amor propio a cambio de las jornadas más crueles e inclementes que uno pueda imaginarse; antes se encontraba uno con caballeros del micrófono como el Campeón Rueda, el Viejo Macanudo Arrastía o el Padrino Piedrahíta, listos a socorrer, a dar el consejo preciso, a ofrecer el aguardientico que entra como un remedio al frío y al cansancio, a jugar a los dados sin esquilmar a ninguno, pero sin lugar a duda eran tiempos mejores.

—Sin lugar a duda eran tiempos mejores —responde la voz tensa de Monroy—: ser hombre era no andar echándoles la culpa a los demás de los males de uno.

—Y tener los pantalones para reconocerles a los suyos, antes de que fuera demasiado tarde, los pecados cometidos —riposta la voz resbaladiza de Calderón.

—En Ocaña, en mis épocas, se les llamaba «apatusqueros» a esos pelados amanerados y llorones que no tenían cuero para soportar los problemas.

—Yo me tuve que ir de allá, porque usted sabe, por su papá el conservador, de qué eran capaces los conservadores, pero según entiendo en Neiva les decían «chivatos» a los pícaros.

A Ismael Enrique Monroy también le fue concedido el don de la palabra, usted y yo somos testigos, pero lo suyo no es enfrascarse en discusiones, sino describir lo que está viendo con las palabras pintorescas que ha ido coleccionado e inventándose por el camino. Pepe Calderón, en cambio, es incansable e imbatible como un novelista: en las cafeterías de los hombres de la radio sigue recordándose y contándose aquel noviembre de 1977 cuando el bárbaro de Monroy se pasó de tragos, porque Rocky Valdés le había ganado a Bennie Briscoe el cinturón de la WBA en un cuadrilátero de Lombardía, y el civilizado de Calderón sostuvo un monólogo de cuarenta y cinco minutos sobre los grandes duelos de la historia del deporte.

No son los desinformados los que le hacen reverencias. No es porque sí que le dicen «profesor» luego de aclararse la garganta. Redimió esa noche el sobrenombre del Almirante porque era obvio que se mareaba en cualquier carro, sí, pero también era capaz de capitanear cualquier transmisión.

Y en cambio el Aristócrata no ha querido darse cuenta de que su apodo es una ironía a voces. Y lo único que puede hacer en esta guerra de nervios e ingenios al aire, en vivo y en directo, es asumir la actitud de un boxeador que escapa a las esquinas.

—Perfecto —responde indignado, seco, a los insultos velados de su compañero—: quedemos así entonces.

—¿Qué?: ¿así cómo? —contesta Calderón mientras empieza a dolerle el cráneo de la ira.

—Pues como usted está diciendo: ¿tengo que decirlo yo ahora?

—Es que no le entiendo, Monroy —contesta el comentarista, ¡al aire!, con la superioridad del que tiene de su lado su vocabulario—: ¿de qué está hablando ahora?

—De lo que usted acaba de decir enfrente de miles de oyentes a lo largo y lo ancho de Colombia.

—Mire: si usted no habla claro ni yo voy a entender sus rezongos ni la gente que nos sigue va a captar este espectáculo de mucharejo que está dando al aire.

—Pues si usted quiere que le diga, yo le digo, porque para mí no es ningún inconveniente —que en su caso sí lo es— que toda Colombia sepa que usted anda por ahí creyéndose el único hombre honesto que hay: usted está convencido de que no ha cometido los errores que ha cometido, ni ha caído en los vicios en los que ha caído, ni ha tenido los malos pensamientos que hemos tenido todas las personas de carne y hueso, que porque sabe muchas palabras y porque tiene una memoria prodigiosa y porque sólo ha tenido hijos con una sola mujer que es una profesora que para mí es un misterio que se lo aguante, pero yo no soy menos que usted, Pepe Calderón, yo también me duelo si me tratan a las patadas y no puedo dormir si me dicen «pocacosa» y «pícaro».

—Ya… —responde ahora, conteniéndose, el comentarista.

—Pero dejémoslo así —contraataca, condescendiente, el Aristócrata—: usted tiene la razón en que estas cosas es mejor tratarlas lejos de los micrófonos.

—Porque usted acaba de decirme que no tengo pantalones, pero hacemos lo que usted quiera.

—Perfecto.

—Y hacemos lo que usted diga.

—Listo.

—Y yo no hablo más porque para qué.

El mundo está lleno de suspensos mediocres, de silencios sin salida, de diálogos incómodos e interminables e infructuosos padecidos por partes iguales por los dos personajes involucrados en la escena: bienaventurados sean el yerno que atraviesa la ciudad con su suegro, el tímido que se queda solo con el tímido mientras el amigo que tienen en común se escapa un rato al baño, el viejo que se queda al cuidado de un niño que ha visto tan poco, pues de todos los que no saben qué decir —y se les acelera el corazón porque no saben cómo escapar de esa afonía— será el reino de los cielos. Hay que reconocer, sin embargo, que de todos los puntos suspensivos que se dan entre las personas el peor tiene que ser este entre Pepe Calderón e Ismael Enrique Monroy.

De la 93.9 AM, PST Estéreo del Grupo Radial Colombiano, vienen uno, dos, tres, cuatro, cinco, seis, siete, ocho, nueve, diez eternos segundos de silencio.

Que parecen diez minutos en la cabina especial de la emisora deportiva en la tribuna de prensa —el armatoste naranja de dos pisos— que se instala en las metas de todas las etapas del Tour de Francia. Que es un cruce de miradas entrecerradas, como las miradas dilatadas de los pistoleros que se enfrentan en un duelo en las películas del Oeste, entre dos amigos que están olvidando cómo serlo. Que podría seguir eternamente, por lo menos hasta que los oyentes se vieran obligados a cambiar el dial en sus radios, si no los sacara del aturdimiento la aparición en la distancia y entre la gente de sus dos compañeros de viaje de todos los días: el gringo curtido y la reportera veleidosa que los ha plantado.

El Gringo Viejo Red Rice les dice «hello» con el sombrero en alto y lanza luego una bocanada de humo de la pipa que no suelta ni soltará desde aquí hasta que muera.

La reportera Marisol Toledo da saltitos de alegría, «¡Pepe!», «¡Ismael!», como una niña que acaba de encontrarse con sus tíos favoritos.

Ya no se ve por ningún lado el actorcito de Hollywood que debe haber vuelto a las oficinas de la organización. Detrás de ella y del gringo hay un periodista con un micrófono en la mano y un camarógrafo de algún país raro.

A la izquierda, por el estrecho pasillo de las cabinas de prensa, vienen los cuatro: Rice, Toledo, el periodista, el hombre de la cámara. Y a la derecha, rengueando como si ya no fueran jugadores sino criminales, marchan los tres alemanes. Vienen los periodistas, vienen los jugadores. Y cada vez que los unos y los otros tienen que detenerse porque el pasadizo es en verdad angosto, demasiado justo para tantos locutores deportivos pasados de kilos, el Aristócrata Monroy se enfrasca en una guerra de miradas, en una gritería en lenguaje de señas, con el Almirante Calderón: «¿Qué les dijo a los alemanes?», «¿en qué momento pasó de ser mi benefactor a ser mi traidor?», «¿qué le pasa, gordo pendejo?», le pregunta con la mirada.

Se escuchan las voces de los periodistas: «Good evening». Se escuchan las voces españolizadas de los alemanes: «Eh, tú, amigo...».

Y Pepe Calderón, que no teme a nada hoy, aparte de a la reprimenda de su mujer, pero que ve a su compañero de fórmula poniéndose amarillo y blanco, tiene de golpe la idea de retomar la transmisión para que quede aplazado todo lo que tenga que pasar.

—Pero lo que de verdad debe importarnos a todos los colombianos en momentos así, excompañero de situaciones mucho peores que esta, es lo que está sucediendo en la carretera —suelta Calderón, poético, arrinconado y arrepentido, encogiendo la mirada y bajando la guardia ante la suerte—: la vida puede salirnos mal como les ha salido mal a tantos que también fueron pelados, el futuro indescifrable puede irse convirtiendo en un presente siniestro, la salud puede irse volviendo en contra porque no hay cuerpo que resista estar vivo, los amores tienden a marchitarse, pues suelen depender de la buena voluntad del destino, y la sociedad nuestra va a enrarecerse si sigue en el espiral de las drogas y de la corrupción y de la violencia, pero aquí viene la bandera al viento del Jardinerito Luis Alberto Herrera Herrera.

Ahí vienen los cuatro periodistas que están a punto de soltarles una pregunta.

Aquí están los tres alemanes que tienen en la punta de la lengua una noticia que va a cambiar el día.

Pero el Aristócrata Ismael Enrique Monroy entiende en la mirada conmovida de su amigo —que cuando su santísima madre murió lo acompañó desde el hospital hasta el cementerio, que lo llamó al orden la vez que le gritó a Ismael Enrique junior que dejara de ser mariquita, que ha sido su padrino en tres matrimonios ya, que le sostuvo la cabeza en el retrete la vez que se comió en Honda ese bocachico picho que ha debido preguntar antes por qué tenía esos visos verdes— que el camino a seguir es narrar y narrar hasta que la vida se componga. Sí, es la mirada angustiada del hombre de su vida —que no es la misma mirada de su amigo, pero parece haberle vuelto el alma al cuerpo, y ya al menos no es una mirada de hastío y de repugnancia— la que lo inspira para dejarse llevar por su propia voz como su propio flautista de Hamelin.

—¡Herrerarrerarrera! —grita antes de que alguien le diga algo—: ¡se pega a la rueda de su rival para que sepa que no hay nada garantizado en esta tarde veraniega!, ¡se pone al pie del franchute gafufón para que tenga presente que no va a dejarse sacudir como si fuera una pulga!, ¡pasa al frente para callarnos a todos las bocas y las penas!, ¡se yergue como un ser fabuloso en su caballito de oro, no un *Homo sapiens* sino un *Homo ciclus*, para decirle al corpulento señor Laurent Fignon «*Monsieur Fignon: pardon, si vous plais*, pero usted no es el único ciclista que ha estado soñando con coronar de primero el rotundo, el perentorio, el tajante Alpe d'Huez desde que era apenas un niño que sentía que era suficiente con esperar el sol y recibir la luna»!

A mano derecha tienen a la reportera Marisol Toledo y al cronista Red Rice presentándoles a ese par de periodistas de la televisión suiza que los miran como a un par de simios con gafas oscuras.

A mano izquierda tienen a los tres corresponsales alemanes que se niegan a hacer alguna cara que revele a qué vienen.

Y a pesar de todos los ruidos que le están cayendo por aquí y por allá, a pesar de que desde las barras de los aficionados los están saludando unos colombianos con sus banderas empuñadas en alto, y desde el móvil número dos están diciéndoles que el Llanero Solitario de la moto aún no aparece por ningún barranco, y desde Bogotá están tratando de interrumpirlo para ir a un corte de comerciales antes de que todo acabe de irse al demonio, el Aristócrata Monroy sigue y sigue contando lo que estamos viendo todos en las pantallas de los televisores, y la gracia de él es que narra lo que narra con su voz de tenor atropellado que jamás va a quedarse sin aire y sin palabras rebuscadas, y entonces sólo queda oírlo.

3:42 p.m. a 3:45 p.m.

Desde aquí Zondervan parece un esqueleto holandés. Sólo una vez hace mucho, mucho tiempo, cuando aún no era capaz de decirle a su madre que iba a dedicarse al ciclismo y veía demasiado lejos la sentencia sobre su vida —que ya viene—, le ocurrió esto que le está ocurriendo ahora. Se le llama una «pájara». Suele suceder de pronto, semejante a un anochecer súbito, para proteger al cerebro de lo que está pasándole al resto del cuerpo. Se da por no comer a tiempo y por agotar el nivel de glucosa en la sangre en las etapas endemoniadas en las que toca pedalear a mil por hora si se quiere sobrevivir. Se da por forzar el cuerpo como si el cuerpo no fuera uno, como si más bien fuera un esclavo, al pasar de largo por la zona de alimentación.

Uno está tratando de seguir la rueda del pelotón en una cuesta fatal o preguntándose a cuánto están los punteros de la etapa o rogándole a Dios que lo perdone porque no sabe lo que hace: «¿Te das cuenta de que no se llama vida la vida que llevas?». Y entonces, de golpe, se va la luz por dentro: ¡pum! Y se siente vacío, sin órganos ni sangre ni mierda por dentro, más maniquí de carne que hombre. Su única emoción es su malestar, su aturdimiento, su confusión: «Soy Zondervan, Manfred Zondervan, tengo licencia para matarme»; «soy gregario»; «pertenezco al Coop-Hoonved desde el año pasado»; «estoy a punto de ser alcanzado por el grupo de los coleros en las curvas del Côte de Laffrey»; «no doy más».

Se está muriendo de hambre o se está muriendo de frío. Tiene ganas de vomitar de tantas ganas que tiene de comer. Siente que ya pronto va a desmayarse como siente que va a morirse un hombre que se está muriendo. Y lo poco que puede pensar, pues está desfalleciendo sobre ruedas, es que no está pudiendo pensar.

Por qué se le está escapando el alma del cuerpo. Cómo llegó hasta acá. Cómo puede estar pasándole a él, al experimentado Frater Manfred Zondervan, esto que está pasándole ahora: una pájara ni más ni menos. Todo iba mal, no lo niega, pero al menos no era el fin. Se había fugado demasiado pronto. Se había resistido durante muchos kilómetros, por lo menos cincuenta, a ser capturado por el lote de los favoritos. Se había sacudido las rampas traicioneras y los aficionados desadaptados, se había puesto en su lugar a sí mismo antes de que el cuerpo perdiera la batalla con la cabeza, hasta que cruzó la zona de alimentación con aires de niño irresponsable. Y entonces empezó a ir mal porque los favoritos lo alcanzaron.

Y fue de mal en peor, pasó de una gripa a una pulmonía, en el camino empinado y sombrío que cruza Brié-et-Angonnes. Allí sintió que todo, hasta los pedales y hasta las cadenas y hasta las llantas, había explotado. Sintió allí que no avanzaba más, que se había pinchado y se había clavado en la orilla de la carretera, pero no era la máquina sino él lo que se estaba quedando sin alma. Hizo lo mejor que pudo para no perder la rueda del lote principal. Vio pasar de largo a Herrera. Trató de ir con Acevedo, el escalador colombiano, que se veía fuerte y tenía a favor el viento. Quiso seguirle el paso a Zoetemelk, a Criquielion, a Kelly. Se fue quedando al lado del Gran Danés Andersen, su líder. Y empezó a ver la muerte cuando empezó a subir el Côte de Laffrey.

Y la muerte es un jadeo, ay, ay, ay, que se va volviendo mudo. Y la muerte es una miopía que se va poniendo irremediable hasta que atrás y adelante queda un óleo que jamás va a dar con sus formas. Y la muerte es un sujeto que se vuelve puntos suspensivos antes de hallar su predicado. Y es un titileo y un escalofrío y un temblor que va tomándose todo —y no hay luz ya sino una memoria de la luz— hasta empujarlo a uno fuera de su cuerpo. Y de pronto ahí va el cuerpo del noble Zondervan, con la camiseta 110 del Coop-Hoonved, diciéndose que sí quién sabe a qué. Y detrás, trotando como un fantasma que deja de ver el horror cuando se concentra en el ciclismo, va su alma.

Llámelo su espíritu, su mente, su angustia: Zondervan ve a Zondervan babear, toser, mientras se juega los órganos vitales en la cuesta.

Cómo llegó hasta acá. Subió la rampa de Laffrey, pálido y perdido, en los últimos lugares de una fila india de gregarios que ya habían hecho lo que podían hacer en esa etapa.

Se rogó a sí mismo, volviendo a su consciencia en un repecho menos fuerte, cruzar el premio de montaña que estaba subiendo.

Se dijo «si me voy a pie, si me bajo de la bicicleta y me rindo, que al menos sea en la cima del Côte de Laffrey».

Y, como era claro para él que retirarse de ese Tour de Francia en realidad era retirarse del ciclismo para siempre, se fue detrás del 108, el 118 y el 125 repitiéndose «sólo se vive dos veces», «sólo se vive dos veces» para no seguir castañeando de frío.

Subió la mirada y entrecerró los ojos cada vez que la sombra de algún árbol se le vino encima y cada vez que un manchón pasó de largo y alguien le pegó un grito.

Vio a sus técnicos furiosos con él por haberse expuesto a semejante fracaso e incapaces de entender que estaba necesitando algo de comer. Vio a sus rivales extrañados por su paso de marcha fúnebre. Vio cómo se iban yendo los que siempre se iban porque desde niños les pareció que ganar era lo suyo. Vio a su padre entre unos pensionados holandeses, de gafas y calvos como Ernst Stavro Blofeld, que le gritaban «sterkte!», «proost!». Y le dio alivio ir perdiendo porque desde que tuvo uso de razón se dijo a sí mismo, y de tanto en tanto se lo recordó, que no quería que le fuera mejor que a su padre, que no era un mal destino ayudarles a sus papás a cargar las cosas pesadas hasta que lo dejaran solo: «No está mal», «niet verkeerd».

Así es. Nadie va a recordarlo como a una persona, sino como a una cosa. Claro que va a ser «el hijo de…», «el marido de…», «el gregario de…» hasta en la muerte. Va a ser el hombre que dio los músculos y los nervios por el Holandés del Tour de Francia Joop Zoetemelk, por ejemplo, un personaje secundario en las charlas de los aficionados y los ciclistas barrigones y nostálgicos. Y está felizmente resignado a que así sea, pues no está mal, niet verkeerd, que la gente caiga en cuenta de que él vivió como cuando cae en cuenta de que allí había un árbol, de que hace treinta años esa hilera de casas clavadas en Laffrey era un potrero lleno de ratas. Así que perder y retirarse está entre los planes.

Y no tendrá nada de raro si luego de cruzar el premio de montaña, en caso de que lo logre cruzar, levanta la mano y repite entre dientes «no puedo continuar: no más».

Su madre inventará algo a la gente que se encuentre en la panadería: «Querían que hiciera trampa y él se negó».

Cloé, que es su futuro, le dará las gracias como si dejara un vicio por ella, como si se librara de una enfermedad para empezar a vivir de verdad.

Allí viene. Aquí está. Jamás pensó que volvería a sufrir una pájara en el resto de su carrera. Si la pájara es lo que les sucede a los aficionados atolondrados cuando están pensando que la idea es ganar. Si los únicos consejos que le dio su padre —cuando aceptó que su hijo iba a seguir el camino que él no había querido continuar y vio que se vaciaba de fuerzas en la clásica de Rijpwetering— fueron justamente «come patatas, pan y frutas todos los días», «come lo que tengas que comer cada sesenta kilómetros de cada etapa», «evita ir atrancando e ir bajando el ritmo cuando estés en medio de la competencia», «no te dejes nublar por la velocidad porque es el fin de la energía», «jamás arranques un repecho parado en los pedales».

No se termina la obstinada subida a Laffrey. Zondervan va sentado porque no se le ocurre nada más. Escucha entre la cabeza un tacataca, tacataca, tacataca, como un tren que se va por un ferrocarril allá adentro y cuesta abajo. Se ahorra las palabras sueltas que se le quieren ocurrir. No es capaz de respirar hondo, ni siquiera de eso, porque siente que entre más aire trague, más tendrá ganas de vomitar: puaj. De pronto, cuando sube la mirada de náufrago en busca de un oasis en un desierto, confunde la pancarta de «dos kilómetros para el premio de montaña» con la de «último kilómetro para el premio de montaña». Tiene claro que, si acaso es gracioso, a él no le da nada de risa ese revés: ¿para qué?

Para qué si este martirio no se ha terminado, si no está claro, aún, si va a sobrevivirlo, si lo sobrevivió. Ya no va en la mitad de una fila de pedalistas rezagados, sino a la cabeza de un trío que lucha para que no los alcance el grupo de los coleros. Podría ponerse a llorar. Podría carraspear hasta la muerte. Nadie se sorprendería, ni se ocuparía demasiado del tema, si se tumbara en la orilla a esperar a que alguien se apiadara de él. Quizás el mecánico o el entrenador o el masajista del Coop-Hoonved se lanzarían a socorrerlo. Tal vez los médicos del Tour de Francia se lo llevarían de urgencia a la clínica por la que pasaron hace un rato. Y ya. Suficiente es suficiente. Porque nada se detiene demasiado en este mundo.

Y quienes no consiguen seguir subiendo, quienes se van sintiendo viejos por el camino, se dedican a irse para abajo.

Y ninguna etapa en la historia del ciclismo se ha detenido a esperar a un derrotado.

Ahora sí queda sólo un kilómetro eterno, uno nomás, para llegar a la cima del premio de montaña. Y el cuerpo desfallecido del lívido Manfred Zondervan levanta un brazo —no se atreve a soltar el manubrio del todo porque siente que se iría de cabeza— para pedirle auxilio a su equipo. Y lo ha debido hacer antes, diez minutos antes, porque el enfurecido carro acompañante lo ha dado por perdido. Y entonces se va quedando más y más, y el problema no es que lo estén dejando atrás sus dos compañeros de trío, sino que los están rebasando los diez últimos de la carrera. Y ni siquiera las personas que han salido a darles ánimo parecen darse cuenta de que lo que Zondervan necesita a estas alturas es una oración por él.

Se ve solo y trata de entender por qué tanto silencio. Se ve pedaleando en el camino a la cima, pero no hay ya nadie a quien perseguir ni nadie a quien esperar. Tendría que haber casas con dueños por estos lados. Tendría que haber nombres garabateados en el pavimento o reses extraviadas en los campos o pequeñas cercas publicitarias. Y no: no hay nada de nada. El cielo y los picos de las montañas y las copas de los árboles del horizonte están detrás de un velo. Los pájaros se han ido a otra parte. Los perros están ladrando en el pasado. Y Zondervan reza un padrenuestro de los suyos, «Onze vader die in de hemel zijit / Uw naam worde geheiligd / Uw rijk kome…», por si acaso ya está muerto: uno no sabe, uno no sabe ni siquiera cuando sabe.

Y para no cedérselo todo al desvarío, pedaleando, pedaleando, pedaleando, se concentra en el papel que pegó en el manillar en la línea de salida: Col de la Placette, 3ª categoría, kilómetro 18 / Côte de Saint-Pierre-de Chartreuse, 2ª, 39 / Col du Coq, 1ª, 53 / Côte de Laffrey, 1ª, 104 / Alpe d'Huez, 1ª, 135. Y alcanza a ensombrecerse, como si aún perteneciera al mundo de los vivos, porque solamente le falta la última cuesta para terminar la etapa.

¿Cómo llegó hasta aquí? ¿En qué sitio está? ¿Por qué no escucha ni siquiera el zumbido de las ruedas? ¿A dónde se fueron los gritos de las siluetas y las espaldas de los rivales? ¿A dónde se fueron todos? ¿Por qué no hay nadie alrededor? ¿No tendría que ocurrírsele una solución en el último minuto antes de que la bomba acabe con todas las formas de vida de la Tierra? ¿No debería haber rastros de la competencia? ¿Qué se hicieron las vallas de las curvas finales? ¿Por cuál barranco se fueron las motocicletas? ¿Se ha vuelto Zondervan, Manfred Zondervan, uno más de los fantasmas de los hombres y de las mujeres que han muerto en este sitio? ¿Está perdido? ¿Tomó el camino equivocado sin darse cuenta? ¿Para qué seguir si no está yendo a ningún lado?

Zigzaguea. Se va a bajar porque está a punto de pedalear en círculos. Quizás caminando por ahí, metiéndose en los pastizales o perdiéndose en los bosques, se encuentre con alguien que le explique qué pasó. Tal vez al otro lado de ese riachuelo está esperándolo su padre: «Vader...».

Se va a bajar. Y cuando está zafándose uno de los calapiés, que es cuando está dando la vuelta a una esquina de la montaña, ve a un hombre sentado en el piso con la cabeza entre las piernas. Pedalea hasta el lugar de los hechos —que a este paso, si sigue habiendo lugares de los hechos, el mundo pronto va a quedarse sin lugares inéditos— como en una parábola bíblica de las que su padre le contaba cuando iban camino al mercado de Rijpwetering. Disminuye la velocidad, por fin, protegido por la excusa de qué le estará pasando a ese pobre tipo en posición fetal. Se va deteniendo hasta que se detiene. Y sí, tiene la cara de un cadáver holandés y se está entiesando con la boca abierta y no termina de ahogarse porque se está ahogando.

El hombre en el piso levanta la mirada bruscamente, «¿qué pasa?», porque siente que la sombra helada de un animal está cubriéndolo.

Se pone de pie como un soldado que acaba de oír la diana de la madrugada. Lanza una retahíla en español porque reconoce de inmediato el cuerpo perdido del holandés

Manfred Zondervan, el 110 del Coop-Hoonved, que hasta hace unos kilómetros estaba protagonizando la fuga del principio de la etapa. Sí es Manfred Zondervan: el eterno gregario de Zoetemelk, el ciclista recio pero limpio que infunde respeto porque sólo está allí para hacer su trabajo, el hombre que cuenta que Zondervan significa «sin nombre» cada vez que alguien le pregunta algo personal. Es Zondervan. Pero se ve muy mal y está muy mal: tambalea, tirita, saliva en exceso, pierde el control de su mirada. Y él, el hombre que se ha levantado y lleva la chaqueta de PST, lo ayuda a sostenerse.

—Yo me llamo Valeriano Calvo —le dice en colombiano—: soy un periodista de la radio.

Y de la mochila que lleva colgada desde el cuello hasta la axila, consciente de que ese pobre hombre está padeciendo una pájara, saca un par de bocadillos veleños de los que siempre lleva y les quita las hojas de bijao y se los pone en la boca para que se los coma de una vez. Después le da una manzana roja que se trajo del bufé del hotelito en el que durmieron anoche y le dice «muérdala, mijo, muérdala, papá». Luego le acerca la caramañola de la bicicleta para que tome unos tragos de agua. Y, como desprendiéndose de una joya familiar en tiempos de guerra, le entrega un cruasán para que se lo siga comiendo por el camino. Y es en ese momento cuando recuerda que es un hombre magullado.

Zondervan lo nota: su ángel de la guarda, el periodista colombiano, está cubierto de tierra, de cortadas y de raspaduras.

—¿Qué te pasó? —le pregunta con su escaso español de España—: ¿te caíste?

Y de la respuesta del señor Calvo, «es que uno de los carros de La Vie Claire me cerró en la curva y me fui por este barranco como todas las personas que se han matado aquí y la moto se me fue al vacío, pero yo me salvé porque mi Dios es muy grande», Zondervan sólo entiende que su

186

salvador se ha salvado de milagro. Y lo único que se le ocurre, mientras termina de mordisquear la manzana y se sube una vez más a la bicicleta y se ajusta los calapiés con la seguridad de que esto que acaba de pasarle es una de las pocas oportunidades que tiene una persona en su vida, es darle unas palmadas en el hombro y decirle «muchas gracias» con la lengua entre los dientes.

Se va. Se va comiéndose su cruasán. Va al ritmo de un viejo que ya sabe lo siguiente que pasa cuando se pierde el control.

No es que esté bien. Es que al menos ya no va a morirse. Ya no parece un cadáver, sino apenas un zombi. Ya no parece un zombi, sino un hombre que está regresando del mundo de los muertos. Ya no parece un tipo que ha escapado del infierno, sino un ciclista que tiene a quinientos metros la cumbre del Côte de Laffrey. Se les había olvidado que seguía en la carrera. Todos, desde los habitantes del lugar hasta los funcionarios de la competencia, revisan sus hojas con nombres a ver si ese pedalista con el número 110 es el mismo kamikaze que probó su suerte desde el principio de la etapa. Alguno vomita una risa nerviosa: jajajá. Otro más termina gritando «¡es Zondervan!».

Y sí: es él. Así se llama. Su apellido describe a la perfección lo que está pasando.

Trata de apretar el paso, un, dos, un, dos, un, dos, mientras su cuerpo recobra su corazón. No se va a matar por esto, no, que muerto ya estuvo y no fue bello ni fue lógico, pero sí va a ir a un ritmo que les pruebe quién es él. Ya han apagado los relojes porque lo tenían olvidado. Y entonces se ve obligado a preguntar «¿a cuánto estoy?» y se ve obligado a recibir el grito «veintiséis minutos de la punta» enfrente de los piadosos y de los hijos de puta. Da las gracias y en su francés tosco advierte a un par de personajes sin rostro que allá abajo hay un periodista accidentado. Son las 3:45 p.m. Está a punto de asumir la bajada como el último ciclista de la carrera.

«No te humilles más: retírate», le dice la voz de su mujer. «Tenemos que hablar de muchas cosas», le susurra la voz de su madre. «Una vez llegué fuera de tiempo», le cuenta la voz de su padre, «te sacan de la competencia».

Y él desciende con cuidado por esas rampas tramposas y con paciencia de derrotado va armando su primera frase después del colapso: «De aquí no me saca ninguno», les dice, «echt niet».

Por nada del mundo va a convertirse Zondervan en «el gregario que se fugó al comienzo de la etapa del Alpe d'Huez pero al final fue echado de la carrera porque llegó fuera de tiempo». No va a pasar. No.

3:45 p.m. a 3:46 p.m.

Todavía no son las diez, pero hoy ya es un día histórico para Colombia. El Jardinerito Luis Alberto Herrera sigue, en la cabeza de la punta, al Profesor Laurent Patrick Fignon. A veces parece que fueran en una bicicleta tándem, por el Chemin des Gran Champs, pues las zapatillas de los dos pedalean al mismo tiempo como en el engranaje de un reloj. Ninguno de los dos ha perdido la cabeza, ni se ha ido a la carga, ni ha redoblado el paso, ante la noticia de que un lote encabezado por el Tejón Bernard Hinault está a punto de alcanzarlos. Fignon ha soltado una risita apenas: «je». Herrera ha bajado la mirada sin asomos de angustia porque el secreto del ciclismo es no ceder a la desesperación. Y menos cuando sólo faltan veinticinco kilómetros para el final.

Si cometieran el viejísimo error de voltearse a ver por encima del hombro, mientras dejan atrás el caserío gris de Livet-et-Gavet por la acordonada y estrecha Route des Roberts, notarían que Hinault está a unos cuantos metros de embestirlos como un toro monstruoso dispuesto a todo. Fignon y Herrera están totalmente concentrados en su paso: tactactac, tactactac. No caen en los tres huecos que se encuentran en esta carretera llena de grietas. No los desconcentra la aparición de esas dos mujeres que les hacen caras para que se rían. Tienen enfrente el cerco de los Alpes. El cielo está más azul de lo que ya estaba —no se ve el sol pero no importa— porque todos los detalles del paisaje son una señal de que está empezando el final.

Quien no sepa mucho de competencias ciclísticas, quien se esté asomando apenas a la transmisión de esta etapa 17 del tour, puede llegar a pensar que el hecho de que Hinault esté a punto de alcanzarlos debe interpretarse como una demostración de que estos dos punteros no están tan fuertes. Quien hasta ahora esté dejándose llevar por estos temas, porque hasta ahora está descubriendo el cielo y el purgatorio y el infierno que pueden suceder en estas jornadas, tardará en darse cuenta de que lo mejor que ese par de héroes malheridos pueden hacer es no molerse las piernas —y no quedarse sin pulmones— antes de que comience la escalada al Alpe d'Huez.

Aquí vienen los dos. Allá van. Avanzan a 60 kilómetros por hora, enloquecidos por la posibilidad de ganar, si no estoy mal. Toman la Route de l'Olsans, que tiene cara de autopista, sin perder el compás. Esperan las indicaciones de sus directores técnicos, las jugadas de Guimard y los alientos de Gómez, y tienen clarísimo que no es este el momento para apostarlo todo. Ya no les llevan a los del lote persecutor más de diez segundos. Hay que prepararse para la arremetida de los que vienen atrás como si se tratara de no dejarse pasar por un ventarrón. Hay que tener claro que de aquí en adelante cualquier error que se cometa es un error fatal. Es evidente —por su concentración de trance— que Herrera sabe qué está haciendo.

Y no sólo es un día histórico por lo que está haciendo Herrera, que es el colombianísimo gesto de rozar la victoria, sino porque el resto del equipo nacional está haciendo su mejor etapa hasta el momento.

El veterano Rafael Acevedo, el 142 del Colombia Pilas Varta, parece completamente recuperado de la caída que el año pasado lo privó de la mitad de la temporada. Antonio el Tomate Agudelo, el 143, suele sentirse más a gusto en las etapas de media montaña, pero desde su debut como turismero, en 1978, ha probado también que puede echarse al hombro a sus compañeros en cualquier momento de crisis. El terco Samuel Cabrera, el 144, está demostrando a diestra y siniestra que se siente como pez en el agua en las etapas prolongadas. Y el astuto Alfonso Flórez, el 147, tiene afilados los seis sentidos que lo han convertido en aquel gran obispo del equipo —aquella madre superiora— que pone a todos en su lugar con sólo mirarlos.

Cualquiera de ellos puede lanzarse en cualquier momento a conquistar la etapa. Hoy, aquí en los Alpes, han sido gregarios, pero en Guatemala, en San Cristóbal, en Costa Rica, en República Dominicana, en Táchira, han sido los líderes: «Digamos que los peones no están nivelados por lo bajo, sino por lo alto», dijo el preparador Jorge Tenjo, sin rodeos, en una entrevista con *El Tiempo* hace ya un par de semanas.

Resulta curioso que nueve campeones estén dispuestos a trabajar por uno sólo de ellos, «atípico» es la palabra precisa si se piensa en que la gente del país vive resignada a la ley de la selva y no ha sido educada para hacer parte de una comunidad sin someterla, pero así es hoy y así ha sido en las dos semanas que van de este tour. A Rafael Acevedo, por ejemplo, se le ve muy bien, muy entero. Tiene uno la sensación de que, a pesar de las lesiones de 1983, a pesar de la edad y del kilometraje, sigue siendo el corredor colombiano con mayor regularidad y un hombre capaz de ganarlo todo. Y sin embargo él es el primero en preguntar «¿dónde está Luchito?», «¿cómo va Luchito?». Algo feliz pasa con Herrera. Su escuadrón se ve resignado a quererlo.

Y, según explicaba Tenjo aquella vez, «no me cabe duda de que es el más completo y el que está en mejor forma de todos».

Tuvieron miedo hace unas semanas y de vez en cuando se les revive porque al Vademécum Santacruz, el médico que capitanea el móvil número dos de PST, le dio por revelar un estudio suyo —y apenas era el día del prólogo— en el que quedaba completamente comprobado que, de acuerdo con su biorritmo, Herrera iba a tener que retirarse en la segunda semana de la competencia: «Tendrá problemas insalvables hacia el 12 de julio —leyó al aire por PST al final de aquella primera correría—, y es lo más seguro que, por culpa de una caída masiva que comprometa sus piernas o por causa de una enfermedad pulmonar que le vuelva una proeza el simple hecho de respirar, no sea capaz de llegar en bicicleta hasta la capital de los franceses».

Habría dado igual el informe del Vademécum si no se hubiera valido de las mismas leyes para vaticinar con sumo detalle la vez en la que Herrera terminó retirándose de la Clásica de Cundinamarca.

«Y sin embargo —dijo Rubén Darío Gómez, el director del equipo, a la misma emisora: a PST— no puede uno pasarse la vida pendiente de las profecías ni de los agüeros». «El Tigrillo de Pereira» Gómez, que en realidad nació en Chinchiná, en Caldas, compitió hombro a hombro en alguna de las primeras Vueltas a Colombia con «el Pajarito» Buitrago y con «el Zipa» Forero, ni más ni menos. En 1959, gracias al patrocinio de Camisas Jarcano, pudo romper la llamada «licuadora antioqueña» para ganarse no sólo su primera vuelta sino el primer Clásico RCN. Siguió ganándose clásicos y vueltas y siguió haciéndose fama de rival franco y leal hasta el último día, y a pesar de toda su gloria sigue siendo cauto hasta en la hora del pesimismo.

Anoche, en los pasillos del hotel, quiso decirle eso mismo a Lucho Herrera: que no hay que caer en la tentación de ser realista porque nadie sabe nada de la realidad.

Que quién iba a pensar que el sábado 5 de junio de 1959 él iba a ser coronado campeón de la IX Vuelta a Colombia por los treinta y tres mil espectadores que había ese mediodía en el estadio El Campín. Qué fecha: los otros veintisiete ruteros que quedaban en la competencia atacaron y atacaron desde las seis de la mañana, de Honda a Bogotá, durante los 163 kilómetros de la etapa; el paisa Hernán Medina, de Cervunión, el único rival que podía amenazarle su primer lugar, lo retó desde el principio hasta el Alto del Trigo, pero, cuando vio que él no iba a dejarse soltar, le reconoció la victoria con las palabras «Rubén Darío: el próximo año nos vemos»; un cordón humano, de por los menos medio millón de aficionados al ciclismo, lo celebró desde Facatativá hasta Fontibón, y ya en el estadio, en la pista atlética, sus seguidores lo bajaron de su bicicleta Monark y lo alzaron en hombros y por un momento el país olvidó los avances de aquella barbarie que veinticinco años después se ha vuelto costumbre por todo ese mapa parado en una pata.

No se le olvida que en su alocución de Acción de Gracias, preocupado por la guardia baja que queda después de la vuelta, el presidente Lleras Camargo dio paso a la noche con la advertencia de que «tendremos que padecer más todavía antes de que el orden cristiano predomine sin oposición en todo nuestro vasto territorio».

Gómez, que es pequeño y sencillo y planificador como el que más, de vez en cuando —de tanto pensar en lo que puede suceder mañana si hace A o hace B— cae de culo en la trampa de la nostalgia. Anoche, en la comida, se puso a hablar de sus días de ciclista. De los golpazos que se pegó en su primera bicicleta alquilada tratando de vencer a «el Cacique Calarcá» por las montañas caldenses. De cómo su madre consiguió la plata para regalarle esa primera máquina de turismo Phillips con la que pudo trabajar para comprarse su primera bicicleta de carreras. De cómo entonces doña Berenice de Gómez lo encomendó a san Nicolás de Tolentino. De lo sucio que terminaba tras una jornada de trabajo en la bicicletería pereirana El Pedal. De la clásica en Chinchiná en la que acabó de jeta en el lodo. De lo que sintió la vez que vio con sus propios ojos a su ídolo, Ramón Hoyos.

Y de esa primera Vuelta a Colombia que ganó, de la bestial vuelta del 59, en la que «no fui yo quien buscó la camiseta de líder, sino ella la que me buscó a mí» desde aquella etapa de Medellín a Sonsón que fue un duelo con

193

los paisas que habían jurado fundirlo: «¿En cuál cabeza con los pies en la tierra podía caber que yo iba a ganarle un día una carrera al Escarabajo Ramón Hoyos, el hombre por el que nos llaman como nos llaman?», «¿cómo iba yo a pensar cuando era niño que un día don Julio Arrastía, el hombre que más sabía y que más sabe de ciclismo aquí en Colombia, iba a retratarme como "un fenómeno que nos tomó por sorpresa", "un ciclista completo", "un campeón que podrá llegar muy lejos", en el periódico del domingo?».

Pero lo que el cuidadoso Gómez de verdad quería decirle anoche al silencioso Lucho Herrera era —y es— que ni siquiera la ciencia puede predecirle a nadie la derrota: que va a haber un momento en el que él, Luchito, va a desear con todas sus fuerzas ganarse la etapa del Alpe d'Huez, «pero entonces va a darse cuenta de que ya la tiene ganada».

Hay un momento de la vida en el que uno descubre que la fe no es una brasa que uno debe encender en los reveses, sino una fuerza que uno tiene aunque no sepa: no es el as en la manga sino el juego.

Eso le dijo. Eso es lo que está pensando el Jardinerito Herrera mientras se concentra en conservar su ritmo y mientras conserva su ritmo por la llanísima Route de l'Oisans. Ahora sí se está sintiendo mejor que ayer y ayer se estaba sintiendo mejor que en todo el tour. Se ha puesto al frente de la fuga que está a punto de ser cazada, «¡Hinault a tiro de cañón!», porque tiene clarísimo que hay que apurar el compás para que no se atrevan a pasarlos de largo. Ya es el kilómetro 129 del recorrido y lo que viene es una cadena de unas mil personas —de las tres mil que viven en el pueblo— como una calle de honor delirante en la entrada del bellísimo y antiquísimo Le Bourg-d'Oisans.

Desde la cima del Alpe d'Huez, que es una torre en medio de los Alpes, Le Bourg es un paisaje de pintura plagada de detalles: asomándose en el borde del despeñadero, que no hay otra manera, usted alcanza a ver los viejos edificios del lugar como personas de las de antes que miran a donde les da la gana. Se queda uno con la sensación de que los árboles ocupan el mismo espacio de las casas y que estaban allí antes y van a estar allí después. Se va cayendo en cuenta, porque no hay otro remedio, de que por los caminos estrechos no aparecen automóviles, ni buses, ni motos, sino que, de tanto en tanto apenas, algún hombre pasa con un pan al hombro. Por supuesto, hoy nada es igual porque allá van los dos punteros de la etapa, Fignon y Herrera, que están a punto de ser alcanzados por sus más fuertes rivales.

Y una larga fila de descamisados y de mujeres en vestido de baño de dos piezas y de gordos en esqueleto están gritándoles que ya los van a capturar: «¡Ahí vienen!».

Sí que pasan vainas raras en esta vida. Ve uno espectáculos inimaginables y escenas insólitas cuando se dedica al ciclismo. Hay muchas banderas francesas en el camino al punto de fuga, azules y blancas y rojas, pero también hay un niño sobre los hombros de un padre que tiene una pequeña banderita amarilla y azul y roja como esas que se ponen en los tableros de los carros. Y el imperturbable Herrera, que a pesar de lo muy joven ya ha visto tantas llegadas y tantos aficionados desbocados en las orillas de las carreteras, siente un escalofrío desde la cintura hasta la nuca que es la pura emoción de ciclista colombiano que oye la voz de otro colombiano en alguna parte de la Tierra: «¡Buena esa, Lucho, vaya!».

Sí que pasan cosas bonitas si uno se dedica a esto del ciclismo: eso se quedó pensando Lucho Herrera, anoche, cuando su director técnico le contó las historias que le contó para animarlo a ganar esta etapa, pero ahora está pensando otra cosa.

Que aquí, en el ciclismo, no hay estadios por llenar ni partidos para arreglar. Que no se le puede cobrar boleta a alguien que sale a ver una carrera en una carretera ni se puede cuadrar el ganador de una etapa de montaña. Y los traquetos se asoman por ahí como se han estado asomando a cualquier parte, pero prefieren ayudar en el fútbol porque ese sí es un buen negocio. Si acaso algún personaje de esos habrá patrocinado por ahí a algún muchacho bien angustiado, si acaso uno que otro corredor se habrá metido en problemas por las puras ganas de salir de problemas, pero, en general, los equipos de acá han sido respaldados por compañías bien puestas: le consta —se quedó pensando Lucho— que Pilas Varta es una buena empresa.

Todo empezó porque su hermano mayor, Rafael, que todavía le lleva cinco años, decidió dedicarse a montar. Y entonces Lucho, que iba en cicla a hacer los trabajos de jardinería con los que ayudaba en la casa, se fue detrás igual que siempre. Un día, Rafael no pudo seguir corriendo por falta de patrocinio. Pero Lucho, que tiene un temperamento tan suave que su mamá dice que a veces ni lo oye, sí consiguió que lo apoyaran para correr así fuera clásicas de un día. Su papá lo animaba. Su mamá le preparaba la comida. Y su hermano lo acompañaba en la moto, lo esperaba en la meta con la maleta, lo llevaba a los hoteles de tres mil o cuatro mil pesos que podían pagar por el camino.

Lucho sufrió al principio. Todo el tiempo se quedaba sin apoyo porque «prácticamente a nadie le gusta apoyar a un desconocido». Pero hace tres años las cosas comenzaron a salirle bien de pura suerte.

Al final de una etapa desde Girardot hasta Bogotá, en una clásica de Cundinamarca, se atrevió a pedirle ayuda al mismo mentor de su director técnico: al viejo Julio Arrastía Bricca. Estaba acostado en el separador de la carrera 30, sin aire, mientras su hermano iba por la maleta con su ropa. Y Arrastía pasó por ahí de pura suerte. Herrera se atrevió a decirle: «Don Julio, yo quiero correr el Clásico RCN». Y Arrastía sólo le dijo: «Pibe, estás andando bien». Y se fue a la casa sin imaginarse que esa misma noche iba a llamarlo el dueño de Pantalones Valyin, de Pereira, a pedirle que le recomendara un novato que no le cobrara mucho para meterlo a un equipo que estaba armando. El Viejo Macanudo Arrastía lo recomendó. Y al otro día, como no tenía su teléfono, le mandó la razón en directo desde su programa de radio: «Si Lucho Herrera me está escuchando, comuníquese al siguiente teléfono, 2569556, porque ya le tengo equipo».

Herrera no lo oyó. Pero un amigo suyo sí tenía la radio pegada en la oreja. Y esa misma noche se fue en un bus de Expreso Bolivariano para Pereira. Unos días después, el señor Hernández, el hombre que estaba armando el equipo, le dio el visto bueno: le impresionó su pulso luego de ponerlo a subir hasta la Virgen Negra del Alto de La Línea en una bicicleta marca Moreno. Y así, y ya con una cicla Vitus en su poder, las cosas empezaron a enderezarse para él. En el Clásico RCN del 81 justo ganó la etapa de La Línea. Y Raúl Mesa, el entrenador, que anda por ahí, fue luego a buscarlo a Fusagasugá. Y la verdad es que desde ese momento no le ha faltado el patrocinio: Freskola, Lotería de Boyacá, Leche La Gran Vía.

Y aquí está, orgulloso de llevar la camiseta tricolor de Pilas Varta, con todos esos recuerdos vivos porque en el kilómetro 130 de la etapa está sintiendo lo que siente cuando corre en Colombia: está sintiendo, mejor dicho, que puede ganar.

Son las 3:46 p.m. Acaban de dejar atrás tres casas de tres pisos adornadas con balcones y cubiertas de tejas grises que parecen subiendo una pequeña rampa que pronto se esfuma en un plano. Herrera espera a que Fignon le haga el relevo en el camino. Se miran brevemente porque tienen un enemigo justo atrás y otro allá adelante. Bernard Hinault les ha llegado por fin con su pequeño lote de estrellas, como una cola hecha de rivales peligrosos, perdido en el gesto de dolor —el de los dientes apretados y las cejas estrechadas— que es el gesto que se le escapa cuando está completamente decidido a acabar con todos e incendiar la comarca: a seguir ganando pase lo que pase porque la verdad de fondo es que él es el mejor.

Y enfrente está el Alpe d'Huez: Herrera levanta la cara como si fuera a mirar a los ojos a un monstruo o a un miedo que va a ser peor, y lo que ve es un adversario soberbio que va a dar al cielo y es una locura, y piensa que esta también podría ser su tierra.

3:46 p.m. a 3:48 p.m.

Bernard Hinault no se lo piensa demasiado y se larga unos segundos después de alcanzarlos. Y Laurent Fignon, apenas entiende lo que está pasando —que es el enésimo intento de fuga de ese rival que fue su jefe de filas—, lanza ahora sí una carcajada que detiene la carrera durante un par de segundos: jajajajajá. Es una risa nerviosa que al mismo tiempo es el reconocimiento de que no habrá nunca un ciclista tan obstinado y tan incansable como Hinault. Hinault ataca con las fuerzas que le quedan —que ya no las tiene en su cuerpo, sino en su cabeza— como reclamando lo que es suyo. Y los hombres que venían con él se quedan pasmados y reniegan con la cabeza antes de emprender la persecución del hombre que estaba liderando la persecución.

Así ha sido siempre con Bernard Hinault: un segundo está diciendo qué hay que hacer en el lote y al segundo siguiente está yéndose en solitario porque nadie está entendiéndole su paso y porque sí: porque nadie más es él.

Siempre que me lo preguntan entre nos, porque nunca me ha gustado hablar más de la cuenta ni echarles aguas sucias a los personajes, confieso que prefiero la forma de ser de Hinault a la de Fignon. Fignon tiene esa mirada brillosa y pequeña de valentón que no está escuchando lo que uno le dice, sino que está pensando, mientras sonríe irónicamente, «sálvame, Dios, de este imbécil»: y luego está dando codazos y haciendo bromas pesadas y cerrándoseles a los vulnerables cuando nadie está mirando. Hinault es todo lo contrario: antipático en público y justo en privado; noble e implacable incluso cuando va perdiendo;

concentrado en lo suyo, y lo suyo es todo lo que pasa en cada etapa y no es de nadie más.

Sé que todo el mundo conoce de memoria su victoria en la clásica Lieja-Bastoña-Lieja de 1980. Pero todo el mundo, todo, la vuelve a contar cada vez que alguien se atreve a hablar del Tejón Bernard Hinault en pasado. Como una pieza de museo. Como un hombre que ya fue. Como un viejo al que hay que ir descartando porque ya nada es igual que antes y ya es hora de encogerse de hombros ante el presente.

Quien quiera saber quién es Bernard Hinault, y recobrarle el respeto antes de empezar a decir ligerezas, debe recordar la edición de la clásica Lieja-Bastoña-Lieja del domingo 20 de abril de 1980. Quien no crea la historia, porque parece una fábula, la encontrará en las memorias del ciclismo. Y se enterará entonces de que aquella competencia frenética, y delirante como todas las competencias de un solo día, empezó bajo ese extrañísimo cielo encapotado en plena primavera belga, continuó entre una llovizna que pronto se volvió una tormenta helada y hacia la zona de avituallamiento resultó ser un suplicio en la nieve: ciento diez de los ciento setenta y cuatro ciclistas que escucharon el pistolazo inicial se retiraron en las primeras dos horas de carrera. Hinault, en un arrebato de responsabilidad que parecía de su padre, contempló la posibilidad de retirarse: ¿con qué cuerpo, si no era con ese que tenía, iba luego a ganar su tercer Tour de Francia? Y sin embargo, cuando vio el dolor de sus coequiperos y le vio la angustia en la cara a su técnico —a Cyrille Guimard, claro, que todavía era su guía y su amigo—, tomó la decisión de aguantar hasta la zona de alimentación y luego se empeñó en dar ejemplo de general que va a la carga. Y la sola idea de resistir para dejar sentado un precedente, que es una idea recurrente en su vida, despertó su orgullo y su coraje. Atacó en el Côte de Stockeu al pequeño lote que quedaba. Pasó de largo a los punteros en el Côte de la Haute-Levée.

Recorrió solo, porque hay hombres que no tienen par, los últimos ochenta kilómetros de esa clásica de 244. Se le notó en el rostro desencajado que iba completamente concentrado en lidiar con el clima, con el dolor en todo el cuerpo y en todo el espíritu, con la tentación de derrotarse a sí mismo. Se le vio que es un profesional de la resistencia: un penitente profesional. No entendió del todo por qué estaba haciendo eso que estaba haciendo, pero no tuvo miedo. Sospechó que ese drama que él estaba viviendo era el mismo drama que estaban encarando los sesenta pedalistas que seguían pedaleando a pesar de todo. Subió y subió su ritmo. Para qué parar. Y cuando llegó al Boulevard de la Sauvenière, en donde estaba la línea de meta en Lieja, no se le vio feliz, sino molesto consigo mismo por haber obligado a sus piernas y a sus pulmones y a sus rodillas a cumplir con una gesta que va a contarse hasta que la humanidad se extinga. No se le vio sonreír. Ni siquiera subió los abrazos. Llegó de inmediato a recuperarse después de un poco más de siete horas de competencia. El segundo y el tercero de la carrera, el holandés Kuiper y el belga Claes, llegaron a 9 minutos y 24 segundos. Y fue en ese momento cuando estuvo claro que acababa de suceder una demostración de fuerza y de nervios y de determinación de esas que sólo se ven de tanto en tanto. Y que ese era un hombre que redimía a los demás hombres.

¿Quién se atreve a descartar a Bernard Hinault como a un asunto cumplido después de recordar ese 20 de abril de 1980?

¿Quién puede bajar la guardia junto a un prójimo que puede ordenarse a sí mismo estar bien?

Todas las figuras del lote siguen el ritmo que traen, extrañados y mudos, mientras el Tejón se va hacia el Alpe d'Huez como si estuviera dispuesto a embestirlo para ganarles a todos. Siguen su marcha, pero es como si se quedaran quietos, anclados al piso y cuerdos, porque no consiguen acostumbrarse a ese ciclista trastornado que jamás se rinde. Se les ha perdido entre la multitud que ha salido a recibirlos en Le Bourg-d'Oisans. Ya no lo ven ni lo escuchan. Se les nota nerviosos y sin embargo entregados a lo que va a venir. Avanzan por las calles medievales detrás de Fignon, que está pensándose qué está pasando y está pensándose qué hacer, resignados a lo que sea la etapa.

Pregúntele usted a cualquier ciclista qué es el destino: cualquier ciclista lo sabe.

Quedan apenas un par de kilómetros para que comience el gran ascenso. El grupeto comandado por Luis Herrera, Laurent Fignon, Greg LeMond, Robert Millar, Ángel Arroyo y Beat Breu —con los números 141, 1, 10, 68, 11 y 111 en las cinturas— persigue a Bernard Hinault sin ninguna clase de estrategia. El Jardinerito Herrera no tiene hambre, ni calor, ni ahogo, ni dolor: respira mejor, pero prefiere no lanzarse al vacío por lo pronto. El Profesor Fignon trata de poner el paso para que nadie más se atreva a irse, pero mira hacia atrás en busca de Guimard, su director técnico, pues le ha estado repitiendo —y él está de acuerdo— que es mejor ir con cuidado en estas jornadas mortales y no es bueno tener la soberbia de Hinault.

El norteamericano Greg LeMond, el favorito de Guimard en la nueva formación del Renault, que es un ciclista tan determinado y tan convencido de sí mismo como lo ha sido Hinault —LeMond tampoco entiende cómo a alguien se le puede ocurrir que hay alguien mejor que LeMond—, pasa al frente del grupo mientras se ponen de acuerdo en qué carajos hacer. Junto a él aparece Rafael Acevedo, el estupendo escalador colombiano que lleva el número 142, listo a revisar que todo esté en orden y a hacer respetar los intereses de Luchito. Y, hombre a hombre con Acevedo, viene el dublinés elegante que se hizo un lugar en el pelotón porque debutó en el profesionalismo ganándose la París-Niza de 1981: Stephen Roche.

El francés Pascal Simon, 61 en la cintura del uniforme del Peugeot-Shell-Michelin, que es el hermano mayor de una familia de ciclistas, no ha conseguido recuperarse del todo del hombro roto que lo sacó del tour del año pasado justo cuando cumplía siete días con la camiseta amarilla. Simon ha llegado a la punta del pequeño lote, sin embargo, detrás de aquel corredor español del Teka del que se habla tanto en los medios: «el Cóndor» Pedro Muñoz.

El escalador Muñoz ha estado enredado desde que salió positivo de norefedrina —que, según el cromatógrafo, pasó de dos milímetros a quince centímetros en apenas cuatro días— en el control antidopaje en la Vuelta a la Comunidad Valenciana. Ya le había pasado en la Vuelta a España de hace un par de años: expulsión de la competencia, ochenta y cinco mil pesetas de multa, tres meses de suspensión. Y, para negar los cargos de esta vez con toda la vehemencia que se requiere cuando caen encima estos mantos de duda, ha dicho que los frascos de las muestras han sido manipulados, que «la mafia siciliana reside hoy en Madrid», que cuando se fue de su anterior equipo, el Zor, un esbirro de los dueños se atrevió a decirle que «o corres con nosotros o con nadie».

Pudo correr el Tour de Francia porque finalmente, luego de algunas semanas de sanción, su caso entró en revisión.

Tiene ganas de desquitarse en esta etapa de todos esos hipócritas que se santiguan hasta que dan positivo ellos mismos, tiene urgencia de que lo miren de reojo por esta victoria y ya no por lo otro, pero el Viejo Patrocinio Jiménez, el colombiano que se le ha vuelto una sombra buena, anda sin fuerzas luego del arranque de la etapa. Se pone al frente del lote persecutor seguido de Pascal Simon: es una imagen desgarradora si uno sabe quién es quién —si uno se acuerda de que el español está siendo demandado por cuatro millones de pesetas por su equipo anterior—, pues es el retrato de un par de pedalistas de primera que por un giro del destino, por una conjunción de los planetas, por un golpe de dados no están en los primeros lugares de la clasificación general.

El pelotón está lleno de hombres que han ido haciendo las paces con el hecho de que no es suficiente hacerlo todo bien y con el descubrimiento de que quien espera ser correspondido por la vida se va carcomiendo por dentro.

Y estos dos, Simon y Muñoz, todavía corren a la espera de una gran jornada, todavía tienen mucho para dar de aquí al retiro, pero comienzan a pensar que puede suceder que no se dé una etapa épica para los libros de historia.

No es por nada, en fin, que los unos y los otros se relevan sin ton ni son en el kilómetro 136 —faltan sólo dieciocho pero los dieciocho más duros para llegar a la meta— de la etapa número 17 de este tour. Están tratando de inventarse entre todos algo semejante a un contraataque. Quieren salir del estupor en el que han quedado desde que Hinault decidió largarse: «¿Pero qué…?». Necesitan que alguien que no esté allí pedaleando les diga si aquella fuga va en serio, si es necesario acelerar o es mejor contar hasta diez antes de cometer una locura. Y, como Fignon también está pensando si hay que salir ya de cacería o si es mejor esperar a que la cuesta le cobre la altivez a su rival, marchan entre el caos y la impaciencia.

Todo cambia apenas les llega la noticia de que Hinault está a punto de tomarles un minuto de diferencia: ¡uno!

Y así la obstinación del capitán de La Vie Claire, que a los treinta años ha sido degradado de leyenda a veterano amargo e incansable, ya no es un chiste ni un ejemplo de superación ni una lección de principios, sino una amenaza real: ¿en qué momento se les olvidó que el Tejón Bernard Hinault puede ganarles aunque no esté del todo bien después de la operación de la rodilla que el año pasado lo tuvo al margen de la competencia?, ¿a qué horas bajaron la guardia ante ese superhombre que no tiene piedad a la hora de quedarse con el triunfo?, ¿y si ya no lo alcanzan más?, ¿y si el Alpe d'Huez no lo vence y, como pasó en aquella Lieja de 1980, más bien se va poniendo más fuerte de rampa en rampa y a pesar de lo que sea?

¿Y si el traqueteo de la rodilla no le impide nada tal como sucedió en la Vuelta a España de 1983?

De vez en cuando hay que volver a contar las historias para comprobar que siguen siendo ciertas. Y sí que sucedió —no fue un sueño— la etapa fabulosa del viernes 6 de mayo de 1983.

No se veían bien las cosas para el invencible Bernard Hinault: se le reverenciaba como a un personaje de ficción, pero los hoteluchos con duchas de agua helada y comidas podridas estaban llenos de pedalistas españoles dispuestos a hacerse valer en las jornadas de montaña, el Profesor Laurent Fignon, el gregario rubiecito y gafufo del Renault, empezaba a dar muestras de un incómodo talento de protagonista, e Hinault, que era el favorito para ganarse su segunda Vuelta a España, llegaba a la etapa 17 —aquel 6 de mayo— sin la camiseta de líder y rodeado de rivales que estaban dándose cuenta de que no estaba tan fuerte como siempre: Pino, Lejarreta, Belda lo rondaban. Se le estaba reviviendo el dolor de aquella tendinitis que le arruinó el Tour de Francia de 1980: eso era. Cojeaba en las noches adentro de su habitación. Hacía todo lo posible para impedirse a sí mismo la sensación de que el primero en la general, el vasco Julián Gorospe, tenía todas las de ganar. Y como su drama era un secreto, pues ninguna debilidad es perdonada en este mundo ni mucho menos en ese, tenía en contra a todos los aficionados de España por haberse quitado de encima a patadas a un chico insoportable que le había dado unas palmaditas condescendientes en plena carrera. Ese viernes 6, con el vestido negro del Renault como un luto desde la línea de salida en Salamanca hasta la línea de llegada en Ávila, Hinault se levantó listo a seguir el plan que habían tejido en la noche con el astuto de Cyrille Guimard. Pensó que daba igual el dolor en la rodilla porque ese puto dolor lo tenía siempre. Y se lanzó en el primer premio de montaña de la etapa, y partió el lote en pedazos, para meterles miedo a todos, para aplastarlos: «¡Se va el Monstruo, se va!». Y en el segundo puerto puso a Fignon a hacer el trabajo sucio para el que se le contrató, a poner un paso violento e incendiario igual que un sacrificio humano, hasta que el pobre de Gorospe no dio más. Y justo entonces él se alzó en los pedales y se fue como acaba de irse hoy con las piernas y con la espalda y como nunca nadie más lo ha hecho: «Jamás vi a ningún ciclista con esa fuerza de riñones» —dijo Guimard a *L'Équipe*—, «tenía más potencial que Merckx». No hubo un solo español, ni dentro ni fuera de la carretera, que pudiera con él desde ese instante. El Tejón ganó la etapa, pues a sus dos compañeros de fuga les dio miedo esprintarle. Dos días después fue coronado rey de la 38.ª Vuelta a España. Y aunque nadie lo viera cojear nunca, porque ni más faltaba que Hinault hiciera cara de martirio, la rodilla se le rompió y se le perdieron los pedazos, pero se dio el placer de dedicarles su triunfo «a los que no se dieron cuenta de que no necesito la ayuda de nadie».

Hoy también va solo. Hoy está haciendo otra más de las suyas. Tiene a los chulos a cincuenta y nueve segundos de diferencia y apenas le quedan los últimos trece kilómetros para quedarse con la carrera. El Alpe d'Huez ha desaparecido porque ha comenzado a subirlo con la mandíbula apretada y las venas de las piernas a punto de estallar. Qué le importa el padecimiento y qué le importa el agotamiento —se dice igual que siempre— si esto es lo que se sufre sin falta. Se estarán tragando las palabras todos los que le vieron el sol en las espaldas. Se estará escondiendo en su ratonera el tal Guimard. ¿Querían que un francés ganara por fin la etapa reina del Tour de Francia? Pues eso es lo que va hacer el bretón Bernard Hinault aunque aún no lo crean.

3:48 p.m. a 3:50 p.m.

Este es el señor Henry Molina Molina, mejor conocido como Remolina, lavándose la cara en el espejo del baño de la casa del mejor ciclista colombiano de todos los tiempos. Remolina sigue siendo el niño de pelo tupido que no pierde el brillo de los ojos ni siquiera cuando lo están maltratando, el muchacho acorralado que suelta algún «jejejé» de la pura timidez, el locutor ronco y afeitado a ras y de corbata que su tío le enseñó a ser. Pero hoy no se siente él mismo, la voz desde los relucientes estudios de la capital, el eterno vigilante de la cabina radial en Bogotá, pues se ha visto obligado —su jefe se lo presentó como una recompensa a su trabajo— a cubrir las reacciones de la gente en esta etapa del Tour de Francia que puede ser la nuestra.

Y, como si no fuera suficiente, acaba de enterarse de que su tío, que para los efectos ha sido su padre y su maestro y su polo a tierra, está en la sala de urgencias de la Clínica de Marly y ha perdido la consciencia.

Remolina está cumpliendo treintipico años de estos trotes: treinta y cinco si no está mal. El martes 29 de marzo de 1949 se encontró al Campeón Carlos Arturo Rueda, el narrador costarricense que cambió la radio colombiana, a la salida del Teatro Faenza allí en la Veintitrés arriba de la Séptima. Se acuerda de la película: *Los amores de Lola Montes* con Yvonne De Carlo y Dan Duryea en **TECHNICOLOR**! Se acuerda de la función: 3:15 p.m. Tiene presente que todo el mundo lo miraba raro porque parecía un niño en una película para mayores de dieciocho. Y que se fue detrás del Campeón, calle arriba, y le dijo «don Carlos Arturo: yo quería decirle a sumercé que lo mejor que me ha pasado a mí en la vida es oírlo a usted narrando la pelea de Mamatoco contra Scott en 1934».

Y luego le dio detalles y le preguntó si en Costa Rica se inventaban todos esos apodos que él se inventaba y le pidió que lo dejara trabajar con él: «Yo le barro la cabina si usted quiere».

Rueda no le preguntó «y usted cómo es que se llama», ni le preguntó «usted de dónde salió», sino que le dijo «está bien: comience por llevarme estas cosas a La voz de Bogotá». Luego supo que el cándido de Remolina, convertido en su correveidile y su cargaladrillos, era pariente del coordinador con el que había transmitido —justamente— la pelea salvaje de Mamatoco en el Salón Olimpia: que era el sobrino de Cosme Molina. Y el resto es historia, como suele decirse, pues desde ahí fue ascendiendo hasta llegar a donde quería estar. Y mientras tanto el tío Cosme, que fue «un amor» en la primera parte de su biografía, empezó a amargarse porque la vida que vivía no era la vida que tenía en mente, y empezaba a sospechar que el giro que estaba esperando no iba a ocurrir, y se ponía audífonos para no oír las voces que le repetían el pasado.

No le dio nunca las gracias a Remolina por cuidarlo de vuelta, por acompañarlo a los médicos, por pagarle las cuentas. Pero siempre le sonrió como a un hijo menor. Y los dos se habituaron a que fuera suficiente.

Y ahora, después de un cáncer en los huesos que lo ha vuelto cojo y paranoico, acaban de llevarlo a la carrera al hospital: «¡No dejes que estos buitres me lleven, Márgara! —le gritó a la esposa de Molina Molina hace un par de horas—, ¡quieren acabar con la emisora!». Remolina sabía que eso, exactamente eso, era lo que iba a pasar. Se lo había imaginado tantas veces y con tantos detalles que era cuestión de tiempo que semejante libreto pasara a ser una puesta en escena: para él era obvio, así sonara delirante, que el día en el que tuviera que salir de Bogotá así fuera allí nomás a Fusagasugá iba a ser el día de la muerte de su

208

tío. Para qué seguir viviendo, se preguntaba. Para qué seguir rumiando la idea de que se vino aquí a nada.

Hay moribundos que aguantan adentro de sus cuerpos, como cuando uno aguanta una temperatura de 33º centígrados envuelto en una trenca, porque morirse les da vergüenza con sus deudos. Y esperan con paciencia la rara oportunidad de irse sin que nadie esté mirándolos a los ojos.

Remolina tuvo claro que estaba llegándole el fin a su tío, ay, a su amuleto de la buena suerte, a lo único a que tuvo antes de tenerlo todo, cuando el Pelado Garzón le pidió que llamara lo antes posible a su mujer a un teléfono que le había dejado. Márgara balbuceaba de la tristeza: «El tío está en coma», dijo apenas y ya no era la esposa irritada por una respuesta grosera de su esposo, sino la única persona que sabía lo que él estaba sintiendo y lo que él estaba pensando. «Yo estoy aquí, yo estoy aquí», respondió su sexto sentido cuando cayó en cuenta de que él estaba pensando en salir corriendo hacia el hospital. «Yo le digo que se vaya tranquilo, que usted anda por allá transmitiendo el Tour de Francia».

—Dele las gracias por todo, por mí, si lo ve —le dijo Remolina a su esposa después de varios intentos.

—Yo me traje aquí el radiecito de la casa para que él lo oiga si me dejan verlo —concluyó ella—: voy a preguntarle en qué vamos a la enfermera que nos atendió.

—Yo termino acá y me voy para allá apenas pueda —contestó él con una voz que no era su voz ronca, sino su vocecita ahogada de huérfano, antes de que le diera la noticia.

Colgaron sin decirse nada más porque se conocen de arriba abajo de memoria. Él tuvo clarísimo que ella había archivado su frase de esta mañana, «ay, no moleste, Márgara», porque a esas alturas de la mañana era lo de menos. Ella supo que su marido estaba despeñándose por dentro —corroído por la culpa, por la vergüenza y por la tristeza— y que sin embargo iba a actuar como un profesional para seguir siéndolo hasta el último minuto, para honrar a los grandes hombres de la radio y para hacer precisamente lo que pondría orgulloso a su tío: Remolina siempre está haciendo estos actos simbólicos que nadie más ve. Pidió prestado el baño para tragarse las lágrimas a escondidas. Contó hasta diez desde que cerró la puerta y echó seguro. Y ahora está mirándose al espejo como tejiéndose a sí mismo un plan de escape.

—¡Fuerza, fuerza! —se dice mirándose a los ojos.

Se acercan las diez en el reloj dorado que le regaló su tío cuando cumplió los veintiún años. El equipo de PST Estéreo allá en el Alpe d'Huez está esperando a que él les pida la palabra en cualquier momento: «¡Haga el cambio…!». Pero por lo pronto Remolina está lavándose la cara y diciéndose a sí mismo «¡sea hombre!» y preguntándose en qué momento termina uno en el baño de la casa del Jardinerito de Fusagasugá y dándose cuenta de que ser él es negarse a la angustia. Se da un par de cachetadas para espabilarse: «¡Vamos, vamos!». Se revisa los zapatos. Se arregla el nudo de la corbata como si el mundo entero fuera a enterarse de esa escena. Se arregla los pantalones para morir de pie, para seguir siendo el hombre elegante e impecable que ha sido siempre.

Se limpia el sudor de las sienes todas las veces que sea necesario con el pañuelo que lleva sus iniciales: *H.M.M.* Se airea las axilas para meterse en el saco otra vez. Tiene la sensación, porque algo nuevo le está estrujando el pecho, de que su tío acaba de morirse apretándole la mano a su esposa.

Respira y respira hasta que resulta imposiblwe imaginarse que la procesión va por dentro.

Toma una bocanada de aire antes de regresar a la sala de la casa de la familia Herrera. Aquí está.

Es una sala grande con una mata enorme y un tocadiscos pequeño y un mueble lleno de trofeos. Se han reunido los amigos y los hermanos y los colados a unos pasos de un televisor de 16 pulgadas sintonizado en el canal 7. Qué silencio. Nadie se atreve a decir ni siquiera «¡Lucho!». Desde el equipo de sonido viene, por pura fidelidad a don Julio Arrastía, la emocionante transmisión de Caracol Radio. En un par de sillones de madera, mudos frente a la pantalla abombada, están sentados los papás de Herrera: don Rafael y doña Esther. En la pared de atrás de ellos, que es muy, muy oscura, sigue prendida la gruesa veladora que la madre ha mantenido encendida desde la primera semana de este tour.

—Ahí va Luchito —dice don Rafael, imperturbable, con la mano en la barbilla.

Y así empieza el ruido en esa casa de techos anaranjados y paredes grises que a estas horas de la mañana está tomada por la luz. Nati, Natividad, la hermana, se pone a aplaudir para no seguir mordiéndose las uñas y no zapatear hasta enloquecer a los demás. Orlando, el hermano menor, que a los dieciséis años ya quedó de quinto en la Clásica Nacional de Turismeros, se levanta de la silla a decir «ese es»: el número 141, concentrado en lo suyo, detrás del campeón francés Laurent Fignon. Doña Esther, de vestido blanco porque está haciendo mucho calor por estos días, empieza a sentir lo que le gusta llamar «una alegría nerviosa». Y como además le entra «mucho fanatismo», según dice ella misma, empieza a quedarse sin palabras.

—¡Unicentro está de aniversario y los regalos son para usted que, en sólo ocho años, ha hecho de este lugar la ciudadela comercial más importante de Latinoamérica! ¡Pinturas Algreco: protección que resiste, calidad que embellece! ¡No, hermano gorgojo, no lo haga!: ¡si es tríplex, Pizano, es mucha calidad! ¡Llene su cocina de sabor!: ¡nuevo caldo de pollo sazonador Maggi ideal para sopas y pastas! ¿Dolor de cabeza por la situación del país?: ¡para eso se hizo Aspirina! ¡Yogur Chamburcy es sabor y confianza! ¡Conavi quiere a la gente, la gente quiere a Conavi! ¡Ahora en Colombia jeans Caribú para la juventud a 895 pesos!: ¡llévelos ya! —lee con voz de dicha, de una hoja que se ha sacado del bolsillo, el profesional a ultranza Molina Molina.

Velilla, el chofer achatado que está convencido de que Herrera no va a salir con nada y está seguro de que todo esto del ciclismo es una cortina de humo para que no sepamos lo que está haciendo el Gobierno por debajo de la mesa, pone cara de incrédulo —pero no es una crítica esta vez— mientras Remolina interpreta el papel del locutor de vieja guardia. Todo el mundo imita a Henry Molina Molina, jejejé, porque siempre es igual a sí mismo: se viste igual, se porta igual, habla por los pasillos con la misma voz ronca y suave con la que habla al aire. Siempre sonríe. Siempre aprieta la mano con fuerza. Siempre es galante con las mujeres: «Ututuy», les dice al pasar. Y hoy es de no creer porque sigue siendo él a pesar de la muerte del único viejo que le quedaba.

«Disfrutaba —y soltaba un pequeño gritito orgásmico— cuando le pedían que apareciera en el programa de Año Nuevo».

«Contaba los días de las vacaciones, cuando le obligaban a tomárselas, como un preso a punto de salir de la cárcel».

«Y, cuando uno creía que ahora sí se iba a enfurecer con alguien o iba a dejarse tumbar, contaba hasta diez y se portaba como si todas las cosas de la vida fueran gajes del oficio».

—¡Gracias, compañeros allá en el entumecido Alpe d'Huez, por una cobertura extraordinaria! ¡Aquí embriagados de felicidad y henchidos de orgullo patriótico en la primaveral ciudad de Fusagasugá! —grita Remolina, el combativo payaso que nunca refleja los reveses ni las pérdidas ni las pequeñeces, sobreponiéndose a la certeza de que a esa hora de la mañana su tío está muerto—. Una vez más les habla su servidor Henry Molina Molina de la Asociación Colombiana de Locutores, pero en este momento de efervescencia y de calor, en esta ocasión única y feliz, entro en sus hogares para que ustedes entren en el hogar de la familia de Luchito Herrera. Y aquí estoy con doña Esther, la madre del campeón.

Remolina no se desabrocha el saco ni se sienta ni se seca el sudor que está quedándosele en las cejas.

Y se trae a la señora a la entrada de la casa junto a ese afiche enorme de Herrera, el mismo que hay en tantas puertas del país, en el que puede leerse «Lucho es paz».

—Cuénteles usted a los oyentes de PST, doña Esther, cómo va viendo hoy a su muchacho: ¿qué cree que puede pasar en unos segundos en el Alpe d'Huez?

—Yo lo veo bien ahí en la pantalla, como se le ve cuando está animado y tranquilo —responde la señora sin perder tiempo—: uno sabe que él siempre va bien, porque nos ha dado muchas alegrías, pero al final no se sabe qué vaya a pasar.

—¿Siempre ha sido así su hijo, doña Esther, siempre ha sido así de valiente?

—Desde niñito ha sido honestico, decentico y callado —contesta la señora.

—¿Y qué le dice usted, su primera patrocinadora, cuando llega la noticia de que le han hecho otra oferta para irse a correr a Europa?

—Yo la verdad creo que él está muy apegado a sus costumbres y a su jardín y a su familia porque aquí toda la gente además lo quiere mucho y sale todo el mundo a recibirlo cuando gana alguna carrera —contesta ella con ganas de sentirse orgullosa y con ganas de volver a su puesto—. Pero yo no le digo nada porque él sabe mejor que yo y porque a mí me gustaría por una parte, y por otra no por lo lejos que estaría de su casa y es un problema no poder comunicarse con él ni siquiera por teléfono porque Telecom no nos ha instalado la línea que pedimos hace tres años. Y el caso es que me hace mucha falta y estoy segura de que él quiere mucho a sus papás y a los de acá.

—Gracias, doña Esther, por sus palabras: el país entero pendiente de su hijo.

Doña Esther, que es una matrona en paz y anda con su vestido blanco sin más pretensiones, da las gracias de vuelta y lo hace demasiado lejos del micrófono. Vuelve a su puesto. Y se acerca al oído de su marido para preguntar qué se perdió mientras malgastaba el tiempo con el reportero.

—¿Y qué opina nuestro hermano menor, Orlando Herrera, que sueña con seguirle los pasos? —pregunta Remolina para que valga la pena la visita que le consiguió su jefe.

—Que ser hermano de Lucho ha significado mucho para mí porque él ya es conocido en todo el mundo, pero yo apenas estoy aprendiendo a montar en cicla —contesta el muchacho completamente concentrado en la pantalla.

—¿Y qué puede decirnos la jovencísima novia del ídolo, la escultural Gina?, ¿cómo se conocieron, cómo es él, cómo ve la etapa? —se atreve a preguntar a riesgo de volverse una pesadilla.

—Bueno, pues él es muy serio y muy sincero y muy humilde: sencillamente, él es tan tranquilo y tan callado como lo ven todos los colombianos —dice ella, pelicorta, sonriente, acostumbrada a sí misma, con una mano en alto que significa «es que quiero ver la etapa».

—¿Y alguna nota breve sobre cómo se conocieron ustedes dos antes de que nos sentemos todos a ver el final de esta jornada? —pregunta ese encorbatado reluciente pero incapaz de evitar esa pregunta de más.

—Yo un día salía de un almacén en el que estaba comprando unos útiles para el colegio, aquí en Fusa, cuando de golpe me lo encontré y me dio por saludarlo sin pensar que llegaríamos a algo en serio.

Remolina trastabilla durante un par de segundos, «eh», «eh», porque la novia del Jardinerito lo deja con una pregunta en la punta de la lengua. Reacciona de inmediato porque no tiene alternativa, claro, porque así eran los grandes narradores de la radio que él oía cuando era niño, con una perorata sobre la belleza de esa finca a la que están acercándose los vecinos y los espontáneos como fieles a punto de ser testigos de una profecía cumplida. Describe el lugar trofeo por trofeo. Retrata a la familia del héroe como una fila de niños que ya ni siquiera pestañean porque cualquier palabra de más puede desconcentrar a Lucho Herrera y echar por la borda la misión.

Y tan pronto escucha al padre de Herrera gritando «¡Lucho, Lucho!», porque una cámara ha encuadrado a su hijo entre el lote de punta que persigue a Hinault, su sexto sentido de animal de radio lo empuja a entregarle la narración a los que están allá: «¡Haga el cambio…!». Son las 9:50 a.m. en Fusagasugá. Y oír a un papá que grita palabras de aliento a su niño, que a eso se reduce la tarea de la paternidad, le devuelve la imagen de su tío muriéndose en una camilla de la sala de urgencias. Para Remolina morirse siempre ha sido algo que va a sucederles a los demás. Remolina tiene energía para cumplir con su rutina por toda la eternidad. Pero esta muerte es su peor miedo realizado.

Es el señor Velilla, el chofer descreído y harto de lo que sea que suceda, quien lo saca de ese trance: «Eso va a ganar es Hinault», le dice, y le señala la pantalla del televisor para que no se enfrasque en la certeza de la muerte.

3:50 p.m. a 3:53 p.m.

Sólo han pasado diez minutos desde que se metieron en este lío, pero han sido largos y anchos como diez minutos de la vida de una mosca. Hace un rato, apretujados en el pequeño espacio que la organización del Tour de Francia les entrega día por día, el Almirante Calderón y el Aristócrata Monroy se vieron a sí mismos entre la espada y la pared: «Dios mío», susurraron al tiempo. A mano derecha tenían a un par de reporteros suizos, el uno con una cámara JVC y el otro con un micrófono timorato, escoltados por sus compañeros de viaje. A mano izquierda tenían a los tres apostadores alemanes que venían a poner las cosas en su sitio y a cobrar las deudas.

Y el Aristócrata Monroy se santiguó por si acaso y se dedicó a parlotear y a discutir al aire hasta que tuvo que darle paso a Henry Molina Molina en la finca de la familia del Jardinerito de Fusagasugá.

Y, apenas entregó la transmisión porque no podía ya hacer otra cosa —qué más podía hacer: ¿pedir auxilio?, ¿saltar a la línea de meta?, ¿pegar un grito vagabundo?—, les dio la espalda a los cobradores gigantescos como si no los viera ni los sintiera, y fingió ante los periodistas de la televisión suiza el interés que sienten los padres por sus hijos. Quería matar con sus propias manos a Pepe Calderón, su compañero desde que tiene uso de razón. Una pareja está fallando cuando uno de los dos siente que hace todo el trabajo sucio y nadie se lo va a reconocer. De inmediato, el otro descubre, dentro de sí, una lista de reclamos pendientes: ¿de verdad tiene el estómago para entrar en un duelo de reproches?

«¿Que a usted le toca llevar esta vida de los dos como una cruz?, ¿que siempre está sacándome de líos y poniendo en orden todo y yo a cambio soy incapaz de reconocerle el enorme sacrificio que es estar conmigo? Pues déjeme decirle, señor Calderón Tovar, que el mundo no le estaría funcionando a usted si yo no le estuviera diciendo hasta qué hora es el desayuno del hotel, dónde se consiguen los taxis en Grenoble, de qué manera empacar las maletas para que le quepa hasta el último suvenir sin tener líos en la aduana, cómo lidiar con los problemas —y no darles vueltas y vueltas de animal sitiado— para que no termine el día con semejante dolor de cintura y semejante rabia».

Se había pasado la tarde pensando en dejar a Calderón —y en cómo y cuándo y por qué dejarlo— para que se diera cuenta de la injusticia que estaba cometiendo.

Se imaginaba a su antiguo compañero, pobre y gordo, pidiéndole perdón en diez años por haber arruinado la mejor relación que había tenido desde que sus papás lo dejaron.

Pero ahora además estaba aplazando los gritos que quería pegarle por haberse aliado con sus enemigos, «¡traidor!», «¡cobarde!», «¡chivato!», hasta que se vio entre la espada de los reporteros suizos y la pared de los alemanes quebradores de piernas. Repito: entregó la transmisión al corresponsal en Fusagasugá, dio la espalda a los cobradores cabezas rapadas y sonrió a los señores de la televisión como preguntándoles «¿qué puedo hacer por ustedes, caballeros?». Algo alcanzaron a decir los monos en su inglés de suizos: que querían grabarlos narrando la etapa porque en Zúrich iban a fascinar esos dos especímenes vociferando «¡Herrerarrerarrera!» como un par de posesos del trópico.

Y entonces, cuando él mismo iba a decirles «pero claro…» y ellos estaban a punto de responderle «haga de cuenta que no estamos aquí», el alemán de español precario pero efectivo lo tomó de los hombros y le dio la vuelta para poner las cosas en su lugar:

—Todo o nada, escarabajo, todo o nada —le dijo mostrándole un fajo de francos que en sus manos parecían un revólver.

Desde ese momento el alemán luchó para explicarle que «aquí tu ángel de la guarda», «aquí el gordo» Calderón Tovar había ido a buscarlos y había pagado lo que faltaba de la deuda con lo que le quedaba de su sueldo: «Y lo único que tenemos son unos viáticos para sobrevivir hasta el domingo», le advirtió el Almirante. Pero ellos se habían quedado pensando por qué no ayudarlos, por qué no apostarlo todo, «todo o nada, escarabajo, todo o nada», a quién iba a ser el ganador de la etapa reina del Tour de Francia. Estaban claras las reglas: quien gane esta última apuesta —que pondrá sobre la mesa los restos de los colombianos contra los caudales de los alemanes—, será el ganador de todas las apuestas hechas desde el comienzo y se quedará con todo el dinero en juego desde la primera partida de póker.

—You're in or you're out —balbuceó uno de los dos jugadores que nunca había hablado.

—¿Estáis adentro o estáis afuera? —repitió, en su español ceceante, el vocero del trío.

El Aristócrata Ismael Enrique Monroy, que tenía el olfato desarrollado para reconocer las trampas e igual caer en ellas, se dio cuenta de que allí había gato encerrado. ¿Qué guachafitas estaban planeando esas musarañas? ¿En qué momento sus verdugos habían decidido volverse sus benefactores? ¿Dónde estaba el fraude esta vez? Buscó con la mirada a su compañero a ver él qué pensaba de la oferta, pero estaba seguro de que iba a mandarlos al infierno: si Calderón Tovar lo perdía todo, todo —en vez de perderlo casi todo—, su mujer implacable e indomable iba a desheredarlo de inmediato, pues no le temblaba la voz para exigirle a su marido que fuera otro, ni para decirles a sus alumnos que no habían pasado el año.

El Almirante Pepe Calderón se dejó mirar fijamente pero no devolvió la mirada.

—¿Pero cómo sería la apuesta? —indagó ladeándoles la cara, gordo y dispuesto a seguirlo siendo—: ¿y si nosotros apostamos por el mismo?

Monroy puso atención a esa conversación llena de palabrejas en un par de idiomas de más: «Geld», «money», «bet», «wette». Entendió, por ejemplo, cuando los apostadores despiadados explicaron que si el Tejón Bernard Hinault finalmente llegaba de primero, como todo parecía indicarlo, nadie perdería la apuesta; si el Profesor Laurent Fignon ganaba la etapa, que era su gran aspiración según habían confesado, ellos se quedarían con todo el dinero de Monroy y con todo el dinero de Calderón, y si el Divino Niño de las Montañas Luis Herrera conseguía vencerlos a todos en el Alpe d'Huez, entonces no sólo recuperarían todo el dinero perdido —dijeron—, sino que se llevarían lo demás.

Y, aunque estaban despertándole las agallas, Monroy sobre todo se sintió avergonzado por haber olvidado que Calderón vive resignado a ser su socio.

—Vosotros dos votáis por el colombiano porque vosotros dos sois colombianos —repitió el alemán castizo, con sus gestos de loco, como el general Custer a los cheyenne— y nosotros tres votamos por el europeo porque nosotros tres somos europeos.

Con que eso era. Esos alemanes, esos germanos, esos teutones —pensó el Aristócrata, que no podía pensar una palabra sin pensarle dos sinónimos— estaban absolutamente convencidos de que Herrera iba a perder. Estaban pasándole cuenta de cobro por todas esas noches, en la mesa de póker, en las que esas cervezas espesas lo habían obligado a mear y a lanzar sus monólogos sobre cómo Colombia no dejaba de ser el paraíso montañoso e inexpugnable que es por el simple hecho de que Adán hubiera violado a Eva, Caín le hubiera hecho el corte de franela a Abel y Noé hubiera escondido 666 kilos de coca en los pisos falsos de su arca. Estaban explotándoles el nacionalismo estos cabrones que no hacían sino sentirse asqueados por el recuerdo de los nazis.

Y algo sabrían los tres tahúres sobre el futuro de la etapa, claro, algún testimonio del equipo de Fignon y algún as en la manga tendrían, para meterse en semejante lío.

—Nonononono: yo, aquí donde me ven, ya aprendí mi lección —les dijo Monroy antes de que la bola de nieve creciera.

—¡Scheiße! Pues yo no puedo creer que no creáis en vuestro compatriota —contestó el alemán españolizado después de unos puntos suspensivos de incredulidad—: ¿no habéis visto acaso cómo sube Herrera?, ¿no creéis en los vuestros?

—Herrera es demasiado joven para ganarse esto —respondió Monroy y señaló la meta con la boca—, pero nosotros ya estamos muy viejos para caer en pendejadas, en bochinches, en niñadas.

Se iban a ir ya, desilusionados y superiores, con esas sonrisas de asco que se escapan cuando un desplante no termina en violencia. Ya se habían dado la vuelta para volver a su cabina por allá en el extremo izquierdo. Y Calderón Tovar, que es bonachón pero tiene sus arrebatos, les dijo que aceptaban la oferta. Todos los testigos que sabrán desmentirme si estoy mintiendo, el Gringo Viejo Rice, la cronista Toledo, el Aristócrata Monroy y los periodistas suizos en busca de alguna figura exótica para el estricto noticiero de la noche, se quedaron pasmados ante la decisión con la que Calderón había pronunciado esa frase.

No se levantó de su lugar. No alzó la voz. No se movió ni siquiera cuando sintió que se lo estaban tomando las agrieras.

—Hoy va a ser un día histórico para Colombia —repitió, pero esta vez lo dijo como si él también supiera algo que ningún otro supiera y además estuviera convencido de ello—: vayan alistando el dinero.

Exclamaron al mismo tiempo, en cuatro idiomas por demás, igual que lo hacen los quinceañeros cuando se enteran de un secreto: «¡Guau!». Se dieron un apretón de manos. Se rieron en efecto dominó, jajejijojú, como una pandilla de niños a punto de cometer una travesura. Cada cual se dedicó entonces a lo suyo porque en las pantallas de la tribuna de prensa era claro que Hinault estaba a punto de llegar al Alpe d'Huez. Y, sin cruzarse ninguna mirada, pues ninguno de los dos había superado la vergüenza de haber odiado al otro hasta el último puerto de montaña de la etapa, el gordo Calderón y el pequeño Monroy se pusieron los audífonos para interpretarse a sí mismos ante las cámaras suizas.

—Dime toda la verdad, Marisol, ¿pasó algo con la estrella de Hollywood? —preguntó Calderón a Toledo, en nombre de él y de su compañero, mientras el corresponsal terminaba su intervención.

—Pues que lo seguí entrevistando para hacer una crónica larga —contestó ella, con su voz amorosa y tajante, para reventar esa burbuja de una buena vez.

No dijo lo que tendría que haber dicho después con los brazos en jarra: «¿Qué más podría haber pasado?». Sintió que aquella frase, «que lo seguí entrevistando...», era suficiente para dejarles en claro que aquel triángulo amoroso pasaba día por día por día en sus cabezas. Sin ponerlos en ridículo. Sin humillarlos. Sin darles lecciones de principios ni explicarles los nuevos tiempos a ese par de tontos inofensivos. Lo cierto era que desde la muerte de su padre los hombres le gustaban mucho, pero sólo los fines de semana, y le parecían fascinantes, pero no como para sufrir por ellos. Su novio, el enamorado y manso Luc, siempre estaba al lado —y no la malentiendan— como un perro. Jamás rogaba atención. Iba al lado. Y esperaba, en paz, su hora.

Ja: el día en que la llevó a La Cinémathèque française a mostrarle su película preferida, el triángulo amoroso

222

Jules et Jim, fue el único día que lo vio molesto, pero luego él mismo reconoció que cualquiera podía dormirse en cualquier misa.

Qué raro debe sentirse ser un hombre. Qué presión. Qué vigilancia. Qué necesidad de ser fuerte y ser notorio y qué duro vivir para ganarse la muerte. Qué difícil para ellos, hoy en día, seguir siendo ellos y al mismo tiempo ser iguales a ellas: ser buenos maridos, buenos padres, buenos hijos después de tanto tiempo de vivir libres y salvajes. Hay unos cuantos que, como Luc Skywalker —que así le dice ella a su novio—, sienten que están en el mundo para acompañar a sus esposas: «Lo que tú quieras». Hay muchos que no consiguen sobreponerse a la violencia porque es la única supremacía que les queda —y para seguir viviendo necesitan conservar esa hegemonía— sobre las mujeres que se van encontrando en el camino. Están estos, los cándidos e inofensivos Calderón y Monroy, atropellados por los tiempos que corren, pero demasiado ocupados en las cosas del día para entender por qué sus mamás no les lanzaban esos monólogos tristes a sus papás y por qué el mejor matrimonio que tendrán es el de los dos: «Gracias, mi querido profesor…». Y está el gringo Red W. Rice, claro, está el viejo enjuto de sombrero y traje a la medida y pipa que ve el mundo con la compasión de un fantasma arrepentido pero a punto de hacer las paces con sus propios errores.

—Que aquí mi maestro, nadie más y nadie menos que el señor Red W. Rice, me va a enseñar a convertirlo en un perfil para el *New Yorker* —agregó Marisol Toledo, enamorada de todo y sabia a su edad, como pidiéndoles que se pusieran orgullosos igual que un par de tíos que no saben inglés.

El lánguido y despejado mister Rice —cuya hija, que definitivamente no le quiere hablar por haberse ido tantas veces, también tiene un novio para que nadie la joda más— asiente como un padre orgulloso y un poco cansado de todo y deja escapar una risita ante el desconcierto de los locutores de PST: «You're The Sunshine Boys, my friends, you're old», les dice, «si pudieran verse las caras ahora mismo…». Hay hombres como él, viejos en el mejor de los sentidos, resignados a la suerte del mundo, dispuestos a morir con los zapatos embolados, conscientes de que incluso de viaje hay que hallar pronto rutinas para que la mente no se vuelva en contra, seguros de que tener pocas cosas y tenerlas en orden es la mejor manera de esperar el fin. Hay veteranos de mil y una noches como él, pero él, que quiso ser joven en los sesenta y los setenta y cometió el error de intentarlo, es el único que está siempre en el lugar y en la lengua de los hechos.

—«Mi madre me criaba pa chalequera pero yo le he salido pantalonera» —les cantó Marisol Toledo, dichosa de que hubiera llegado ese día, antes de que reasumieran la transmisión.

Y con los audífonos puestos y los micrófonos en las manos y las escarapelas como escapularios, bajo los toldos naranjas de las tribunas de la prensa y ante las pequeñas consolas y las pequeñas pantallas en las que ya se veía a Lucho Herrera asumiendo el liderato del tropel que perseguía a Bernard Hinault, el Almirante Calderón y el Aristócrata Monroy se lanzaron a narrar el último premio de montaña de la etapa sentados en sus sillas de lata. Eran las 3:50 p.m. El helicóptero de la televisión francesa volaba sobre sus cabezas. De los condominios y los hoteles y las vallas y los cincuenta y tres carros venía un rumor de aquellos que no existen sino hasta que se acaban. Los picos de los Alpes les detenían el horizonte. El cielo estaba pálido pero seguía azul, y las nubes parecían escondidas detrás de las montañas. Ondeaba frente a sus ojos una enorme bandera francesa. Y, como una cámara de la televisión suiza grababa el momento para la posteridad, no se atrevían a darse una mirada de reconciliación:

—¡Haga el cambio…! —aulló Remolina desde la casa del Jardinerito de Fusagasugá.

—¡Con Rimula que mantiene la viscosidad y el motor le dura más! —contestó la voz rescatada de Monroy.

—Señoras, señores, volvemos al relato de esta decimoséptima etapa del septuagésimo primero Tour de Francia, mi apreciado narrador ocañero, con la ilusión de poner en su lugar a todos aquellos que nos han dado por extras en este largometraje —comentó la voz noble de Calderón antes de que su compañero retomara la narración de los hechos—: propios y extraños tienden a sentenciar a nuestros pedalistas cuando tienen un mal día, cuando se les ve la inexperiencia, cuando pierden siete minutos en la contrarreloj y en el pavé, cuando se paran al lado de aquellos camajanes europeos que son invencibles en la teoría (ay, lo que se ha dicho de Agudelo y de Cárdenas y de Cabrera y de Wilches y de Jiménez), pero yo quiero verlos a ustedes pedaleando siete horas seguidas bajo la puñalada del sol a ver si acaban vivos, a ver si son capaces, por ejemplo, de la gesta que está encarnando Luis Alberto Herrera Herrera.

—«¡No nos crean tan pendejos!», decía mi señora madre cuando se sentaba a leer el periódico que ya había leído mi padre —continuó Monroy, echándose un poco de Menticol en el cuello, con la sensación de que la espuma de la apuesta estaba subiéndole desde el estómago hasta la garganta—. Si mi memoria no me es infiel, que tarde o temprano la vida le paga a uno con la misma moneda, estamos siendo testigos de una etapa inédita, pues nunca un francés había estado tan cerca de la victoria aquí en el monumental, colosal, morrocotudo Alpe d'Huez: aquí viene el tetracampeón Hinault, Hinault, Hinault, con paso de animal herido y rictus de penitente y mirada en lontananza de capitán de un trasatlántico que se resiste a cometer los mismos errores que se cometieron en el Titanic.

—La palabra del diccionario es «espíritu» —concluyó Calderón.

—Y querido profesor Pepe Calderón Tovar: déjeme decirle al aire, frente al auditorio de todos los oyentes de la emisora PST Estéreo del Grupo Radial Colombiano, que a pesar de sus dotes de líder ha llegado la hora de que su sobrenombre no sea el Almirante sino el Poeta —dijo el Aristócrata con su temor al silencio y su ráfaga de voz—. Yo no soy todavía un hombre viejo, no, apenas soy lerdo y desconfiado, pero sí puedo decirles que en todos los años en los que he estado entregándole mi cuerpo y mi alma a la radio nunca di con una voz que dijera las cosas tan bien: tanto en el ajedrez rectangular del fútbol como en el via-crucis del ciclismo no he encontrado nunca a otro hombre que como Pepe mereciese ser llamado el Poeta.

Y fue eso, en últimas, lo que acabó de suceder: que el señor Calderón Tovar, que jamás se ha atrevido a llevar a cabo el célebre ejercicio de la confianza —o sea que en las reuniones del GRC jamás se ha dejado caer de espaldas con la seguridad de que alguien va a recibirlo en sus brazos mucho antes de que se dé el porrazo—, se sintió a salvo y se sintió reconocido por primera vez en la vida. Bueno, quizás «por primera vez en la vida» sea una exageración, pero Calderón sintió, en efecto, que su compañero por fin estaba dándole las gracias por todo. Algo así balbuceó al aire de inmediato mientras simulaba unas tijeras con su dedo corazón y su dedo índice. No fueron capaces de mi-rarse a los ojos. No se dieron la mano ni lloriquearon «per-dón». Monroy le pasó a Calderón el Halls Mentho-Lyptus de la paz con la vista al frente. Y quedó claro que habían cambiado de problema.

Adiós a los chistes pesados como muestra viril de afec-to: ya no más «aquí el gordo es el único perro del mundo que no levanta la pata cuando orina» ni más «póngase a pensar que don Pepe Calderón Tovar fue el espermatozoi-de más veloz».

Desde que el Almirante Calderón pasó a llamarse el Poeta Calderón, en nombre de Dios, el problema ha sido que estos dos se quedarán sin un puto peso partido por la mitad si Herrera no es capaz de ganarse esta etapa.

Pero Calderón se quita los zapatos para que se le aireen los pies y se vale de todos sus agüeros: se mordisquea las uñas, se pone en la oreja un lápiz número dos que llevaba en un bolsillo, revisa la fotografía de sus padres que carga en la billetera y se peina el pelo que le queda hacia la meta mientras se dice a sí mismo «el que se quedó, se quedó».

Empieza el final. El Monstruo Bernard Hinault sale de Le Bourg-d'Oisans dispuesto a ganar o morir. Se levanta en los pedales por un momento, pero pronto se sienta para que nadie eche a correr el rumor de su lucha, de su esfuerzo, mientras toma la primera curva del Alpe d'Huez. Allá va. Ya está subiendo. Paul Köchli, el viejo ciclista suizo que a los treinta y siete años se ha convertido en el primer director de La Vie Claire, se le acerca para decirle —desde la ventana del carro blanco que él mismo conduce— que el grupo encabezado por Fignon sigue pedaleando a cincuenta y siete segundos de diferencia. El Aristócrata narra lo que ve ante las cámaras. El Poeta reflexiona al respecto. Y a los dos se les escapa al aire la pregunta de dónde estará Herrera.

3:53 p.m. a 3:55 p.m.

Fue a unos diez kilómetros de Le Bourg-d'Oisans, en la octava etapa del tour de 1935, donde el ciclista sodupeño Francisco Cepeda salió volando y se dio el golpe en la cabeza que lo mató tres días después. El vasco Cepeda, que creció en euskera y rodeado de las pequeñas montañas del municipio de Sodupe, cayó en una curva del descenso embrujado de Rioupéroux «cuando marchaba —precisa el diario *La Vanguardia* en su edición del día siguiente— a una velocidad de cincuenta a la hora». Tuvo que ser trasladado en un furgón al hospital de Grenoble. Nunca recuperó la consciencia. Unos dicen que fue atropellado por un idiota. Otros aseguran que hacía tanto calor aquel jueves 11 de julio que se le desprendió el tubular de una llanta. Sea como fuere, hoy es el fantasma voluntarioso de estos parajes.

Según su padre, su «Aita», que lo adoraba aunque fuera ingobernable, Francisco era algo subversivo y compasivo y salvajemente terco, y también era un ciclista estudioso que solía infundirles ánimo a sus compañeros. Se le daban mejor las clásicas de un día que las carreras de tres semanas. Hacía un año había tomado la decisión de retirarse, por supuesto, siempre es así. Estaba poniendo en marcha negocios que le daban mucho más dinero que el ciclismo. Pero no fue capaz de rechazar la invitación a formar parte del equipo español en el Tour de Francia por última vez. Tenía apenas veintinueve años el día de su muerte. Su hermano Gerardo estaba al lado de la camilla cuando sucedió. Un puñado de compatriotas rezaban por él a la salida del hospital.

El técnico de España sugirió a los demás corredores, por supuesto, que se retiraran en señal de duelo. No pasó.

Los sodupeños se pararon contra la baranda del puente de piedra sobre el río Herrerías, oscuro y lleno de musgo, con la intención de reconocerse las caras acongojadas y despedirse del ciclista junto al agua. Eso era, por lo menos, lo que contaba el padre de Zondervan las pocas veces que se tomaba la palabra: que el mundo de 1935 se había paralizado luego del accidente de Cepeda y que él mismo se había puesto de rodillas a pedirle a Dios que dispusiera de aquel cuerpo si acaso no tenía paz y que en sus varios años sobre la bicicleta —«cuando aún no me libraba de la parafernalia de la juventud», dijo— siempre escuchó que el fantasma del ciclista vasco se había quedado rondando por los lados de Le Bourg-d'Oisans: por acá.

Se supone, y es claro para Manfred Zondervan, que ha dejado de alucinar, que la tragedia sucedió en esta rampa de Rioupéroux.

Y él siente escalofríos, como corrientazos de alerta, cuando reconoce las piedras y los follajes del sitio que su padre le pintó tantas veces, pero pronto tiene que abandonar lo que está pensando porque un hombre les grita que de seguir así van a llegar fuera de tiempo: «¡Kontuz!». Digo que «les grita» porque a fuerza de nada, de repetirse «voy a terminar», «voy a terminar», Zondervan está a punto de alcanzar en las calles de Gavet a ese ciclista vasco del Reynolds —también por él está pensando en el espectro de Cepeda— que lleva el número 14 en la cintura y se llama Julián Gorospe y es famoso en el pelotón por haber perdido la Vuelta a España de 1983 con Bernard Hinault en la batalla de Serranillos: sí, la etapa aquella.

Zondervan se ve mucho mejor. Parece un holandés enfermizo que sin embargo va a morir cuando le dé la gana, pero al menos ya sus venas no están a punto de estallar y sus huesos no están empujándole la piel y su piel no es una membrana blanca como una telaraña. Parece que estuviera rezando, porque algo murmura mientras pedalea y pedalea mirando al piso, pero está diciéndose eso de «¡vamos, vamos!» como recobrando el propósito y el decoro y el sentido del ridículo. Tiene al pobre de Gorospe, de veinticuatro años, a unos diez metros nada más: el vasco siente que está pesando el doble, y está perdiendo la fe porque no hay que ser un viejo para tener un mal día, y de no ser por la llegada de Zondervan es seguro que se bajaría de la bicicleta.

Son dos ahora y nunca sobra ser dos. Se van hombro a hombro, olvidados por los organizadores, por los aficionados y por los cronistas, como un par de humillados que se sacuden el orgullo y aceptan la segunda oportunidad que se les da. Hay una escena de *Operación Trueno*, de 1965, en la que el agente 007 James Bond salva por muy poco de la muerte —en un baño, por Dios, hay un matón en la ducha— a su amigo el agente de la CIA Felix Leiter: lo que sigue, si Zondervan mal no recuerda, es Leiter preguntándole a Bond «¿cuál es nuestro paso a seguir?». Continuar. Aumentar este ritmo, así, de aquí hasta el Alpe d'Huez como si esto no fuera un horror, sino una fuga. Relevarnos de kilómetro en kilómetro.

De seguir como iban, corrían el riesgo de llegar fuera de tiempo, pero ahora que se han mirado a los ojos —y son dos hombres que se han visto en la nada después del Apocalipsis— marchan a 50 por hora.

En el Prólogo de este Tour de Francia, en el que fue el mejor español a sólo diecisiete segundos de Bernard Hinault, Gorospe consiguió que el técnico de su equipo le diera carta blanca para disputarles la camiseta amarilla a los franceses en nombre de los españoles, y sin embargo él, al día siguiente, solamente se atrevió a prometerle a un periodista del diario *El País* que esta vez no iba a retirarse de la carrera. Gorospe ha estado sospechando que es mejor para las clásicas de una semana. Hoy ha estado padeciendo ahogos y hormigueos que no se los desea a nadie. Se ha jurado a sí mismo no bajarse de la bicicleta como terminó bajándose el año pasado. Y le ha parecido que Zondervan, el engominado Zondervan, es un ángel de Dios.

Frater Zondervan, el sobreviviente, ha corrido lo suficiente en la vida como para tener claro que es justo en este momento cuando el ciclismo se llama ciclismo, cuando se ha salido del miedo y del hambre de lobo, y por hoy se ha descartado la muerte, y se ha entrado en la zona en la que pedalean quienes no temen ya a decirles a los camaradas «yo te quiero» mientras se les resguarda del viento, y se asume el misterio de estas etapas que producen lagunas en la memoria, y se consigue que la mente alcance y recobre las riendas del cuerpo desbocado. Por principio es mejor no creerles a los ciclistas, pues todos envidian a todos y tienen mentalidad de patio de prisión. Salvo en estos kilómetros desoladores en los que uno le contagia al otro amor propio y aguante hasta el final.

Cómo explicárselo a quienes no han vivido esta vida a lomo de bicicleta, ¿ah?, cómo describirles ese minuto de gracia en el que se recobra el aliento y el espíritu vuelve a vestir el cuerpo: un, dos, un, dos, un, dos.

Zondervan siempre ha creído que el fin de su primer matrimonio puede ser un buen ejemplo.

Sólo ha hablado del tema un par de veces porque sólo un par de veces no se ha ido a la cama temprano. Su primer matrimonio se terminó porque todo indica que él nunca jamás iba a dejar de ser el hombre ensimismado que era, gregario en cuerpo y alma en los equipos en los que siempre encajó con alma de camaleón —la gente suele acercarse a Zondervan como si estuviera mirándose en el espejo—, y concentrado en lo que tenía enfrente hasta perder de vista lo que tenía al lado, y anestesiado y aséptico a la hora de encarar sus emociones, pues cuando el oficio de uno es sobrevivir suele vivir sin estar presente. Ella lo fue dejando. Ella le fue infiel una, dos, tres veces. Y el día en el que tomaron fuerzas para decirse la verdad, que era la palabra «dag», se dieron cuenta al tiempo de que habían seguido juntos más de la cuenta para no tener que volver a ser ellos mismos: huérfanos años después. Y fue entonces cuando ella paró a cuestionarse a sí misma —y allá atrás está— y él prefirió seguir adelante hasta tropezarse con Cloé.

—Si no te conociera, pensaría que te ha ido mejor que a mí —le dijo su primera mujer la última vez que se cruzó con ella en Rijpwetering.

Porque hay dos maneras de tomarse esta clase de etapas: bajándose de la bicicleta a contar las pérdidas o pedaleando hasta reconocerse a uno mismo otra vez.

Tuvo un breve romance con una médica alemana, la temible doctora del TI-Raleigh-Creda, animado por su jefe de filas Joop Zoetemelk. Quiso probarse a sí mismo entonces que era capaz de plegarse a su pareja e hizo a pie juntillas lo que la terapeuta le dijo que hiciera: «Ven», «vete», «vuelve acá». Su nombre era Amara. Era una buena persona que no tenía tiempo para nadie. Odiaba la posibilidad de ser la novia de alguien y quería estar sola un poco más que los demás mortales. Pronto se dijeron adiós, «auf Wiedersehen», como un par de contratistas que ya habían entregado un proyecto. Y él se permitió enamorarse de Cloé un día en el que a pesar de todo —he aquí otro buen ejemplo de espíritu que regresa el cuerpo— le pareció que se lo merecía.

Es eso lo que está pasando ahora con Zondervan. Cloé, su segunda esposa que a la larga es la única, no logra entender por qué un hombre bueno sigue viviendo esa vida de penitente privada de familia y de consuelo a medianoche. Su madre, Miriam, les cuenta a sus amigas en el restaurante que anoche soñó que su hijo se ganaba el Tour de Francia antes de bajarse de la bicicleta para siempre. Y, a fuerza de oírles las voces cuando sólo se escucha el runrún de la cadena, él de golpe tiene la tentación de irse a pie y de golpe tiene la tentación de buscar la victoria, pero luego se escucha a sí mismo diciéndose que siempre hay que llegar hasta el final y que al final nadie lo va a salvar a uno de su propio juicio.

Baja un poco el ritmo y se sienta en la bicicleta porque entiende que lo mejor es mear antes de redoblar el ritmo. Gorospe le pregunta «¿pisse?», con el viento en contra, porque Zondervan es uno de esos viejos zorros a los que todo el mundo mira de reojo —la gente del pelotón anota su número en la palma de la mano— para saber qué momento puede ser bueno para orinar. Deberían detenerse y buscar un rincón lejos de las miradas de las niñas. En cambio, como no hay nadie alrededor, pues ya han superado el fantasma de Rioupéroux y los balcones de Livet, se acercan a la orilla y se abren las pantalonetas y orinan sobre la bicicleta. Se apoyan el uno al otro, por turnos, para no perder el equilibrio. Y luego siguen y tratan de recuperar el ritmo que traían.

Cloé le diría «pero por Dios, Zondervan, quién quiere mear sobre ruedas hasta viejo». Miriam balbucearía «a mí no me cuentes estas cosas: ven el domingo a ponerme un par de bombillos en el corredor, hijo, que a mi edad cualquier caída es la de la muerte». Si algo tienen las dos mujeres en común, ahora que lo piensa, es su impaciencia, su incapacidad de comprender cuál es la gracia de ser la Penélope de un Ulises que regresa con un par de regalos sin gloria. Si su esposa en verdad está embarazada, que ella le lanzó esa sospecha en el umbral de la puerta de salida antes de que empezara este tour por Francia —y que será el fin de su carrera, por supuesto, pues Cloé se niega a tener un bebé con un padre ausente—, su madre por fin tendrá un trofeo.

Y será sagaz y dirá a sus compañeras que ella siempre tuvo claro que su hijo iba a dejar huella en el nombre de sus padres.

Es increíble que no lo hubiera entendido antes, pero, como dicen los viejos del muelle de Rijpwetering, «beter hard geblazen dan de mond gebrand»: «Mejor soplar con fuerza que quemarse la boca», mejor prevenir que lamentar, mejor tener un hijo ya, a los treinta y siete años, que perder a esta mujer que lo puso a vivir hacia delante y le sabe los silencios y le responde con un «no» tajante cuando él le dice «soy así», y mejor también terminar la etapa reina del Tour de Francia a punta de espíritu y de rabia consigo mismo y de golpes de lucidez para que esta no sea la historia del gregario que un día echó el trabajo de una vida por la borda, y más bien sea el relato del ciclista curtido que recordó a tiempo que esto es sobre llegar al otro lado, nada más, nada menos.

Ahora la cantaleta de moda es el «hay que entrenar en las estaciones de esquí para llenarse de glóbulos rojos y atajar a los malditos colombianos en la montaña». Ahora andan inventándose brebajes secretos para subir el puto hematocrito. Y siempre fue así: el emperador romano Teodosio I prohibió las Olimpiadas en el 393 antes de Cristo porque —según declaró— los atletas que acudían a menjurjes secretos las habían convertido en un cultivo de trampas. Pero en el ciclismo es doblemente absurdo porque quien esté corriendo para ser rico o para ser famoso o para ser otro o para vengarse —quien no esté corriendo por correr, sino sólo para ganar, mejor dicho— está cometiendo un error muy común y muy tonto.

Zondervan sigue allí, encorvado sobre su bicicleta *Campagnolo* y abandonado por la desilusionada gente del Coop-Hoonved, con la misma sospecha con la que ha corrido todos estos años a pesar de todo: que lo opuesto es morir y es morir antes de llegar al final.

¿Y si su hijo es un hija?: ¿también querrá que trate de describirle otra vez qué se siente cuando se observa la larga fila del pelotón por encima del hombro, o cuando se escucha en alguna radio que por fin se está reduciendo la diferencia con los fugados, o cuando se ve subir a un escarabajo con cara de que subir es como cualquier cosa de la vida, o cuando se cae en cuenta de que la caravana de un Tour de Francia mide por lo menos un kilómetro, o cuando la consecuencia de una caída no es un hueso roto ni un raspón en una rodilla, sino la desmoralización de un equipo, o cuando se sospecha que lo mejor va a ser seguir siendo un monje porque para qué, querido Dios, ser un padre que se pierde los cumpleaños de los hijos?

¿Y si dice que sí a entrevistarse con el tal Dustin Hoffman?, ¿no le dará una buena suma de dinero por asesorarlo?, ¿no significa «Hoffman», «Hofmann» en alemán y «Hofman» en holandés, un mayordomo o un gregario?

Al ver los titubeos del serísimo Manfred Zondervan, que se ve menos decidido por la boscosa Route de l'Oisans, el vasco Julián Gorospe se pregunta durante algunos segundos si orinar habrá sido un alivio o un retraso irremediable. Un periodista de *L'Équipe* escribió alguna vez, en un artículo sobre los pedalistas holandeses de finales de los setenta, que Zondervan era «un peón con la autoridad de un rey», pero ahora mismo, desde el punto de vista de Gorospe, es un alfil en una esquina inútil del tablero. Hasta que aparecen en la distancia un par de motos que se les van a volver el punto de referencia que estaban necesitando y el preparador empieza a pitar desesperadamente en el carro acompañante de la Reynolds.

Gorospe es el que entiende lo que está pasando porque Zondervan está mirando al piso.

Y es esto: que alguien ha escrito ese nombre que significa «sin nombre», Z-O-N-D-E-R-V-A-N, en el mismo camino en el que los aficionados han escrito los apellidos de los favoritos.

Gorospe le pone una mano en el hombro a Zondervan para mostrarle lo que está pasando bajo sus ruedas. Zondervan sigue el dedo índice de Gorospe hasta que es capaz de leer su propio nombre sobre el asfalto. Cada quien reacciona a su altura, sí, no hay que ser sabio para comprenderlo, pero es algo que uno tarda en comprender.

Y en cualquier caso, sea lo que fuere, Zondervan simplemente deja escapar una risotada de hombre serio, jajajajajá, un grito para reasumir la batalla. Y lo hace porque en un primer momento le parece obvio que, para jugarle una broma pesada, alguien ha escrito el apellido de su padre como si fuera el apellido de un ídolo. Y deja de reírse unos segundos después, y además se traga lo reído, pues se le pasa por la cabeza la posibilidad de que todo haya sido obra del fantasma de Cepeda.

No teme. Ni siquiera ahora que se le está confundiendo el fantasma de Cepeda con el fantasma de su padre. En cambio, ante el recuerdo de su papá contándole cómo rezaban los sudopeños para que su ciclista no muriera solo en un hospital de Grenoble, sospecha e imagina una serie de plegarias por su buena suerte, y luego comprende que está viviendo la gesta que contará desde aquí hasta que envejezca cuando necesite romper el hielo. Está completando la historia que va a definirlo. Está pedaleando al lado de un vasco que merece la reivindicación, por estos parajes que devoran pedalistas, para llegar el clímax de su drama: «¡Y "la Tortuga" Zondervan se salva por poco de llegar fuera de tiempo, pero lo suyo más bien parece una victoria!».

Despierta. Se le viene a la cabeza la sonrisa de Bond en *Operación Trueno* cuando se dice a sí mismo «sorry, old chap, better luck next time». Se encoge y se lanza hacia adelante para embestir el calor y el viento. Se pone al frente del dúo con un ritmo que luego en la noche va a pagar caro.

Y, piense lo que piense el atónito Gorospe, que aguza el oído y se acerca más y más, canturrea para no tener entre la mente otra cosa aparte de la meta:

L'enfer du Nord Paris-Roubaix (Tour de France, Tour de France)

237

La Cote d'Azur et Saint-Tropez (Tour de France, Tour de France)
Les Alpes et les Pyrénées (Tour de France, Tour de France)
Dernière étape: Champs-Élysées (Tour de France, Tour de France)

Galibier et Tourmalet (Tour de France, Tour de France)
En danseuse jusqu'au sommet (Tour de France, Tour de France)
Pédaler en grand braquet (Tour de France, Tour de France)
Sprint final à l'arrivée (Tour de France, Tour de France)

Crevaison sur les pavés (Tour de France, Tour de France)
Le vélo vite réparé (Tour de France, Tour de France)
Le peloton est regroupé (Tour de France, Tour de France)
Camarades et amitié (Tour de France, Tour de France)

Es una mente que se ha tomado y se ha esparcido por un cuerpo. Es una máquina sobre una máquina sobre una vía libre. Es un propósito sin atenuantes. Cada vez se acercan más a las motos de la caravana, él y Gorospe, a la altura los dos de esa leyenda en marcha. Pedalazo a pedalazo cruzan, a las 3:55 p.m., el bosque de fábula que termina en Le Bourg-d'Oisans. A unos doscientos metros puede ver, si aprieta los ojos de hombre a punto de deshacerse de la parafernalia de la juventud, un quinteto de gregarios —¡ese es Signoret, el optimista!— que se le han rendido a la fuerza de la naturaleza. Enfrente, vuelto un mito del Antiguo Testamento que en verdad existe, se ve el ceñudo e imponente Alpe d'Huez.

Pero Zondervan, Manfred Zondervan, le promete a su hija que ya no tiene miedo.

3:55 p.m. a 4:01 p.m.

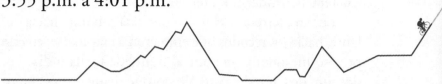

Esto es el Alpe d'Huez. Aquí se siente el asma y el apremio de la muerte aunque la suerte se ponga del lado de uno. En doce kilómetros interminables e inmarcesibles, la suma de veintiún recodos que suelen contarse del veintiuno al primero y que sólo los superhombres pueden recorrer en media hora, se va pasando de 720 metros de altitud sobre el nivel del mar a 1.860. Hay un momento de la cuesta, hacia los 1.500 kilómetros en una pequeña comuna turística que se llama Oz-en-Oisans, en el que empieza a enrarecerse el aire y a azularse la piel. Se desencaja la mandíbula desde el principio de la pendiente. Se piensa mal desde el tercer kilómetro, en duermevela, porque se tiene la sensación de que eso nunca va a acabar. Pero es en aquel balneario encajado en la montaña en donde comienza a rasparse la locura.

Son las 3:54 p.m. cuando empiezan a subir esta pared: 3:55 p.m. ya. El azul del cielo está aclarándose, de arriba abajo, como tomando el último color de la luz. Los costados verdes del camino, pastizales empinados e inexplorados, están repletos de desplumados y de acampadores con los brazos en jarra. Hay cientos de carros a lado y lado de la vía. Desde aquí pueden verse las motos de la televisión, de la radio y de la policía. El Tejón Bernard Hinault todavía le lleva treinta y un segundos al grupeto desgranado que ya ha salido del aturdimiento y ya se ha puesto de acuerdo en perseguirlo. En el piso gastado por el sol pueden leerse los nombres de los hombres que están moliéndose a sí mismos para alcanzar la punta: Fignon,

Arroyo, Millar, LeMond, Simon, Roche, Zimmermann, Zoetemelk, Anderson, Herrera.

Lucho Herrera es el único que está mirando hacia delante, hacia los recodos que empiezan a empinarse, en este preciso momento. Se pone al frente de la fila india, un, dos, un, dos, un, dos, no sólo porque siente que es el momento de probar qué tan fuertes están quienes lo siguen, sino, sobre todo, porque ya no le ve sentido a tener a nadie cerca. Herrera respira hondo y se balancea en la bicicleta. Pega un arranconazo en la curva veintiuno, o sea un mordisco brutal, que los pone a todos a maldecir a su manera: «Merde!», «¡Hijoputa!», «Fuck!». Los espera un momento, a Fignon, a Arroyo y a Millar, como suele hacerlo cuando está pensando en jugársela toda. Y sigue su paso rítmico e inclemente en la curva número veinte.

De golpe le cae un chaparrón de agua que algún aficionado ha lanzado al aire desde un balde de plástico. Sigue el chorro que le lanza un aficionado que viste la camiseta de la Juventus. Aparece entonces un niño rubio sin ton ni son que se le pega al lado y corre y le grita que es el mejor durante dos eternos minutos. Se le cruzan un par de bárbaros de esos que pueden hacer caer a cualquiera y que ponen a sufrir a todos los que están mirando la etapa: «¡Uy!». Fignon le sigue el paso endemoniado a pesar de los consejos que le grita Cyrille Guimard, su técnico, desde el carro acompañante del equipo: «A votre rythme, Laurent!». Se hace el sordo porque quiere ganar. Pasa al Jardinerito de Fusagasugá un momento, y se pone el frente en la curva diecinueve, para advertirle que no va a ser nada fácil dejarlo atrás.

Un poco más abajo, pero en el mismo grupo que persigue a Hinault, el colombiano Rafael Acevedo los deja parados a todos —a sus propios compañeros incluso: a Alfonso Flórez, por ejemplo— consciente de que a los ciclistas del pelotón se los está tomando el pánico y convencido de que puede convertirse en un bastón para el líder

240

de su equipo. Son las 3:58 p.m. La voz de Jorge Tenjo, enmarcada por la ventana del carro colombiano, es un grito de independencia: «¡Vaya, Rafa, vaya!». Están olvidando para siempre Le Bourg-d'Oisans y están cruzando el bosque tupido de La Garde. Y la fuga de Acevedo es una manera de poner las cartas sobre la mesa: una declaración de principios y un reconocimiento de lo que va a venir.

Rafael Acevedo recorre el grupo ciclista por ciclista y lo hace estallar y luego se acomoda —es una ola que se calma entre el mar— para dejar en claro que en cualquier momento vendrá el contraataque de su jefe de filas.

Cómo es que suben estos malditos colombianos. Cómo hacen para trepar y trepar como si el padecimiento fuera su hábitat. No hay que ser un experto para comprender que un equipo puede ser un buen equipo en el terreno plano sin mayores sobresaltos. Y que en la montaña, en cambio, siempre es cada uno por su lado y que sea lo que Dios quiera. Y sin embargo es entonces, en el calvario y en el martirio de las montañas del mundo, cuando «los escarabajos» dejan de ser hombres escuetos como *cowboys* y pierden el miedo que los entorpece en los descensos y conservan la calma que se les nota a los melancólicos y a los pesimistas cuando el mundo se está terminando. Son mártires hechos al martirio. Escalar los revive y les duele en paz.

Y, mientras los demás lanzan gorras y cascos a los precipicios, mientras los rivales se abren las camisas para evitarse el sofoco y tratan de cambiar de velocidades cuando ya no quedan más, Acevedo suelta una sonrisa resignada y semejante a una plegaria por los que no están hechos a estas rampas.

Kilómetro 140 de los 151 de la etapa número 17 del 71.º Tour de Francia. El Jardinero Lucho Herrera se pone al frente de nuevo para recordarles a todos los demás —así es que hace en el Alto de La Línea, en el Alto de Letras, en el Alto de San Miguel— que suyo es el reino y suyas son las reglas del juego. Se va una vez más de un grupo que ya no es un grupo sino un rastro: Arroyo… Millar… Le-Mond… Simon… Baja un poco el ritmo, por unos segundos, para contraatacar a aquel que ose seguirlo. Fignon se le va detrás porque quiere ir detrás de Hinault, porque siempre quiere ganar y porque —conviene recordarlo ahora que pone cara de loco— se ha prometido a sí mismo que será el primer francés en conquistar el Alpe d'Huez.

Y apenas siente una rueda delantera rozándole la rueda trasera, enfrascado en plena curva dieciocho, Herrera se deshace de todas las voces que ruegan a los ciclistas una cosa o la otra: «Calma», «paciencia», «valor».

Y se acepta a sí mismo el consejo de irse de una vez solo para que no le estorbe lo que no le está sirviendo.

Fignon se voltea a ver a Guimard a la espera de una respuesta: «¿Qué hago?». En Colombia lo han estado llamando «el indeseable» porque le quitó a Herrera el primer lugar de la contrarreloj mitad plana mitad montañosa de ayer. En Francia lo han estado proclamando héroe nacional —y además tiene puesta la bandera azul, blanca, roja, luego de ganarse el campeonato francés— desde que empezó a llegar de primero en las carreras de fondo: no debería ser necesario tener un solo monarca a estas alturas, luego de la revolución de la libertad y la igualdad y la fraternidad, pero de la noche a la mañana estar con él ha sido derrocar y despreciar a Hinault. Todos, los que lo están odiando y los que lo están coronando, le gritan que se lance. Y, con la mirada entrecerrada, pregunta a Guimard «¿qué hago?: ¿salto ya, espero, ataco?».

Fignon no espera la respuesta, no, se lanza con toda su rabia y toda su impaciencia de campeón demasiado joven en busca de las riendas del colombiano desbocado. Un hombre de gorra que nunca volverá a ver le ordena «¡ve!, ¡ve!». Una mujer le grita «allez, Laurent, allez!» como si se conocieran desde el colegio. Y él se ve a sí mismo meciéndose con fuerza para alcanzar al pequeño Superherrera, sí,

«Superherrera» está diciéndole porque el suramericano está portándose tal como se portó —Fignon lo vio con sus propias gafas— hace unas semanas en las carreteras de Colombia. Y se repite «yo soy el único», «adiós», «quien sale de amarillo aquí, en el Alpe, se gana el Tour de Francia», para alcanzar al escarabajo bendito.

Puede hacerlo. Tiene aún energías para hacerlo. Tiene piernas y tiene venas de las piernas para alcanzarlo, pero, como todo campeón es campeón porque sospecha a tiempo, duda de lo que está haciendo ahora. Y además nada que le llega a Herrera: ¿y si insistir en ir detrás del 141 es un error?, ¿y si lo alcanza y lo sigue y trata de ganarle la etapa en el último kilómetro, pero se muere al día siguiente?, ¿y si aún no ha llegado donde va el colombiano porque es imposible? Guimard, que lo conoce de memoria, se le acerca antes de que cometa una locura: «Viens ici». Fignon se acerca a la ventana a preguntarle a su técnico «¿qué sigue?». Y, transformado en un equilibrista en puntillas, insinúa que perseguir al colombiano puede ser su peor error.

—Ve por Hinault —le dice el técnico de la Renault a su capitán en la curva número dieciocho.

Es mejor no perder el tiempo y el espíritu en el intento de ganarle esta etapa a un escalador que está refundando un país. Es lo más lógico recordar que Herrera está peleando por ganarse la etapa y él está peleando por ganarse la carrera entera. No es fácil resignarse a la idea de que alguien esté siendo mejor —para ciertos ciclistas perder es trágico—, pero la idea de quedarse con la camiseta amarilla lo hace llevadero. Y es lo más sensato reconocer que el Tejón Hinault está ya a veintidós segundos de distancia nomás. Si Guimard le dice «ve por Hinault», si se lo repite porque tiene la sensación de que no está escuchando, es porque pronto va a tenerlo a unos pasos. Si agrega «y luego sigue de largo» es porque tiene claro que están a punto de librar el duelo a muerte que va a definir la clasificación general del Tour de Francia.

Fignon se limita a ir a su propio ritmo en vez de irse al ataque: eso es. Y, para que no se le nuble el juicio ahora que Herrera se ha ido, su técnico le grita «¡Hinault a 20!» para que entienda que no está cometiendo una estupidez. Y pronto nota que Arroyo está quedándose y que Millar no aparece por ninguna parte.

Allá se va perdiendo y se pierde Luis Herrera. Se va solo, entre los carros torpes y las motos sinuosas que parten en dos la marejada y los espantapájaros que pierden la cordura a su paso, con una gracia que no va a volverse a ver. Aquí viene. Avanza como si ya hubiera vivido todo esto, como si estuviera poniendo en escena un libreto que se supiera de memoria. Sus pedalazos son zancadas. Su bicicleta rueda como domada. Su concentración de hombre que ha aprendido a tiempo a no pensar lo que no toca es lo opuesto a la locura de los aficionados que se le están viniendo encima, y al ruido estrepitoso que es la suma de los monosílabos y los lugares comunes que se están quedando atrás.

Kilómetro 142. Curva diecisiete del Alpe d'Huez. El Jardinerito sigue trepándose, ágil y parado en los pedales, entre el cerco de aficionados que se estrecha. Desde el helicóptero es en verdad un escarabajo que no tiene pensado detenerse. Deja de moverse de un lado para el otro —ese vaivén frenético— cuando ve en la distancia al único corredor que le queda por superar: a Hinault. Se sienta con la certeza de que su ritmo va a ser suficiente para pasar de largo y ponerse en el primer lugar de la carrera. La sombra de un árbol lo ampara unos segundos no más de un sol que es un ojo vigilante. Un par de idiotas se le cruzan por delante. Un camarógrafo en la parrilla de una moto se le acerca demasiado a la cara.

Podría endulzarse la escena, describirla con el deseo como el zigzagueo de un superdotado que está viviendo un mal día que sólo un superdotado es capaz de vivir, pero la verdad sin atenuantes es que Bernard Hinault está pade-

244

ciendo lo que no tiene nombre. Jadea. Renguea. Si se viera a sí mismo desde arriba, que eso hacen los muertos un poco antes de morirse, se notaría la cara de rey derrocado y el pedaleo de viejo que tiene claro que es mucho mejor que todos estos jóvenes que a duras penas habían nacido cuando él estaba dándose codazos con las demás leyendas. Cierra los ojos porque la sombra de Herrera está agrandándosele y pasándole por encima.

El Tejón Hinault jamás ha cambiado cuando siente que una cámara está espiándolo en el peor de los momentos. Hace sus mismas caras bajo las cejas contraídas e indignadas. Siempre es digno sin embargo. Ahora se le ve lento, quedo, junto a uno de los carros rojos de la organización. No se le ve desesperado sino consciente de que, cuando sólo faltan nueve kilómetros para la meta, lo único que le queda es mantenerse del lado de la cordura y portar con decoro la camiseta del patrocinador inesperado que lo salvó por poco del ostracismo. Querría estar sintonizado con el colombiano que está dejándolo de semejante manera. Querría hundirse pataleando. No trata más de la cuenta para no hacer el ridículo.

Pero trata: claro que sí. Su soberbia y su decoro siempre están obligándolo a estar por encima de todo y de todos. Pero pronto se da cuenta de que está doliéndole la puta rodilla que le ha estado doliendo desde el año pasado y que los muslos están quemándosele por dentro. Y se susurra a sí mismo que no está peleando la etapa de hoy sino el Tour de Francia y que su rival no es un escalador sin rival sino el gafufo que tendría que respetar a sus mayores: «¡Fignon a dieciocho segundos!», le grita su técnico, el suizo Koechli, que enfrenta las etapas con el asombro y el rigor de un científico en su laboratorio, y entonces prefiere que el colombiano siga su camino y se convence de que lo suyo es esperar la hora señalada de ese duelo entre franceses.

Adiós, Lucho Herrera, adiós: desde la llegada de la primera etapa del tour los periodistas babosos le han estado

245

preguntando a Hinault si les teme a los ciclistas suramericanos y él les ha estado respondiendo lo primero que le ha venido a la cabeza porque sólo hasta este kilómetro ha comprendido que la palabra no es «temor» sino «respeto».

Se va Lucho Herrera. Se va Herrera. Se va. Conquista la punta de la etapa con una gracia que parece escrita y ensayada a más no poder. Ya no hay nadie, ni un fantasma siquiera, delante de él. Sólo él, con el pelo sobre la frente, sentado cómodamente en su sillín y agarrado al manubrio con su tenacidad de ciclista que ni siquiera les tema a los camiones que van de Tunja a Bogotá.

A su lado, protegiéndolo de la algarabía de los seguidores y de los devotos, puede verse una fila larguísima de automóviles que enrarecen la curva número dieciséis. Se alcanzan a notar, en las pantallas del planeta, un Fiat Uno color crema, un Renault 18 pintado de azul, un Volkswagen Parati anaranjado, un Chevrolet Malibú verdoso, un Montero 2600 4x4 morado que es sobre todo un estorbo en el calvario hacia la cumbre de la cumbre de la cumbre. Adelante, superado un pequeño bosque de árboles esqueléticos y una selva de personas como una revolución de ociosos, enfrenta una rampa que no tiene fin así los pasacalles y las señales en la orilla prometan la aparición de la comuna de Oz-en-Oisans.

Se va Lucho Herrera. Se va como si no se hubiera ido ya, como si le tocara seguir escapándose hasta el final, porque —tal como se lo advirtió su técnico anoche— quiere ganar esta etapa y la tiene ganada.

No puede haber un mejor trepador en este mundo en el que nadie se atreve a criticar a nadie el día en que tira la toalla. No puede haber un pedalista más contundente hoy a esta hora de la tarde. Cómo puede ser. Con qué fuerza.

Se acerca a los temibles 1.500 metros de altura, donde la potencia disminuye en un 15% y el aire se va espesando y el mejor alcanza a dar cincuenta y cinco pedalazos por minuto si está de suerte, completamente llevado por su fuerza y por su velocidad. Parece volando. Tiene más cara de tripulante que de remador. Es primero de lejos y se le viene a la cabeza una frase suelta, de película de domingo en la tarde, que va a decirles a los directores de su equipo apenas los tenga enfrente: «Misión cumplida». Se la dice en la mente, «misión cumplida, Jorge», «misión cumplida, Rubén», cuando toma la curva número quince —la Avenue des Jardins, ni más ni menos— entre los fanáticos que cierran los puños y abren las piernas como extasiados ante una aparición.

Son las 4:01 p.m. del lunes 16 de julio de 1984: 10:01 a.m. hora de Colombia. Quedan ocho kilómetros para el final, ocho kilómetros, si se es optimista, para la victoria. Su figura está en los televisores de todos los rincones del mundo que celebran el ciclismo. Y él no se lo piensa dos veces y en vez de ello vuelve a atacar —a la nada: al espacio en el que ya no hay nadie que sea capaz de seguirlo— con su cara de monstruo pacífico que está pasándosela bien. Y, aun cuando ha conseguido borrarse de la mente todo lo que no sea el camino a la meta en el Alpe d'Huez, lo distrae brevemente y para bien la imagen de una bandera colombiana sostenida por un niño a la vuelta de la curva número catorce.

Y este Herrera a la altura de Herrera toma fuerza entre la fuerza porque el niño además está cantando a los gritos el himno nacional.

4:01 p.m. a 4:09 p.m.

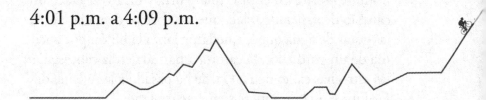

Bernard Hinault respira hondo y rechina los dientes pero no se resigna ni un segundo: por qué diablos. En un día malo, como el día de hoy, en el que en vano ha tratado de aplastarlos a todos una y otra y otra vez, Hinault no va de primero en la etapa sino apenas de segundo. Y se ve forzado a reconocerles a los comentaristas ruidosos que es verdad que él no está peleando con el colombiano por la etapa reina del Tour de Francia, ni peleando con el gafufo por la clasificación general de la edición número 71 de la carrera más importante del mundo, sino peleando con Merckx y con Anquetil por el título rimbombante —pero cierto— de «el mejor ciclista de todos los tiempos».

Puede que lo sea. Lo es. Levanta la cabeza para que ese mar Rojo de cabezas de aficionados sea testigo de su dolor y de que en cualquier caso sigue pedaleando.

De esto se trata todo esto, ¿no?, de levantar la cabeza cuando está doliendo peor y de mirar hacia delante mientras están gritándole y mirándolo a uno de reojo.

«¡Crucifícale!, ¡crucifícale!», le gritaban los romanos salvajes a Jesucristo, en el Gólgota, porque los demás romanos salvajes estaban gritándole «¡Crucifícale!, ¡crucifícale!».

Detrás de esos enjambres caóticos de aficionados, cada cual pegando un grito que se pierde entre los demás gritos, se van levantando las casas viejas del Alpe y sigue el cielo que a estas alturas deja de parecer un horizonte allá arriba y empieza a parecer una superficie, una tela, una carpa. Con las ruedas de su bicicleta, que en etapas como esta tiene pinta de chivo expiatorio, Hinault pisa su propio nombre escrito en el piso una y otra y otra vez. Hace un cambio desesperado, clac, que no le sirve de nada. Toma las gotas de agua que le quedan y lanza el bidón por encima de un gordo con la camisa amarrada en la cabeza. De las estrechas calles de La Garde ha pasado a la Avenue des Jardins, y no obstante se siente acorralado.

Está mirando adelante. A las muecas carnavalescas y los puños en alto que lo reciben aunque siga de largo. A los pasacalles que no son la lona que espera: la lona lejana que dice «5 kilómetros para la meta». Prefiere mirar hacia delante, así esté mirando hacia adentro —hacia su propia voz y su propio coraje—, a voltearse porque Laurent Fignon está pisándole los talones, y está siguiéndole el paso sinuoso, y está poniéndosele al lado, justo al lado, porque ya ha llegado la hora de resolver este duelo. Son el bigotudo Lee Van Cleef contra el miope Clint Eastwood en *El bueno, el malo y el feo*. No se miran ni una vez. No es necesario mirarse. Fignon va a su ritmo firme pero tranquilo, sobre todo tranquilo, porque Guimard se lo ha ordenado. Hinault se siente pedaleando en el fango.

En las noches pasadas, en los restaurantes y los bares cerca de los hoteles en los que se hospeda y se repara la caravana de este tour, ha estado circulando una anécdota que más bien parece una parábola sobre Bernard Hinault. Sucedió en Montreuil hace dos semanas, detrás de la tribuna de prensa, cuando los ciento setenta competidores ya habían terminado su participación en el Prólogo. Hinault se preparaba para subir al podio del ganador de la jornada —Fignon tardó tres segundos más en recorrer esos 5.5 kilómetros— cuando escuchó a un par de periodistas jóvenes burlándose del puesto octavo de Zoetemelk. Seguro creían que a él le iba a gustar el chiste. Pero les lanzó un sermón virulento que sigue apareciendo en las charlas de pasillo.

«Este hombre del que ustedes dos se están riendo, como un par de idiotas que pueden reírse de cualquier cosa porque no tienen ni idea de nada, peleó codo a codo con Eddy Merckx y con Lucien Van Impe y ganó el Tour de l'Avenir y la Vuelta a España sin perder los estribos y fue una vez campeón y seis veces subcampeón en el Tour de Francia con un decoro que no van a tener ustedes ni siquiera comprándolo —les dijo sin perder la compostura mientras se preparaba para subir a la tarima a recibir la camiseta amarilla—: en un par de décadas, cuando estén dándose cuenta de que las gestas no van a llegar, quiero que me respondan qué piensan de que un viejo de treinta y ocho años llegue de octavo en una contrarreloj de la carrera más importante del mundo».

Dicen que no dijo nada más pero que fue más que suficiente. Subió al podio a celebrar una victoria que le había costado el sistema nervioso. Y consiguió sonreír aunque estuviera pensando en reservarse algo de energía para el día de mañana.

Esa idea —la de guardarse algo de fuerzas para lo que viene— se le aparece ahora que Fignon lo ha alcanzado, y ahora que, superada la pequeñísima villa de La Garde, han comenzado las peores curvas de la cuesta. Como se sube en zigzag, como se cambia de dirección todo el tiempo mientras se recorre el Alpe d'Huez, no hay sol ni hay viento ni hay descansos que alivien la pena. Y hay que ser perspicaz, «cerebral» mejor, para soportar lo que sigue: la pared después de la pared. Hay que tener calma, sobre todo capacidad de decirse a tiempo «ya veré qué hago», si uno no está dando más y faltan cinco días para llegar a los Campos Elíseos. Hay que contener la respiración y sobreaguar aunque uno sea Bernard Hinault.

Fignon aumenta el paso pronto porque pronto entiende que lo mejor es seguir de largo. Toma algo de agua y deja el bidón sobre el marco de su bicicleta. Se quita la balaca y la lanza al público y se va solo en la curva número trece.

Bernard Hinault quiere salirse de ese cuerpo con el número 131 en la espalda para irse detrás de Laurent Fignon, para agarrarlo de las crines antes de que se largue y no lo vuelva a ver hasta la meta.

Quiere seguirlo, tiene que seguirlo, va a seguirlo, porque nadie merece ganarle así de fácil.

Esta es la situación de la carrera a las 4:04 p.m.: en la punta de la competencia, a veintitantos minutos de alcanzar la cumbre, marcha en solitario el Jardinero Herrera; luego, a diecinueve segundos nomás, está Fignon poniéndose al mando de la clasificación general; detrás de él, sin fuerzas y unos cincuenta metros después, viene Hinault. Arroyo, el capitán español con el número 11 en la cintura, ha recobrado la energía y está a punto de alcanzarlo. A un par de curvas se encuentran el pequeño escalador escocés Millar, el escarabajo colombiano Acevedo y la estrella estadounidense LeMond. Y después, para terminar lo que hasta hace unos pocos minutos fue el lote persecutor, puede verse al 83 del Teka Antonio Coll, al 13 del Reynolds Pedro Delgado, al 5 del Renault Pascal Jules, al 100 del Splendor Pablo Wilches, al 25 del Panasonic Guy Nulens, al 144 del Pilas Varta Samuel Cabrera y al 111 del Cilo-Aufina Beat Breu.

Hinault sigue siendo Hinault: lucha por una última vez para no dejarse descolgar de Fignon.

En la transmisión de la televisión francesa alcanza a quedar grabado el momento en el que parece recobrarse a sí mismo e ir a la carga como siempre lo ha hecho.

Se levanta en los pedales y se balancea con un amor propio que su cuerpo no está correspondiendo. Se pega a un par de motos estorbosas antes de pasar bajo un puente que es la única sombra que va a haber hasta la llegada. Se yergue y se sienta y se yergue —continúa y prosigue a pesar de la realidad— porque así ha sido, así es y así será él. Debería alcanzar a su antiguo aprendiz y darle una lección como un boxeador que ha soportado los primeros once asaltos de la pelea con la esperanza de darle la vuelta a su suerte en el último round. Si la vida no fuera esta lección de humildad que se nos sale de las manos cuando estamos cantando victoria, si la vida tuviera la forma que queremos darle y no la que vamos reconociéndole a regañadientes, su espíritu se tomaría sus pulmones y se convertiría ya mismo en la tortuga que pone en su lugar a la liebre de la fábula. Pero no. Ya no.

Alcanza a tener a Fignon en la mira, como un reflejo en el calor, para darse cuenta de que va a perder el duelo.

En cambio, Arroyo, que tiene la fe de los españoles y ha sabido honrar una tradición de grandes escaladores, lo alcanza y lo pasa porque ya es claro que a nadie que quiera ganar hoy le conviene ir a su rueda. Adiós, Hinault, adiós.

Unos segundos después llega el siguiente rival, el admirable Millar, con un ritmo que tendría que ser el suyo. Y él trata de pegársele para que un paso ajeno lo rescate y para que no cunda la desesperación. Y consigue tomar rumbo durante unos cuantos metros. Y luego se sigue quedando, pero como no se trata de cualquier hombre de paso, sino del Monstruo Bernard Hinault, ni los aficionados ni los televidentes se sienten ante el retrato de una bestia herida —del toro que sigue embistiendo con las banderillas desgarrándole la piel—, sino ante la figura de un héroe que se niega a ser descontado, que se niega a resignarse a que el ciclismo quede en manos de estos idiotas que no entienden las hazañas de los viejos.

Está alcanzándolo LeMond. Se le está yendo Millar. Se le fue Arroyo hace un momento. Y hace mucho más lo dejó regado Fignon porque hoy ese es el orden de las cosas.

Puede ser que, por lo joven que sigue siendo, Monsieur Le Professeur no se haya dado cuenta todavía de que lo de mañana jamás está garantizado. Ojalá lo aprenda pronto, y sepa que esto de correr no es una recta sino un círculo, pues este Bernard Hinault, que levanta la cabeza con soberbia como diciéndoles «soy yo a pesar de todo» a las hordas de gentes histéricas que en la victoria o en la derrota lo aplauden y le agitan pañuelos a lado y lado de la vía, podrá perder hoy algunos minutos más y podrá perder el domingo este extrañísimo Tour de Francia, pero no va a descansar hasta tener los cinco campeonatos —y las cinco copas y las cinco camisetas amarillas— que tienen sus dos fantasmas en las paredes de sus casas.

Y nunca en la vida va a hacer la cara que hizo Merckx cuando se dio cuenta de que su época se estaba terminando.

Fignon está lejos ya. Le ha tomado a Hinault un poco más de un minuto. Y, sin embargo, mientras sube, mientras se entera de que no es el primero en la etapa, pero ya es de lejos el primero en la clasificación general, siente clavada en la espalda la mirada de su antiguo patrón.

Que se joda el Tejón. Que le den por el culo. Habrase visto que un campeón tenga que pedirle permiso a un ex-campeón para volverlo trizas, para cumplir con el rito sagrado de recordarle que los buenos tiempos ya se han terminado. Quién dijo que un campeón es un elegido, un ungido, que está cumpliendo un destino. Que se vaya acostumbrando a este ciclismo mucho más aerodinámico, más científico, más parecido al ajedrez. ¿Quieren seguir viendo a esos gregarios, tipo Zondervan, resignados a no ser «el holandés del Tour de Francia»? Nunca más. ¿Quieren seguir siendo testigos de esas etapas de diez horas entre el barro y junto a los precipicios y con las piernas laceradas y con esas fugas suicidas desde las primeras rampas? Fueron bellas.

Guimard le cuenta que Hinault está quedándose más y más y que ya le ha tomado dos minutos.

Fignon entonces, a pesar de las evidencias y de los consejos, se descubre poseído por las ganas renovadas de pelearle la etapa al colombiano imbatible. Quizás sea que en la curva número doce un cartel con su nombre le recuerda la victoria pendiente y lo endiosa. Tal vez sea que Guimard titubea unos cuantos segundos antes de recomendarle que siga a ese paso que a ese paso va muy bien.

De pronto sea la noticia de que el tal Herrera, «el mejor escalador del mundo», sólo ha conseguido tomarle treinta segundos en esas primeras rampas. Sea como fuere, arrecia el paso, recrudece el paso. Y emprende una cacería que enardece a los franceses y obliga a los colombianos a pararse de sus sillas.

En la transmisión de televisión que llega a todo el planeta, sobre las temblorosas y aguadas imágenes tomadas desde el helicóptero y la motocicleta y el carro —el camino serpentino del Alpe, el puente largo, el túnel, la pared agrietándose, el bus convertido en burladero, el carro principal de la organización ocupado por Dustin Hoffman y por su mujer—, aparecen de golpe los nombres de los protagonistas de la etapa:

Tête de la Course 4h 10m
Luis Herrera COL

Laurent Fignon 20
Ángel Arroyo 1'50
Robert Millar 2'21
Greg LeMond 2'28
Bernard Hinault 2'35

No se alcanza a intuir, en la pantalla, la locura que suele escapárseles a las imágenes. No se ven allí los codazos, ni los escupitajos, ni las pestes que se están echando los unos a los otros porque todo eso se le escapa a la televisión. No se dice que los escarabajos colombianos están tomándose la carrera como completando una profecía. No se escucha en francés un elogio de la demostración que están haciendo, en orden de aparición, Rafael Acevedo, Pablo Wilches, Alfonso Flórez, Antonio Agudelo y Samuel Cabrera. Pero el duelo a muerte entre Fignon e Hinault, que es lo que ha tenido en vilo y en el borde de la silla a los franceses, pasa a un segundo plano cuando los productores de la televisión deciden partir en dos la pantalla.

En el lado derecho, el actual campeón Laurent Fignon se pregunta si será sensato redoblar el ritmo en esa escalada que tiene tanto de tortura y se responde que pase lo que pase lo suyo es ganar. En el lado izquierdo, el debutante Lucho Herrera fija la mirada en el piso cubierto de apellidos, mira hacia atrás un par de segundos a riesgo de volverse piedra, se levanta con pies de equilibrista de guantes verdes y abre la boca para respirar un poco más como sólo puede hacerlo un hombre que ya no le teme a perder su caja de dientes. Hay banderas francesas donde quiera que uno mire. Y hay un loco en calzoncillos que corre con una bandera colombiana gigantesca, y levanta el brazo que levantan los ganadores, pues sólo se muere una vez.

—¡Dele, Lucho, dele! —le grita con voz de padre descalzo que ha perdido la cabeza enfrente de sus hijos y parece rogándole a un ciclista que nos salve a todos.

Y el imperturbable Herrera pedalea sin perder el ritmo, sin desbaratar el rumor que está escuchando como si avanzara dentro de una burbuja y los aullidos de los seguidores apenas lo tocaran, hasta tomarse la pantalla entera de la transmisión. En su casa en Fusagasugá, frente al televisor que su mamá se la pasa apagando para que no se dañe, deben haberse puesto de pie. En las riberas de la etapa deben estar apareciendo los compatriotas de cualquier país. En las cabinas de los locutores deben estar a punto de un infarto. Quién, que viva en Colombia a pesar de Colombia, es capaz de conservar la indiferencia mientras el número 141 sube y sube como haciéndose su propio camino.

Fignon viene detrás. Está recortándole tiempo porque también quiere ganar. La pantalla ya no está dividida entre la etapa de él y la etapa del colombiano, sin embargo, porque lo que está haciendo Herrera es de no creer y es imposible que se vuelva a ver.

4:09 p.m. a 4:25 p.m.

—Señoras, señores: desde el balcón de la tribuna de prensa enclavada en el pico nevado del Alpe d'Huez, a 1.860 metros de altura y cara a cara con un vacío sobrecogedor, alcanza a verse un puntito como un escarabajo que sube más rápido que todos los seres vivos de la Tierra —dice entonces, al aire, el comentarista radial Pepe Calderón Tovar—, pero justo enfrente, en la pantallita del pequeño televisor que la organización del Tour de Francia nos ha prestado amablemente, está más que claro que el Jardinerito de Fusagasugá Luis Alberto Herrera Herrera es una quimera que devora montañas y que va contagiando humildad a su paso y que va descolgando rivales como diciéndoles que una cosa es la etapa de los demás y otra muy diferente es su jornada de fenómeno: la palabra del diccionario es «prodigio».

—Y viene a cuento también un adjetivo calificativo que usted mismo empleaba al puro comienzo de esta transmisión, respetado y nunca suficientemente admirado Poeta Calderón Tovar, con su precisión de cirujano y su intuición de sastre: la palabra «histórico» —declara el Aristócrata Monroy con la voz trastornada de cualquiera que lo esté apostando todo.

—Histórico porque nunca un latinoamericano había estado tan cerca de dejar grabado su nombre en una jornada de la principal competencia ciclística. Histórico porque nunca un ciclista aficionado había estado a sólo diez curvas de conquistar el vejatorio, el aleccionador Alpe d'Huez. Histórico, sobre todas las cosas, porque nunca antes un escarabajo colombiano había conseguido poner en práctica su fama y probar lo suyo: Luchito Herrera demostró ayer mismo, en una contrarreloj empinada que sin duda se habría ganado si no hubiera sido mitad plana, que nadie, nadie, nadie en la especie humana sube como él, pero lo que está haciendo a estas horas de la mañana es una declaración de principios.

—Quizás no debamos ser triunfalistas a lo largo y lo ancho del país hasta que llegue el triunfo —dice el Aristócrata, ansioso y apocado y con el estómago revuelto, como pidiéndole disculpas a su socio por haberlo metido en líos con los apostadores alemanes—. Uno nunca sabe: uno no sabe ni siquiera cuando sabe.

—Pase lo que pase en lo que queda de esta cuesta, amigo mío, contaremos la historia e izaremos juntos la bandera que nos corresponda: la vida puede ser la suma de los días en los que uno llegó de primero, pero también puede ser los días en los que el gol del empate resultó ser en fuera de lugar y la respuesta a la pregunta se quedó en la punta de la lengua —contesta el Poeta, con la barriga descansando entre las piernas, sin voltearse a mirar a su compadre porque qué van a decir los oyentes de un par de hombres que de pronto se sueltan a llorar—. Y a la larga es igual, ganar de lejos o perder por poco, porque nos pasa todo lo que nos pasa para ir ahorrando recuerdos para el día en el que nos toque gastárnoslos todos.

—Vamos en estos momentos a establecer conexión con nuestros compañeros en el móvil número dos para que nos relaten, a unos pasos nomás de las principales figuras de la carrera, la situación en el último puerto de montaña de esta etapa número diecisiete del septuagésimo primero Tour de Francia —advierte el Aristócrata con los hombros tiesos porque vaya usted a saber qué va a pasar y con los nervios de punta por el tono filosófico de su compañero—. ¡Desde la curva número diez del Alpe d'Huez, salpicados de agua y de sudor de mártires, los milagrosos el Corsario Ramiro Vaca y el Vademécum

Mario Santacruz están más que preparados para hacer el cambio…!

—¡Con Rimula, caros compañeros del móvil número uno, que mantiene la viscosidad y el motor le dura más! —grita la voz teatral de Vaca, el mugido de Vaca, listo a decir cualquier tontería que se requiera—. ¡Y pujando y pujando para que el campeón francés Laurent Fignon, que viene de menos a más y amenaza con dar sopa y seco, no nos le dé cacería a nuestra gloria nacional sino hasta después de que llegue a la meta en la Villa de Huez!

—En efecto, don Ramiro, compañeros allá en la cumbre y oyentes de PST Estéreo en todo el territorio nacional, la caravana del Tour de Francia ha arribado diez veces al mitológico Alpe d'Huez contando la próxima llegada de la mañana de hoy —dice el Vademécum Santacruz, experto en datos inútiles, que piensa que hay que arrebatarles el mundo a las palabras y devolvérselo a los números lo antes posible—: ha sido lo usual que, sin acudir a nada más que a la potencia de sus piernas, los grandes ciclistas del circuito internacional tarden cerca de cuarenta y cinco minutos en escalar los catorce kilómetros de este premio de primera categoría que asimismo es un centro de esquí desde 1930, pero, como van las cosas, puede ser que esta mañana un colombiano triture los récords.

—Si usted lo dice, don Mario, así será, pero sáqueme de una duda si no es mucho pedirle: ¿me equivoco si digo que el Alpe d'Huez ha reemplazado definitivamente al Galibier, al Tourmalet, al Izoard, como la prueba mayor y el gran basilisco al que se puede enfrentar cualquier ciclista?

—Tan no se equivoca usted, don Ramiro, que no es descabellado pensar que si Laurent Fignon finalmente se queda hoy con la camiseta amarilla es lo más probable que se la quede hasta el podio del domingo en los Campos Elíseos: yo me aventuro a asegurar que el Alpe d'Huez se volvió lo que es hoy, suplantando a los demás premios montañosos de su estatura, el día en el que el italiano Fausto Coppi se lo ganó y consolidó allí su leyenda y protagonizó una hazaña que sirvió de clímax a la era dorada del ciclismo, pero no me cabe la menor duda de que fue en 1960, cuando el Tour de Francia se transmitió por primera vez en televisión, cuando esta cuesta que está conquistando Herrera a sesenta pedalazos por minuto se convirtió, con sus espectadores y sus veintiún giros dramáticos, en una cuesta de película de Hollywood.

—Colegas del dos, colegas del dos —interrumpe de pronto el Aristócrata para dejar de comerse las uñas y usar su boca para lo que sirve—: me perdonan que los intercepte como un gamín sin modales, pero, ya que parece imposible establecer conexión con el Llanero Solitario en la moto, me corresponde la tarea de contarles a los radioescuchas que, de vuelta en la transmisión oficial de la televisión francesa, la imagen principal es la de Lucho Herrera reteniendo el primer lugar de la etapa: ¡ojo avizor!, ¡que ahí viene Herrera, ahí está Herrera, ahí marcha Herrera convencido de su propio paso entre una muchedumbre de bocas y de brazos!, ¡ahí viene Herrera, viene Colombia, viene el Jardinero entre la calle de honor de los desaliñados!, ¡Herrerarrerarrera es una bandera desbordada como un vuelo de aves migratorias!, ¡Herrera está aquí, en el Alpe d'Huez, dándoles una lección de humildad a los altivos franceses, dejando atrás a un rosario de pedalistas que a duras penas han tenido tiempo de decirle *adieu*! ¡Nos advirtieron que el nuevo dueño de la camiseta de las pepeas rojas, Millar, estaba más fuerte que nunca: *bye bye*, Robert! ¡Nos dijeron que nos cuidáramos de los curtidos españoles de la Reynolds: pues nada! ¡Nos dijeron que nuestro rival era el Napoleón Hinault!: ¡y no!, ¡y no!, ¡y no! ¡Y aquí estamos, profesor, aquí estamos!

—Las cartas están sobre la mesa, señoras y señores, y todo en esta mastodóntica jornada de hoy ha quedado reducido a Laurent Fignon versus Lucho Herrera —aclara una versión acelerada e hipertensa del Poeta Pepe Calderón Tovar.

—Herrera versus Fignon, mejor, porque el francés al parecer ha seguido recortándole la diferencia al nuestro, pero lo cierto, que ustedes mismos pueden ver en la transmisión allá en Colombia, es que Herrera sigue dando la batalla en la primera plaza —precisa Monroy con el corazón en el hígado y señalando a los tres alemanes en el fondo del pasillo.

—Que haya fe, colombianos, muchísima fe, porque venga lo que venga en las nueve curvas que faltan es evidente que tenemos el mejor escalador del mundo —responde Calderón y le pide calma a su amigo con una inclinación de la cabeza y una tos psicológica que es una vergüenza—. Habrá que esperar a que las autoridades de la competencia revelen las diferencias de tiempos entre el Jardinero y el defensor del título del año pasado, pero ahora, viéndolos a todos en la televisión francesa, me parece cristalino que a los perseguidores desgranados, a Arroyo, a Millar, a LeMond, a Hinault y a Simon, ya no les queda sino pelear por el tercer lugar de la etapa. Y que, si sigue tratando de alcanzar a Herrera, Fignon va a sufrir un síncope y una caída y un infarto dentro de poco: Herrera es imbatible.

—Dios lo oiga, profesor querido, Dios santo nos ampare y nos favorezca de aquí hasta el final.

—¿Por qué no? —se pregunta Calderón a sí mismo y se le viene encima la imagen de su papá prometiéndole a su mamá que un día Dios iba a amanecer de su lado y luego se ve a sí mismo prometiéndole a su esposa que un día no muy lejano va a poner a la familia por encima del trabajo.

—Vaya un saludo y un abrazo por allá por la noble Sogamoso a la bella familia de Rafael Acevedo, del Rafita recio y leal y comprometido hasta los tuétanos, que a esta hora sigue pasando de largo a los genios incrédulos aquí en el Alpe d'Huez como una escoba nueva que se lleva todo por delante y que acaba de dejar atrás ni más ni menos que a LeMond para irse en busca de Millar en la que tiene que ser una de las mejores etapas que se le hayan visto en carreteras europeas —agrega Monroy en un intento de conservar lo que le queda de calma, y de aplazar la sospecha de que están a punto de perder la apuesta porque el puto Fignon va a alcanzar a Herrera, mientras atrás se escucha al viejo Arrastía Bricca gritándole a su compañero el Comandante Castro «¡Lucho viene con una rama en la mano!: ¡Lucho los mató, los mató, los mató!» por los micrófonos de Caracol Radio.

—¡Atención, Colombia, atención! —grita Pepe Calderón Tovar sobre todos los gritos y asume la narración porque su compañero lo mira atónito—. ¡Herrera ha vuelto a ampliar la diferencia con Fignon a veinticinco segundos cuando sólo faltan cinco kilómetros para el final de la etapa, repito, Herrera ha pateado el tablero y ha hecho estallar el pelotón y está doblegándolos a todos en una demostración de entereza que es una reivindicación del ser humano! Luego de una serie de enviones en las tres curvas anteriores, en la nueve, en la ocho y en la siete, parecía que el francés de las gafas estaba a punto de alcanzar al colombiano para disputarle la punta en una suerte de embalaje final, pero el cronómetro no miente.

—¡Y aquí está Luchito Herrera, por las calles de la fotogénica Villa de Huez, guapeándose la primera victoria de una raza tan vejada que incluso se ha vejado a sí misma! —retoma el Aristócrata Monroy como si le hubiera vuelto el alma al cuerpo para siempre, y ahora mismo narra tan duro y tan claro que las cámaras de la televisión suiza vuelven a encenderse, y reporteros de todas las lenguas y los pelambres se agolpan alrededor de la cabina de PST Estéreo—. ¡Qué paso el de Luis Alberto Herrera! ¡Qué porte! ¡Qué gracia! ¡Qué liviandad! ¡Qué manera de recordarnos que los Alpes son lomitas comparadas con los Andes! ¡Qué bello es ver a los franceses aplaudiendo al colombiano con lágrimas en los ojos! ¡Qué bello es vivir! ¡Note usted la marcha digna de Bernard Hinault y el tranco agigantado de Laurent Fignon!: ¡ninguno de los dos le ha dado hoy la talla a Herrera!

—¡Les faltó amor! —grita el Poeta Calderón Tovar completamente fuera de sí.

—¡Les faltó amor! —responde el Aristócrata Monroy de puro solidario que es.

—¿Cómo lo haces, Luchito, cómo lo haces? —se pregunta Calderón completamente reducido a hincha.

—¡Treinta y cinco segundos la diferencia a cuatro kilómetros de la meta! —interviene el Vademécum Santacruz—, ¡treinta y cinco segundos le está tomando Herrera a Fignon en la curva número seis del Alpe!

—Se amplía por mucho, pues, la diferencia entre los dos punteros de la etapa —les explica Calderón a los oyentes, a las 4:13 p.m., volviendo en sí por unos segundos nada más—, pero, por no tentar la suerte y por no indisponer a los dioses y por no caer en las garras del patrioterismo y por honrar el hecho de que en cuatro kilómetros puede pasar cualquier cosa en la vida, prefiero guardarme lo que estoy pensando: baste con decirles, señoras, señores, que el Jardinerito de Fusagasugá ha dejado de sufrir por los que vienen detrás de él y está acrecentando un pedaleo que, a setenta vueltas por minuto, repito, ¡setenta vueltas del alma!, parecía imposible de superar y está haciendo su propio milagro.

—¡Ahí viene Herrerarrerarrera atacando y contraatacando como si aún estuviera luchando por dejar el útero y el seno del pelotón! ¡El pequeño Luis Herrera se inmortaliza, se perpetúa, se encumbra ante los ojos del mundo entero! ¡Se eleva en su caballito de acero en nombre de los próceres de nuestro ciclismo, en nombre del Zipa, del Escarabajo, del Niño de Cucaita, del Tigrillo de Pereira, de Cochise! ¡Aquí viene Colón, aquí viene Colón, aquí viene Colombia!: ¿y ahora sí dígame quién descubrió a quién? —se deja ir el Aristócrata Monroy, embriagado por lo que está viendo y por lo que se imagina, en una narración que es también un pedaleo y un embrujo.

—¡Treinta y ocho segundos la diferencia a tres kilómetros de la línea de meta! —interviene el Vademécum como un bombillo que se prende y se apaga y que no entiende por qué sus vaticinios científicos no están resultándole—: ¡Herrera está derrotando su propio biorritmo!

—Vámonos apenas por un momento con el gigantesco Henry Molina Molina, el hombre de la Asociación Colombiana de Locutores, que hoy se ha pegado un viaje atípico hasta la calurosa ciudad de Fusagasugá a recoger el espíritu de esta fecha —conduce el Aristócrata Monroy con su voz de tener la suerte de su lado y su necesidad de entregarle a otro la olla hirviente de la transmisión—. Remolina: ¿cómo se está tomando este final apoteósico en la casa de su protagonista?, ¿qué dicen los padres de Lucho?, ¿qué comentan los amigos cuando estamos a un poco más de diez minutos del fin de la etapa?

—¡De los Alpes a los Andes! Gracias, Ismael Enrique, esto aquí es la gloria inmarcesible y es el júbilo inmortal de los que habla el himno nacional de Colombia en sus primeros dos versos. Doña Esther, la madre, se levanta todo el tiempo a la cocina porque no puede ver a la pantalla sin temerse un accidente. Don Rafael, el padre, murmura una oración o no sé qué conjuro fusagasugueño para que su hijo tenga buena estrella hasta el puro final. Los hermanos pegan gritos cada vez que Lucho aparece en la pantalla: «¡Vaya, mijo, vaya!». Y si no le paso a alguno al teléfono es porque en este punto de la batalla, 10:15 a.m. en mi reloj, ninguno tiene cabeza para construir una frase con sujeto y predicado. Oigan ustedes mismos, allá en la línea de llegada, a este coro que cada vez se pega más a la pantalla del televisor de la sala de los Herrera —vocifera Remolina, disfrazado de sí mismo con su corbata de flores extravagantes y su saco abotonado y sus zapatos embetunados, sobre la gritería de los unos y de los otros: quiere entregar la transmisión para seguir pensando que es una lástima que, habiendo tanto hijueputa, se le haya muerto el buenazo de su tío, pero cuando ve a doña Bertha pidiendo a Dios por su hijo se sale de su duelo y suelta una frase más que no se entiende bien.

—No le escuché la última parte, mano —le dice el Aristócrata Monroy para darle paso al relato.

—Que sigan ustedes allá en el Alpe d'Huez: jejejé —le responde Remolina, como si de buenas a primeras se hubiera convertido en un hombre que sabe parar antes de «hacer la remolina», porque le da vergüenza ajena repetir al aire que se ha quedado pensando que la vida es muy linda: Velilla, el conductor consternado, que le está susurrando «eso mañana Herrera se retira», es testigo de que está tragándose las lágrimas y está sonriendo al mismo tiempo porque su esposa y sus gemelos lo han llamado hace un momento a contarle que lo último que escuchó su tío fue su voz en la radio, «ay, Remolina, la única vez que lo mandaron de corresponsal a alguna parte se le murió el hombre que había sido su madre…».

—Señoras, señores: se vive una inolvidable fiesta de independencia, aquí al lado de la tribuna de prensa instalada en la meta del Alpe d'Huez y bajo una bandera colombiana que le da forma al viento, protagonizada por los enviados especiales de los medios nacionales, por los encopetados y bigotudos directivos del ciclismo criollo, por los invitados especiales que siempre los hay en donde haya colombianos, por los jefes del gran equipo patrocinado por Pilas Varta, por los bogotanos y los paisas y los boyacenses que algún día se vinieron a estas tierras para salvar sus pellejos o poner en escena una ilusión, pero, por lo que alcanzamos a oír desde esa sala en esa finca en las laderas de Fusagasugá, no sólo aquí estamos comiéndonos las uñas —reconoce el Poeta Calderón Tovar para darle paso al remate.

265

—¡Cuarenta segundos la diferencia a dos kilómetros de la meta! —cuela el racional Vademécum Santacruz—, ¡cuarenta segundos benditos y sagrados le lleva Herrera a Fignon en la curva número tres del Alpe d'Huez!

—¡Motivo por el cual es muy probable que gane!: ¡que viva mi Colombia! —exclama ese pronunciador de inutilidades que responde al nombre del Corsario Vaca porque sabe que es su última oportunidad de decir algo al aire que no sea una propaganda—: ¡Ron Viejo de Caldas: el viejo que se las sabe todas!, ¡llegó Cuchiflí, el llavero multiusos, búsquelo en sus tiendas de cadena!, ¡Pilas Varta: pilas para todos los colombianos!

—¡Y prepárese, mi fiel, mi leal, mi incondicional profesor Calderón, para hacer el comentario más importante de su impecable carrera —retoma el Aristócrata Monroy bajo el sonsonete de las trompetas del himno nacional, tantararantantantantantan, que el Pelado Garzón ha puesto a marchar desde la cabina en Bogotá por orden de Remolina— porque Lucho Herrera está volando, está redoblando su paso en las últimas rampas de la etapa, está acomodándose en su bicicleta como si esto hasta ahora estuviera comenzando! Quizás sean estos últimos metros los más duros de este risco que habría que escalar con arneses y con sogas, pero Herrera es un hombre fresco, un niño, un superhéroe sin aspavientos mientras da la curva, mientras capotea las imprudentes muestras de cariño de los aficionados franceses, mientras empieza a imaginarse en qué va a terminar esta jornada. No se les ve mal a los demás en las imágenes de la televisión: el innegable de Fignon, el orgulloso de Arroyo, el legendario de Hinault. Pero lo que está haciendo Herrera, en una carrera en la que hasta hoy sólo habían ganado europeos, es magia pura. ¡Ahí viene Lucho! ¡Remonta la penúltima curva sin perder de vista ni un poco lo que está haciendo! ¡Último kilómetro, Colombia, últimos mil metros! ¡Me froto los ojos, me pellizco los brazos, me doy palmaditas en las mejillas para probarme a mí mismo que no estoy soñando! ¡Herrerarrerarrera toma la última rampa del Alpe d'Huez bajo los aplausos y los vivas del planeta, serio y enfocado, como si estuviera cumpliendo con su trabajo! ¡Se para una última vez en los pedales con el telón de fondo verde y azul y blanco de los Alpes! ¡Lanza su propio cuerpo como dándose el último empujón de la tarde! ¡Se ubica en el sillín para estar a la altura de su gesto! ¡Mi reino por esa paz y ese decoro cuando entra a la cuesta final a las 4:25 p.m. del lunes 16 de julio de 1984! ¡Aquí viene Herrera! ¡Ahí viene el Jardinero! ¡Ese es! ¡El mismo! ¡El nuestro! ¡Que los ángeles toquen sus trompetas y los muertos se levanten de sus tumbas a reconocernos el presente! ¡Que los críticos malsanos cierren sus bocas ante esta prueba de garra, de brío, de dominio! ¡Entra en la última recta el Jardinero! ¡Se sienta en la bicicleta y levanta la cara, que sonríe a medias igual que siempre, para reconocerse a sí mismo como el indiscutible conquistador de la jornada! ¡Levanta los brazos tímidamente en la línea de llegada como poniendo la mirada en su papá y en su mamá! ¡Primero Herrera! ¡Primero Colombia!

—¡He aquí al Rey de la Montaña! ¡He aquí al hombre que nos ha devuelto la fe en todo! —agrega Pepe Calderón Tovar, lloroso y renacido y escalofriado, antes de darse con su compañero un abrazo de hombres que han tenido la suerte de amar a otro hombre sin sentir que ponen en juego su hombría: «Aquí tiene su plata, señora», se imagina, hecho un ganador y un apostador, diciéndole a su esposa.

—Marca el reloj oficial cuatro horas, treinta y nueve minutos y veinticuatro segundos de carrera —señala, ya sin aire, el Vademécum.

—Y nosotros seguimos a la espera de los demás corredores para ir entendiendo la magnitud de la victoria —balbucea Calderón con la mirada puesta en la felicidad de todos los personajes de su día: el trío de tahúres alemanes, muertos de la risa y de la angustia, los felicitan desde el fondo del pasillo con un par de pulgares levantados; un cuarteto de viejos colombianos brindan con aguardiente junto a una grabadora en la que se escucha «yo soy el escarabajo...»; una manada de jóvenes suelta un chorrazo de champaña antes de ponerse a gritar «ala bío, ala bao, ala bim bom ba»; el Gringo Viejo Red Rice fuma su pipa sonriente, da media vuelta y se pierde en el horizonte soleado de los Alpes; el francés Luc Renan interrumpe a Marisol Toledo, que está tomando notas en su libretita prolija, con un abrazo sorpresivo pero justo; el reportero José Clopatofsky se abraza con el periodista Daniel Samper Pizano, que estaba dándose un apretón de manos de zarzuela con el cantante Joan Manuel Serrat, como si el país hubiera recobrado su vocación a la redención; Cochise Rodríguez, Rubén Darío Gómez y Jorge Tenjo se le abalanzan al ganador entre los propios y los extraños para darle las gracias por ser el primero de todos, y el Llanero Solitario Valeriano Calvo aparece entre el tumulto, magullado y con la frente vendada, con un teléfono aparatoso que acaban de entregarle los compañeros del móvil número dos.

—¡Lucho! ¡Lucho! ¡Lucho!: ¿qué quiere decirle al país?, ¿qué está pensando en estos momentos de felicidad? —pregunta el pobre hombre, lánguido y ensangrentado y furioso consigo mismo por haberse ido por aquel barranco, en un intento de no perderse el gran evento de su vida.

—Misión cumplida —le responde Herrera antes de esfumarse entre la gente y listo a prepararse para subir al podio.

—¡Y atención que ha entrado Laurent Fignon a cuarenta y nueve segundos! —exclama el Vademécum—, ¡y según mis cálculos, que comparte mi calculadora, es seguro que Luis Herrera entrará a los diez primeros de la clasificación general!

—Y entonces, teniendo en cuenta que esta última semana en la competencia aún faltan un par de jornadas de

montaña, quizás sea este el momento de volvernos a ilusio-
nar con la posibilidad de pelear la camiseta amarilla que
nos predijo anoche el Viejo Arrastía —se atreve a decir el
Aristócrata en la cresta de la ola—: en su opinión, profesor,
¿qué tan cerca estamos de ganarnos este Tour de Francia?

—Pues, querido amigo mío, creo que por lo pronto lo
mejor que podemos hacer es celebrar este momento, tener
muy claro que lo que ha pasado este lunes en el pico más
espectacular del Tour de Francia no es una alegría de todos
los días, captar justo a tiempo que lo de hoy es más que suficiente y es una vida entera y que mañana será lo que Dios
quiera que sea —responde Calderón entre los jadeos de la
emoción cuando en las pantallas van apareciendo, uno por
uno y a más de tres minutos del ganador, Ángel Arroyo,
Robert Millar, Rafael Acevedo, Greg LeMond y Bernard
Hinault—. Yo creo, yo sé, mejor dicho, que no es nada
fácil ganar cuando la costumbre ha sido la derrota, pero
me parece que en estos casos no sobra aplicar eso de retirarse a tiempo antes de que el casino se lo quede todo. La
palabra del diccionario es «cordura».

—Perdóneme que interrumpa una de esas disquisiciones que lo encumbran, mi querido amigo del alma, pero
atención, atención, atención, mi amada Colombia, que en
este preciso instante está subiendo al podio el Jardinerito
de Fusagasugá Lucho Herrera como el primer americano
que se gana una etapa en el Tour de Francia —interviene
Monroy embriagado por la gloria de tal modo que de ahí
en adelante se pierde el momento justo en el que Fignon
reconoce a los medios que «no pude con Superherrera»,
Hinault acepta a los analistas que «este es el año del muchacho de Guimard» y el insepulto Zondervan es aplaudi-
do por su exjefe Zoetemelk porque ha cometido la proeza
de no llegar fuera de tiempo—: la señorita Francia le entrega un portentoso ramo de flores, le da dos besos en cada
mejilla que me remueven la envidia y le pide que haga «la
v de la victoria» con los brazos levantados, *oh là là*, *oui*,

oui, y él va a levantarlos, cómo no, para salir de semejante tarea tan ajena a su espíritu y para que el día de mañana nadie se atreva a rebajar esta bellísima manera de probar qué somos y quiénes somos los colombianos: se los digo yo y yo sé lo que les digo.

—¡Qué importa mañana, señoras, señores, si allá arriba está Herrera!, ¡allá arriba está Lucho!, ¡y levanta los brazos como una estatua de su propia gloria! —subraya de inmediato Calderón Tovar, con la sensación de que Lucho Herrera está mirándolo a él y a nadie más, antes de que se le vaya la voz y comience otra historia y se pierda lo único que queda por gritar—: ¡misión cumplida, Luchito, misión cumplida!, ¡sonría un poquito por el amor de Dios!, ¡que por culpa suya se escucha en todos los rincones de la Tierra el grito herido «Colombia, Colombia, Colombia»!

Periódico *El Tiempo*, edición del martes 17 de julio de 1984, 1-D.

Clasificación general
Tour de Francia de 1984

El martes 17 de julio, en la durísima etapa montañosa de Le Bourg-d'Oisans a La Plagne, Herrera perdió veinte minutos e Hinault perdió tres con el ganador indiscutible de la jornada y de la clasificación general: Laurent Fignon. El miércoles 18, en el trayecto violento de La Plagne a Morzine, el colombiano perdió un poco más de cuatro con el grupo de Fignon, LeMond e Hinault por culpa de una serie de dolores que se fueron agravando con las horas. El jueves 19, desde las cuestas de Morzine hasta las de Crans-Montana, sufrió una nueva crisis que le costó nueve minutos de más. El viernes 20, en una etapa relativamente suave, sumó tres. El sábado 21 llegó a siete y medio de Fignon en una interminable contrarreloj de 51 kilómetros. El domingo 22 apareció, junto a Frater Manfred Zondervan, en el lote de los ciento veintidós ciclistas que sobrevivieron a esas tres semanas martirizadoras.

Herrera siguió ganando etapas en el Tour de Francia y en las principales competencias del mundo hasta el final de su carrera. Ganó cuatro Clásicos RCN y cuatro Vueltas a Colombia. Ganó dos veces la prestigiosa Dauphiné Libéré. Fue el primer colombiano en ganar la Vuelta a España. Y fue el Rey de la Montaña en las tres principales competencias del mundo: el Tour de Francia, la Vuelta a España y el Giro de Italia.

Pero esta fue la clasificación general final —los primeros treinta al menos— de la septuagésima primera edición del tour:

1. Laurent Fignon (Renault-Elf) 112 horas 3 minutos 40 segundos.
2. Bernard Hinault (La Vie Claire) a 10 minutos 32 segundos.
3. Greg LeMond (Renault-Elf) a 11 minutos 46 segundos.
4. Robert Millar (Peugeot) a 14 minutos 42 segundos.
5. Sean Kelly (Skil-Reydel) a 16 minutos 35 segundos.
6. Ángel Arroyo (Reynolds) a 19 minutos 22 segundos.
7. Pascal Simon (Peugeot) a 21 minutos 17 segundos.
8. Pedro Muñoz (Teka) a 26 minutos 17 segundos.
9. Claude Criquielion (Splendor) a 29 minutos 12 segundos.
10. Phil Anderson (Panasonic) a 29 minutos 16 segundos.

11. Niki Rüttimann (La Vie Claire) a 30 minutos 58 segundos.
12. Rafael Antonio Acevedo (Colombia-Varta) a 33 minutos 32 segundos.
13. Jean-Marie Grezet (Skil-Reydel) a 33 minutos 41 segundos.
14. Eric Caritoux (Skil-Reydel) a 36 minutos 28 segundos.
15. José Patrocinio Jiménez (Teka) a 37 minutos 49 segundos.
16. Gerard Veldscholten (Panasonic-Raleigh) a 41 minutos 54 segundos.
17. Michel Laurent (Coop-Hoonved) a 44 minutos 33 segundos.
18. Alfonso Flórez (Colombia-Varta) a 45 minutos 33 segundos.

19. José Antonio Agudelo (Colombia-Varta) a 49 minutos 25 segundos.
20. Bernard Gavillet (Cilo-Aufina) a 51 minutos 2 segundos.

21. Pascal Jules (Renault-Elf) a 51 minutos 53 segundos.
22. Luciano Loro (Carrera-Inoxpran) a 52 minutos 37 segundos.
23. Fédéric Vichot (Skil-Reydel) a 53 minutos 18 segundos.
24. Guy Nulens (Panasonic-Raleigh) a 53 minutos 25 segundos.
25. Stephen Roche (La Redoute) a 56 minutos 36 segundos.
26. Peter Winnen (Panasonic-Raleigh) a 58 minutos 14 segundos.
27. Luis Alberto Herrera (Colombia-Varta) a 58 minutos 30 segundos.
28. Vincent Barteau (Renault-Elf) a 1 hora 0 minutos 2 segundos.
29. Gilles Mas (Skil-Reydel) a 1 hora 5 minutos 38 segundos.
30. Joop Zoetemelk (Kwantum) a 1 hora 6 minutos 2 segundos.

Nota de agradecimiento

Pude reconstruir esta etapa gracias a los auxilios y a los textos de Sinar Alvarado, Paché Andrade, Federico Arango, Carlos Arribas, el Comandante Alfredo Castro, José Clopatofsky, Gustavo Duncan, Gustavo Gómez, Tim Krabbé, Marcos Pereda, Alexandra Pineda, Matt Rendell, Daniel Samper Ospina, Daniel Samper Pizano, Juan Serrano y Charly Wegelius. Ciertas descripciones de la vida de Lucho Herrera están tomadas —aumentadas y corregidas— de la extensa entrevista que le hice a él en junio de 2012, en Fusagasugá, para la revista *SoHo*. Pero el resto se los debo a ellos. Y a Carolina López Bernal, mi esposa, que es toda mi suerte y siempre está acá.

«Para viajar lejos no hay mejor nave que un libro.»
EMILY DICKINSON

Gracias por tu lectura de este libro.

En **Penguinlibros.club** encontrarás las mejores
recomendaciones de lectura.

Únete a nuestra comunidad y viaja con nosotros.

Penguinlibros.club

Penguin
Random House
Grupo Editorial

Penguinlibros